Andrea S. Kuhnke

Zoe und Zarin

und das Siegel der Wahrheit

Über die Autorin:

Andrea S. Kuhnke, 1970 in Elmshorn geboren, lebt als freie Autorin in Sommerland. Sie schreibt seit 1987 als freie Mitarbeiterin für regionale Zeitungen. 2012 erschienen sechs Kurzgeschichten für Grundschulkinder im Finken-Verlag. Sie belegte mehrere Seminare im »DrehbuchCamp« in Freiburg und Wiesbaden und in der »Filmschule Hamburg Berlin«.

Über die Co-Autorin:

Gabriele Kuhnke, 1946 in Olsberg im Sauerland geboren, lebt ebenfalls in Sommerland. Von 1985 bis 1991 erschienen im Franz Schneider Verlag die Kinderbuchreihe *Die Acht vom großen Fluss* sowie weitere Kinderbücher und Kurzgeschichten. 1992 wurde sie Stadtschreiberin von Glückstadt. Im selben Jahr erhielt sie den Sonderpreis der Ostfriesischen Landschaft für das Theaterstück für Kinder *Tilman und sein Schweinchen*. Die Theaterstücke *Zwei Gäste zuviel* und *Ein Dorf steht auf dem Kopf* erschienen in nieder- und hochdeutscher Sprache im Ostfriesischen Theaterverlag.

Andrea S. Kuhnke

Zoe und Zarin

und das Siegel der Wahrheit

Engelsdorfer Verlag
Leipzig
2020

Bibliografische Information durch
die Deutsche Nationalbibliothek:
Die Deutsche Nationalbibliothek verzeichnet diese
Publikation in der Deutschen Nationalbibliografie;
detaillierte biografische Daten sind im Internet über
www.ddb.de und http://dnb.ddb.de abrufbar.

ISBN 978-3-96145-912-4

Co-Autorin: Gabriele Kuhnke
www.kuhnke-buch.de

Lektorat: Birgit Rentz
www.fehlerjaegerin.de

Umschlaggestaltung: Christoph Clasen
Umschlagbild: Christoph Clasen
www.christophclasen.de

Hergestellt in Leipzig, Germany (EU)
www.engelsdorfer-verlag.de

13,90 EUR (D)   14,30 EUR (A)

Prolog

Anno 1266

Von Westen her zog eine tiefschwarze Wolkenbank herauf, die sich vor die Sonne schob und mit zunehmender Geschwindigkeit den gesamten Himmel bedeckte. Das Licht der eben noch im Sonnenschein leuchtenden Mauern der Burg Falkenauge hoch oben auf dem Weinberg erlosch und verwandelte sich in einen düsteren Grauton. Der Fluss, der sich wie ein silbernes Band zwischen den dicht bewaldeten Hügeln dahinschlängelte, verlor sein Glitzern und wirkte auf einmal stumpf und bedrohlich.

»Vater, schaut! Die Fische springen aus dem Wasser und schnappen nach den Fliegen!«, rief der sechsjährige Heinrich und deutete auf den Fluss.

Burgherr Laurencz von Falkenauge, der seinen Sohn auf einer Wiese in der Nähe des Dorfes im Bogenschießen unterwies, blickte auf. Wenn die Fische sprangen, bedeutete das nichts Gutes. Die dicken, schwarzen, zusammengeballten Wolken kündigten ein Gewitter an. Laurencz' schwarzer Hengst und Heinrichs Pony, die in der Nähe grasten, tänzelten nervös hin und her.

»Nehmt Euren Bogen und die Pfeile, Heinrich«, forderte Laurencz seinen Sohn auf. »Wir reiten zur Burg zurück. Ein Unwetter ist im Anmarsch.« Er half ihm, den Bogen umzuhängen, und reichte ihm die Pfeile, die er zuvor aus der Zielscheibe gezogen hatte. Heinrich steckte sie in den Köcher, der am Sattel seines Ponys befestigt war.

Für einen Augenblick schien die Natur den Atem anzuhalten, dann fegte eine plötzlich aufkommende starke Windbö über den Fluss. Sie zauberte weiße Schaumkronen auf die Wellen, jagte den Weinberg hinauf und rüttelte an den Rebstöcken, worauf die noch jungen, unreifen Weintrauben wild hin und her schwankten. Vom Bergfried, der höchsten Erhebung der Burg, flatterte die grüne Fahne mit dem eingestickten Wappen der von Falkenauge – ein Wanderfalke mit ausgebreiteten Flügeln, der aus seinen Augen Blitze schleuderte – im Wind. Es schien, als wollte sie jeden Moment davonfliegen.

Heinrich rannte los, um die aus Stroh geflochtene Zielscheibe zu holen, die sein Vater an einem Baumstumpf befestigt hatte.

»Lasst die Scheibe, dafür ist keine Zeit mehr!«, befahl Laurencz, während er zu den beiden Pferden ging, die unruhig ihre Köpfe mal in die eine, mal in die andere Richtung bewegten und ängstlich schnaubten. Beruhigend strich er den Tieren über den Hals, stieg in den Sattel seines Pferdes, drehte sich zu Heinrich um und rief: »Beeilt Euch!«

Ängstlich blickte Heinrich zu den tiefschwarzen, Unheil verkündenden Wolken hinauf, die den sonnigen Tag in düstere Nacht verwandelt hatten. Er beeilte sich, auf den Rücken seines Ponys zu klettern und seinem Vater zu folgen, der sein Pferd zum Galopp antrieb. Die Wipfel der Bäume zu beiden Seiten des Weges rauschten und ächzten, während sie vom Sturm hin und her gepeitscht wurden.

Laurencz hielt sein Pferd an und warf einen Blick zurück, um sich zu vergewissern, dass sein Sohn ihm folgte. »Haltet Euch dicht neben mir!«, forderte er ihn auf. »Vielleicht schaffen wir es noch rechtzeitig vor dem Gewitter bis zum Dorf. Da finden wir Schutz.«

In dem Moment zuckte der erste Blitz aus der schwarzen Wolke direkt über ihnen, dem unmittelbar ein krachender Donner folgte. Zu Tode erschrocken schrie Heinrich laut auf. Verstört von dem ohrenbetäubenden Knall bäumte sich sein Pony auf und Heinrich, der darauf nicht vorbereitet war, verlor den Halt und wurde abgeworfen. Entgeistert blickte er seinem Pony nach, das, in Panik verfallen, an den Hütten des Dorfes vorbeirannte und den steilen Weg zur Burg hinaufgaloppierte. Der Himmel öffnete all seine Schleusen gleichzeitig und der Regen rauschte wie ein Wasserfall hernieder.

»Habt Ihr Euch verletzt, Heinrich?«, rief Laurencz, der erschrocken die Zügel angezogen hatte, als das Pony reiterlos an ihm vorbeigerannt war.

»Nein, Vater.« Heinrich erhob sich, als erneut ein greller Blitz aus der pechschwarzen Wolke zischte, in einen nahen Baum einschlug, den nassen Stamm hinunterraste und im feuchten Waldboden verschwand.

Entsetzt musste Laurencz mit ansehen, wie sein Sohn umfiel und bewegungslos liegen blieb. Hastig sprang er von seinem Pferd, das ängstlich schnaubte, auf seinen Befehl hin aber stehen blieb. Er kniete neben Heinrich nieder, blickte angstvoll auf dessen geschlossene Augen und schüttelte ihn sanft, als wollte er ihn so in das Leben zurückbringen. In Panik nahm er sein regloses Kind in die Arme, stieg mit ihm auf sein Pferd und galoppierte zur Hütte der Kräuterfrau, die sich nicht weit entfernt am Waldrand befand. Obwohl die Dorfbewohner sie für eine Hexe hielten und Angst vor Eugenia hatten, hoffte Laurencz, dass sie seinen Sohn retten konnte. Mit Heinrich im Arm stieg er vom Pferd und hämmerte mit der rechten Faust laut um Hilfe schreiend an die Tür, die im selben Augenblick aufgerissen wurde.

Vor ihm stand Eugenia, von der man sagte, dass sie sich sowohl mit heilenden als auch mit giftigen Kräutern auskannte. Zu seiner Überraschung war sie nicht alt und hunzelig, wie er angenommen hatte, sondern jung und hübsch. Ihre langen schwarzen Haare fielen ihr weit über den Rücken, ihre Augen waren dunkel und tiefgründig, die gekrümmte Nase verlieh ihr ein strenges Aussehen. Die Kräuterfrau schien schwanger zu sein, wie Laurencz an ihrem sich dick vorwölbenden Bauch unter dem schlichten braunen Kleid aus Leinen erkannte.

Eugenia starrte verwundert auf den vor Nässe triefenden Mann, dem die blonden Haare wild ins

Gesicht fielen, und auf das leblose Kind in seinen Armen. Als sie den Wappenring an seinem linken Ringfinger sah, den grünen Jaspis mit dem eingravierten Wappen der von Falkenauge, einen Wanderfalken mit ausgebreiteten Flügeln, der aus seinen Augen Blitze schleuderte, erkannte sie ihn und ein Ruck ging durch ihren Körper.

»Herr, was ist geschehen?«

»Rettet meinen Sohn!«, bat Laurencz. »Der Blitz hat ihn getroffen.«

Eugenia deutete in den hinteren Bereich der Hütte. »Kommt herein! Ich werde mir Euren Sohn ansehen.«

Laurencz trat in den ärmlich eingerichteten Raum und legte das bewusstlose Kind behutsam auf ein Strohlager, auf dem sich mehrere Schaffelle befanden.

Die Kräuterfrau kniete nieder und beugte ihr Gesicht dicht über das des Jungen, sodass ihr Amulett, ein roter Rubin, der an einer goldenen Kette um ihren Hals hing, über die Brust seines Sohnes strich.

»Er ist doch wohl nicht tot?«, flüsterte Laurencz mit zitternden Lippen. Was sollte er seiner Gemahlin erzählen, wenn er mit dem toten Kind zur Burg kam? Hatte Judith ihn doch gebeten, nicht zu der Wiese am Fluss zu reiten, da sich die Wolken im Westen verdichteten. In der Regel bedeutete das schlechtes Wetter. Aber er hatte nur gelacht und gesagt, als zukünftiger Burgherr müsse Heinrich beizeiten lernen, auch bei schlechtem Wetter zurechtzukommen.

Eugenia bemerkte die Angst in den Augen des Burgherrn, der seinen Sohn für tot hielt. Dabei hätte er seinen Atem spüren können, wenn er nur sein Gesicht nahe genug an die Nase des Jungen gehalten hätte. Daran hatte er in seiner Panik wohl nicht gedacht. Ein bisschen Zauberei ihrerseits, und er wäre ihr zu Dank verpflichtet. Eugenia beschloss, die Gelegenheit zu nutzen. Begleitet von einer theatralischen Geste zog sie mit ihrem Amulett Kreise über den Brustkorb des Jungen und tat so, als murmelte sie beschwörende Worte. Schließlich wandte sie sich um und blickte Laurencz an. »Euer Sohn atmet wieder.«

Als sich die Kräuterfrau aufrichtete, sah Laurencz zu seinem Entsetzen, dass auf ihrem roten Rubin Satan abgebildet war – mit Hörnern, Flügeln und Pferdefuß. Hatte sie etwa mithilfe des Teufels Heinrich ins Leben zurückgeholt? Ihn schauderte bei der Vorstellung, und es lief ihm kalt den Rücken hinunter. Die Leute im Dorf hatten recht, wenn sie hinter vorgehaltener Hand flüsterten, dass Eugenia eine Hexe sei. Aber sein Sohn lebte, das war für ihn das Wichtigste. Ob mit oder ohne Hilfe des Teufels, konnte ihm egal sein. Er war ihr unendlich dankbar, dass sie seinen Sohn ins Leben zurückgeholt hatte.

Als Heinrich zu sich kam, irrte sein Blick benommen umher. Überglücklich sank Laurencz neben ihm auf die Knie und strich ihm liebevoll die nassen Haare aus der Stirn. Hilfesuchend blickte er die Kräuterfrau an, die seinem Jungen behutsam die Schuhe auszog und auf dessen Fußsohlen deutete, die jeweils an der Stelle Verbrennungen aufwiesen, an der der Blitz durch seinen Körper gerast war.

Eugenia trat an einen Holztisch und zerquetschte mit einem Stößel frische grüne Blätter in einem Mörser, die sie mit etwas Wasser zu einem Brei verrieb, den sie vorsichtig auf Heinrichs Brandwunden strich.

»Was tut Ihr da?«, erkundigte sich Laurencz misstrauisch.

»Das ist Beinwell. Das Heilkraut hilft bei Verbrennungen und lindert die Schmerzen. Zum Glück habe ich heute bei Sonnenaufgang frische Blätter gepflückt. Ich werde Euch etwas davon mitgeben. Mögt Ihr einen Kräutertee zum Aufwärmen, Herr?«

Laurencz sah sich in der ärmlichen Behausung um. Verschiedene Kräuter, die er nicht kannte, hingen zum Trocknen an Schnüren, die von einer Ecke des Raums zur anderen gespannt waren.

»Nein, danke.« Er wollte so schnell wie möglich zur Burg, denn obwohl ihm Eugenia in der Not geholfen hatte, fühlte er sich plötzlich unwohl in ihrer Gegenwart. Er konnte sich eines bedrohlichen Gefühls nicht erwehren. Mit drei Schritten war er an der Tür, zog sie auf und schaute hinaus.

Das Gewitter war weitergezogen und die Sonne blickte bereits wieder hinter einer grauen Wolke hervor. Der Regen hatte nachgelassen, nur vom Schilfdach der Hütte und von den Blättern der Bäume tropften noch kleine Rinnsale herunter. Dicht an die Hüttenwand gepresst hatte sein Pferd Schutz vor dem Unwetter gesucht. Es wieherte erfreut, als es ihn sah.

Er trat in den dämmerigen Raum zurück und hob Heinrich vom Lager hoch.

»Wickelt Euren Sohn in ein Schaffell, Herr, damit er nicht friert.« Eugenia hielt ihm das Fell hin.

Laurencz zögerte kurz, nahm schließlich das Fell an sich und legte es um Heinrichs Oberkörper. Er trug ihn zum Pferd, stieg mit ihm in den Sattel und hielt ihn vor sich in den Armen.

Eugenia reichte ihm ein irdenes Gefäß, in das sie die zerquetschten Heilkräuter gefüllt hatte, und sah zu, wie er es sorgsam in die Tasche an seinem Gürtel steckte und die Zügel ergriff. »Ihr könntet Euch erkenntlich zeigen, Herr!«, sagte sie vorwurfsvoll und sah Laurencz gespannt an.

Ihm fiel ein, dass er sich nicht einmal bedankt hatte. Laurencz dachte an ihre ärmliche Behausung und dass sie einige solide Möbelstücke und vielleicht ein Schaf oder eine Ziege gut gebrauchen könnte. »Aus Dank, weil Ihr meinen Sohn gerettet habt, werde ich Euch einen Knappen schicken, der Euch einen Beutel Taler überbringt.«

»Gewährt Ihr mir anstatt der Taler nur einen einzigen Wunsch, Herr?« Eugenia blickte ihn listig an.

Laurencz, den es drängte, seinen Sohn zu seiner Gemahlin zu bringen, antwortete, ohne nachzudenken: »So soll es sein! Sobald Ihr wisst, was Ihr Euch wünscht, kommt auf meine Burg und teilt es mir mit!« Er gab seinem Pferd die Sporen und ritt erleichtert davon.

Dank der Kräutersalbe heilten Heinrichs Brandwunden schnell. Laurencz dachte nicht mehr an das Versprechen, das er Eugenia gegeben hatte. Aus diesem Grund war er ganz erstaunt, als Wochen später eine Magd an sein Schreibgemach klopfte und ihm mitteilte, dass die Hexe aus dem Wald ihn sprechen wolle. Bevor er seine Einwilligung geben konnte, rauschte Eugenia an der Magd vorbei in den Raum und gab der Tür einen Tritt mit dem Fuß, sodass diese ins Schloss fiel.

Laurencz, der hinter einem großen Holztisch saß, legte seine Schreibfeder beiseite und blickte Eugenia verwundert an. Fast hätte er sie nicht wiedererkannt, denn ihr unförmiger Bauch war verschwunden und in ihrem rechten Arm hielt sie einen in Tücher gewickelten, friedlich schlafenden Säugling.

»Ihr habt inzwischen entbunden?«, erkundigte er sich der Höflichkeit halber.

»Wie Ihr seht, Herr!«, antwortete sie und fügte mit Stolz in der Stimme hinzu: »Es ist ein Mädchen und ich habe ihm den Namen Duretta gegeben.«

Unwillkürlich griff Eugenia nach ihrem Amulett, das an der goldenen Kette um ihren Hals hing, und umschloss es fest mit ihrer linken Hand. Herausfordernd starrte sie Laurencz an.

»Ich bin gekommen, um meinen Wunsch auszusprechen, Herr.«

Laurencz fühlte sich unbehaglich in ihrer Gegenwart und wollte die Kräuterfrau so schnell wie möglich wieder loswerden, denn ihr durchdringender Blick irritierte ihn. »Sprecht! Wie lautet Euer Wunsch?« Mit einer fahrigen Handbewegung schob er das zur Hälfte beschriebene Blatt Pergament beiseite, an dem er bis zu ihrem Eintreten gearbeitet hatte, stieß seinen Stuhl zurück und erhob sich, sodass er sich auf Augenhöhe mit ihr befand. Es behagte ihm nicht, wenn sie auf ihn herabsah.

»Ich möchte einen Blick auf Eure Urkunde werfen.« Gespannt blickte Eugenia den Burgherrn an.

»Welche Urkunde meint Ihr?«, fragte Laurencz verblüfft. Er hatte damit gerechnet, dass die Kräuterfrau sich eher eine bessere Behausung wünschen würde, als nur einen einfachen Blick auf eine Urkunde zu werfen.

»Eure Besitzurkunde der Burg Falkenauge«, erklärte Eugenia.

Verwirrt schüttelte Laurencz den Kopf. Er konnte sich nicht erklären, welchen Vorteil sie davon haben sollte. Nun denn, ihm sollte es recht sein, wenn sie weiter nichts begehrte.

Er ging um den Tisch herum zur rückwärtigen Steinwand, wo sich auf Höhe seiner Schulter ein viereckiges, faustgroßes Steinornament befand, in das ein Steinmetz das Wappen der von Falkenauge gemeißelt hatte, ein Wanderfalke mit ausgebreiteten Flügeln, der aus seinen Augen Blitze schleuderte. Laurencz hielt seinen Wappenring, den er am linken Ringfinger trug, an das Ornament. Die Augen des Falken auf dem Wappenring begannen zu leuchten, und gleichzeitig glühten auch die Augen des Falken in dem Ornament auf. Jetzt konnte Laurencz mühelos den Stein, auf dem sich das Ornament befand, aus der Wand herausnehmen. Ein dahinter befindlicher Hohlraum kam zum Vorschein, aus dem er ein zusammengerolltes Stück Pergament zog. Gebannt sah Eugenia zu, wie er das grüne Band löste, das um die Rolle gewickelt war, das Dokument vorsichtig auseinanderrollte und es auf seinem Schreibtisch ausbreitete.

Rasch trat Eugenia hinzu und beugte sich über die Urkunde.

In der geschwungenen Schrift des Erzbischofs Conrad von Falkenauge, dem Erbauer der Burg Falkenauge, stand dort, dass die Burg und das Land, auf dem sie sich befand, im Besitz der Familie von Falkenauge seien und immer an den ältesten Sohn oder, falls es keine männlichen Erben gab, an die älteste Tochter vererbt werden sollten. Beglaubigt war die Urkunde mit einem Siegel aus grün gefärbtem Bienenwachs. Es zeigte einen Wanderfalken mit ausgebreiteten Flügeln, der aus seinen Augen Blitze schleuderte.

Ein ungutes Gefühl beschlich Laurencz, als er sah, wie Eugenia die Schriftzeichen förmlich mit den Augen verschlang. Offenbar war sie des Lesens kundig.

»Wo habt Ihr das Lesen gelernt?«, fragte er verwundert, denn die einfachen Leute und Leibeigenen konnten weder lesen noch schreiben.

Eugenia antwortete nicht. Sie schien ihn vollkommen vergessen zu haben, starrte wie besessen auf das grüne Siegel der Urkunde und hielt ihre linke Hand, die das Amulett mit dem eingravierten Teufel immer noch fest umklammerte, darüber.

Noch bevor Laurencz reagieren konnte, murmelte sie einen Zauberspruch, dessen Worte er nicht verstand, und sogleich quoll zu seinem Entsetzen rötlicher Nebel aus dem Amulett und legte sich über die Urkunde. Er befürchtete, dass die Hexe die Urkunde vernichten würde, und stieß sie beiseite.

Eugenia geriet ins Stolpern. Um ihr Kind mit beiden Händen zu schützen, ließ sie das Amulett los, wodurch sich der rötliche Nebel in nichts auflöste.

Zu Laurencz' Erleichterung schien die Urkunde keinen Schaden genommen zu haben. »Euer Wunsch ist erfüllt«, sagte er. »Ihr durftet die Urkunde anschauen, und nun verlasst sofort meine Burg!«

Eugenia, die sich von ihrem Schrecken erholt hatte, machte einen Schritt auf den Tisch zu und wollte nach der Urkunde greifen.

Laurencz, der ahnte, was sie vorhatte, war schneller und riss das Dokument an sich. »Verschwindet!«, befahl er. »Sonst rufe ich die Wachen und lasse Euch in den Kerker werfen!«

Eugenias Gesichtszüge verzerrten sich vor Wut und Enttäuschung. »Ihr werdet sehen, was Ihr davon habt, Laurencz von Falkenauge!«, schrie sie unbeherrscht. Sie stampfte mit dem Fuß auf, drehte sich abrupt um und verließ erhobenen Hauptes das Gemach.

Laurencz atmete befreit auf, als die schwere Eichentür hinter Eugenia und ihrem Säugling zugefallen war, und unterzog die Urkunde einer eingehenden Prüfung. Der rötliche Nebel hatte ihr offensichtlich nicht geschadet. Das grüne Siegel war unbeschädigt, obgleich es ihm schien, als ob das Grün nicht mehr so intensiv leuchtete wie zuvor. Er schob den unangenehmen Gedanken beiseite, rollte das wertvolle Dokument wieder zusammen und legte es, nachdem er das grüne Band darum geknüpft hatte, in das Geheimfach zurück. Die Öffnung verschloss er mit dem Steinornament. Einen Moment lang überlegte er, ob das Versteck noch sicher war, zumal Eugenia jetzt davon Kenntnis hatte. Achselzuckend verwarf er den Gedanken, schließlich war er derjenige, der sich im Besitz des Wappenrings befand, mit dem sich das Versteck öffnen ließ. Er würde die Torwächter anweisen, der Hexe den Weg in die Burg zu verwehren, falls sie jemals wieder auf die Idee kommen sollte, ihn aufzusuchen.

Auf der Burg

Gegenwart

Zarin stöhnte im Schlaf. Er wollte sich im Bett aufrichten, konnte sich aber nicht bewegen. Ein dickes, schwarzes Monster mit spitzen Zähnen und weit aufgerissenen Augen saß auf seiner Brust und schnürte ihm die Luft ab. Mit äußerster Willensanstrengung gelang es ihm, seine Augen einen Spaltbreit zu öffnen. In dem Halbdunkel, das im Zimmer herrschte, blickte er erschrocken in zwei riesige, kreisrunde Pupillen, die ihn unbeweglich anstarrten. Das Monster war kein Traum, sondern Wirklichkeit. Es trampelte mit seinen vier Pfoten auf seiner Brust herum und öffnete plötzlich das Maul. Zwischen seinen spitzen Zähnen fuhr eine lange Zunge heraus, die über Zarins Nase leckte und sich rau wie eine Raspel anfühlte.

Zarin rutschte bis an das Kopfende seines Bettes, stemmte sich mit den Ellbogen hoch und schrie laut auf, woraufhin das Monster erschrak und von seiner Brust auf den Boden sprang. Schwer atmend versuchte Zarin in die Wirklichkeit zurückzufinden. Auf dem Fußboden wirkte das Monster gar nicht mehr so riesig und so bedrohlich und entpuppte sich als sein dicker schwarzer Kater.

»Mensch, Carlo!« Zarin trocknete sich die feuchte Nase mit dem Zipfel des Bettbezugs ab und stieß erleichtert die Luft aus. »Warum weckst du mich mitten in der Nacht?«

Von Nacht konnte keine Rede mehr sein, denn hinter den schmalen Luftschlitzen des Rollladens war es bereits hell. Laut gähnend langte Zarin nach seinem Smartphone auf dem Nachttisch. Sechs Uhr und vierundzwanzig Minuten zeigte das Display an, viel zu früh, um aufzustehen. Er nahm seinen Sorgenfresser in die Hand, der auf dem Kopfkissen lag, und zog den Reißverschluss der Stoffpuppe mit einem Ruck zu.

»So, das Monster ist weggesperrt«, sagte er lachend zu Carlo, der wie irre an der Zimmertür kratzte und ihn vorwurfsvoll anblickte. Zarin kümmerte sich nicht weiter um ihn, ließ sich zufrieden auf das Kopfkissen zurückfallen und kuschelte sich gemütlich unter die Decke.

Das ununterbrochene Miauen des Katers hinderte ihn daran, wieder einzuschlafen. Wahrscheinlich musste Carlo auf sein Katzenklo. Besser, er ließ ihn hinaus, bevor er noch auf sein Bett sprang und aus Protest auf die Decke pinkelte, was schon einmal vorgekommen war und woraufhin seine Mutter nicht den Übeltäter, sondern ihn mächtig ausgeschimpft hatte. Seufzend warf Zarin die Decke beiseite, sprang aus dem Bett und öffnete die Zimmertür.

Ungeduldig drängte Carlo hinaus und hopste mit kleinen Sprüngen wie ein Ball die Treppenstufen hinunter. Zarin beugte sich über das Geländer und sah, wie der Kater zu seinem Katzenklo rannte, das neben der Garderobe im Flur stand, und hineinstieg. Augenblicke später hörte er das laute Rascheln der Katzenstreu. Seine Mutter, die sehr umweltbewusst war, kaufte Streu aus Pflanzenfasern, die sie in der Biotonne entsorgen konnte. Carlo kratzte so wild darin herum, dass die Streu, anstatt seinen Urin zu bedecken, nach allen Seiten auseinanderspritzte und sich breitflächig auf den Fliesen im Flur verteilte. Bestimmt wollte sein dicker Kater ihn ärgern, weil er die Zimmertür nicht offen gelassen hatte. Das sah ihm ähnlich.

Zarin ging in sein Zimmer zurück und schaute unschlüssig auf sein Bett. Er überlegte, ob er sich noch einmal hinlegen sollte. Eine halbe Stunde könnte er noch schlafen, bevor seine Mutter ihn um sieben Uhr wecken würde, damit er rechtzeitig zur Schule kam. Aber jetzt war er hellwach, also konnte er genauso gut aufbleiben. Er zog den Rollladen derart rasant nach oben, dass dieser sich verhakte und im Rollladenkasten festklemmte. Wieder hatte Zarin nicht daran gedacht, dass er den Rollladen langsam nach oben ziehen und nicht so wild am Gurt reißen sollte. Aber wenn sein Vater, wie beim letzten Mal auch, das Fliegengitter ausbaute und an dem unteren Ende des Rollladens zog, würde er sich schon wieder lösen. Zarin verschwendete keinen weiteren Gedanken daran und blickte aus dem Fenster. Der Wendeplatz lag menschenleer vor ihm, nur seine Mutter pflückte im Vorgarten Löwenzahnblätter. Vorwurfsvoll schaute sie zu ihm hoch und deutete verärgert mit der rechten Hand, in der sie die Löwenzahnblätter hielt, auf den Rollladenkasten. Bei dem Gedanken, dass sie aus diesen

Blättern gleich einen zwar gesunden, aber bitteren Smoothie zubereiten würde, verzog Zarin das Gesicht. Ihre Smoothies aus süßem Obst mochte er dagegen gerne, aber einen solchen würde es anscheinend heute nicht geben. Er trat vom Fenster zurück und überlegte, ob seine Freundin Zoe auch schon wach war, denn sie war Frühaufsteherin. Leider konnte er von seinem Zimmerfenster aus die Burg nicht sehen. Auf Zehenspitzen, um seinen Vater nicht zu wecken, schlich er über den Flur zum Bad, riss das Fenster auf, beugte sich hinaus und blickte zur Burg Falkenauge hinauf, die auf einem mit Weinstöcken bepflanzten Hügel erbaut war.

Vom Bergfried, dem höchsten viereckigen Turm der Burg, wehte die grüne Fahne mit dem Wappen der von Falkenauge, ein Wanderfalke mit ausgebreiteten Flügeln, aus dessen Augen Blitze zischten. Der Palas, das Wohngebäude der Burg, dessen Außenwand gleichzeitig ein Teil der Burgmauer war, hatte mehrere Fenster, von denen das zweite von links zu Zoes Zimmer gehörte. Und tatsächlich, als hätte sie geahnt, dass er so früh am Morgen zur Burg hinaufsah, wurde der Fensterflügel aufgerissen und Zoes Kopf erschien in der Öffnung. Mit ihren Augen, die so scharf wie die eines Falken waren, erspähte sie ihn sofort, winkte ihm zu und machte ihm Zeichen, dass er zur Burg kommen sollte.

Zarin hatte es auf einmal sehr eilig. Hastig wusch er sich sein Gesicht, putzte die Zähne und kämmte flüchtig seine blonden lockigen Haare, bevor er in sein Zimmer zurückrannte und nach seiner nicht mehr ganz so sauberen Jeans griff, die er am Vorabend achtlos auf den Teppichboden geworfen hatte. Im Kleiderschrank fand er sein Lieblings-T-Shirt mit dem Aufdruck seines Katers Carlo. Er zog es sich über den Kopf und riss mit einem Griff den dunkelgrünen Kapuzenpulli vom Kleiderbügel. Schließlich schnappte er sich seinen Schulrucksack, der neben seinem Schreibtisch stand, und warf ihn sich über die rechte Schulter. Als er die Treppe hinunterrannte, vernahm er bereits das Geräusch des Mixers, der die Löwenzahnblätter zerkleinerte. Abermals schüttelte er sich bei dem Gedanken, diese gleich zu sich nehmen zu müssen. Ihm kam eine Idee, wie er dem Smoothie entkommen konnte. Schnell zog er sich seine Sportschuhe an, band die Schnürsenkel zu und öffnete die Küchentür einen Spaltbreit. Bevor seine Mutter etwas sagen konnte, brüllte er gegen das laute Geräusch des Mixers an: »Ich frühstücke bei Zoe!« Rasch schloss er die Küchentür, damit seine Mutter ihn nicht zurückhalten konnte, und sprintete durch den Flur zur Haustür. Carlo, der gleichzeitig mit Zarin ins Freie wollte, lief ihm zwischen die Beine. Im letzten Moment konnte sich Zarin am Türgriff festhalten, um nicht zu fallen.

»Pass doch auf, Carlo!«, schimpfte er und zog die Haustür hinter sich und dem Kater zu.

Neben dem weiß verputzten Einfamilienhaus schlängelte sich zwischen den Rebstöcken, an denen die ersten zarten Blätter sprossen, ein Fußweg den steilen Hang bis zur Burg hinauf. Zarin schritt zügig aus und sein Kater begleitete ihn bis zur Grundstücksgrenze, wo er stehen blieb, weil ihm der Aufstieg zur Burg zu anstrengend war.

»Du bist echt faul, Carlo!«, schimpfte Zarin. Er selbst keuchte heftig vor Anstrengung, als er endlich die Burg erreichte. Seine Freundin erwartete ihn bereits an der heruntergelassenen Zugbrücke.

In dem halben Jahr, in dem Zoe jetzt schon in seiner Zeit lebte, hatte sie versucht, sich seiner Sprache und der modernen Kleidung anzupassen. Staunend entdeckte sie auch heute noch jeden Tag Neuheiten, die von den Menschen im Laufe der siebenhundert Jahre, die sie aufgrund ihrer Zeitreise übersprungen hatte, erfunden worden waren. Sie lernte erstaunlich schnell, sich damit zurechtzufinden, während dies ihren Eltern Clementia und Bernhard sichtlich schwerer fiel.

Zoes blonde, schulterlange Haare waren zu einem Pferdeschwanz zusammengebunden, und unter der geöffneten pinken Kapuzenjacke lugte ein T-Shirt mit dem Abbild eines Wanderfalken hervor. Sie trug hellblaue Jeans mit zwei aufgedruckten rosa Herzchen in Höhe des rechten Oberschenkels, und über die Füße hatte sie pinkfarbene Sneaker gestreift.

»Hallo, Zarin, du hast für den Aufstieg zur Burg nur den vierten Teil einer Stunde gebraucht.«

»Das heißt eine Viertelstunde«, verbesserte Zarin seine Freundin, die wie er elf Jahre alt war. »So schnell habe ich es noch nie geschafft. Das ist mein neuer Rekord«, freute er sich.

»Schau her!« Auf ihr linkes Handgelenk deutend, blickte Zoe ihn aus ihren blauen Augen erwartungsvoll an.

An ihrem Ringfinger sah Zarin den goldenen Wappenring der von Falkenauge mit dem grünen Jaspis, in den ein Wanderfalke mit ausgebreiteten Flügeln eingraviert war, der aus seinen Augen Blitze schleuderte.

»Dein Ring? Na und. Was ist damit?«

»Nein, nicht der Ring.« Ungeduldig schüttelte Zoe den Kopf. »Fällt dir nichts auf?«

Zarin betrachtete ihren Arm genauer und bemerkte erst jetzt die Uhr mit dem pinkfarbenen Armband an ihrem Handgelenk.

»Oh, cool!« Zarin musste sich ein Grinsen verkneifen, als er die Armbanduhr sah, denn Pink war Zoes Lieblingsfarbe geworden, seit sie sich in seinem Jahrhundert befand.

»Ja. Ist sie nicht hübsch? Mein Vater hat sie mir geschenkt. Ich kann immer noch nicht verstehen, dass die Zeiger von allein laufen und dabei die Zeit ganz genau anzeigen.«

»Eine Knopfbatterie treibt die Zeiger an.«

»Aber wie kann so eine kleine Batterie das machen?«

Das alles musste Zoe, die Anfang des vierzehnten Jahrhunderts geboren war, noch immer wie Zauberei vorkommen.

»Warum hast du keine Armbanduhr, Zarin? Ohne Uhr weißt du nicht, wie spät es ist.«

»Das wusstest du doch früher auch nicht.«

»Doch. Wir haben uns nach dem Stand der Sonne gerichtet.«

Zarin zog sein Smartphone aus der Hosentasche und deutete auf die rechte obere Ecke des Displays. »Hier kann ich die Uhrzeit ablesen.«

»Aber so eine Armbanduhr ist schicker«, bemerkte Zoe und betrachtete ihre Uhr voller Stolz.

Zarin nickte. »Passt auch zu deinem Outfit.«

»Wer ist zuerst am Torhaus?«, rief sie unvermittelt und rannte über die Zugbrücke.

Obwohl er seit einer Weile nicht mehr über seine Füße stolperte und frei und unbeschwert laufen konnte, weil er vor seinen Klassenkameraden Connor, Luc und Spock keine Angst mehr zu haben brauchte, war Zoe schneller als er.

»Erste!« Übermütig rannte sie in den Vorhof der Burg, wo sich im Schutz der Wehrmauer die Falknerei befand.

Zoes Vater, Burgherr Bernhard von Falkenauge, der sich gerade einen langen Lederhandschuh über den rechten Arm streifte, hatte einen gestutzten Kinnbart. Seine blonden Locken, die ihm bis auf die Schultern hingen, waren über der Stirn glatt abgeschnitten. Falko, sein Lieblingsfalke, hockte auf einer Querstange, die an einem Holzpfahl befestigt war. Zoes Vater stieß einen schrillen Pfeifton aus. Sogleich öffnete Falko seine Schwingen und flog auf dessen behandschuhte Hand. Zarin wusste, dass der Wanderfalke das schnellste Tier der Welt war. Im Sturzflug konnte er Geschwindigkeiten von über dreihundertsechzig Stundenkilometern erreichen, und die Spannweite seiner Flügel betrug bis zu hundertvierzehn Zentimeter. Wenn Zarin seine Arme ausbreitete, kam er auch in etwa auf diese Länge.

Zoe lief zu ihrem Vater und streichelte das dunkelblau-graue Gefieder des Falken.

»Seid gegrüßt«, sagte Zoes Vater und wandte sich Zarin zu: »Möchtet Ihr Falko auch einmal streicheln?«

Zarin zögerte. Er würde den Falken gerne einmal streicheln, aber bisher hatte er sich nicht getraut. Zoes Vater schien seine Gedanken erraten zu haben, denn er kam einen Schritt näher und fuhr mit der linken Hand behutsam über Falkos Gefieder. »Ihr müsst von oben nach unten über die Federn streichen«, erklärte er und zeigte es ihm. Falko ließ es sich gefallen. Es schien sogar, als ob er es als angenehm empfand. Gerade hob Zarin seine Hand, um es Zoes Vater gleichzutun, da drehte der Falke seinen Kopf in Zarins Richtung und blickte ihn intensiv an. Erschrocken zog Zarin die Hand zurück. Im selben Moment hörte er Zoes Mutter rufen: »Bernhard! Zoe! Das Mahl ist angerichtet!«

Sie erschien unter dem Torbogen und winkte ihnen zu. »Seid gegrüßt, Zarin. Ihr könnt mit uns speisen«, lud sie ihn ein.

Obwohl Zoes Eltern noch sehr jung waren – sie waren in den elf Jahren, in denen sie verzaubert gewesen waren, nicht gealtert –, gelang es ihnen nicht so schnell wie ihrer Tochter, sich an die neue Zeit anzupassen. Andauernd fielen sie in ihre mittelalterliche Sprache zurück.

»Es gibt Haferbrei zum Frühstück, Zarin«, verkündete Zoe.

Das ist nicht besser als der grüne Smoothie, dachte Zarin. Er schüttelte sich und verzog angewidert das Gesicht.

Zoe lachte schallend, als sie seine Miene sah. »Hast du wirklich geglaubt, wir essen Haferbrei? Natürlich gibt es Brötchen.« Zarin atmete erleichtert auf. Nach einer kurzen Pause fügte sie augenzwinkernd hinzu: »Mit Schokolade.« Sie leckte sich genießerisch über die Lippen.

Zarin wusste, dass Schokolade für Zoe etwas ganz Besonderes war, denn in ihrer Zeit hatte es als Süßigkeit nur Honig gegeben.

Eilig folgte er Zoe und ihrem Vater durch den Torbogen in den Innenhof der Burg. An der Nordseite stand der viereckige, mächtige Bergfried. Die Türöffnung befand sich nicht zu ebener Erde, sondern etwa drei Meter über dem Boden. Das hatte einen triftigen Grund. Würde die Burg bei einem feindlichen Überfall erobert werden, konnten die Bewohner über eine Leiter in den Turm flüchten und diese hochziehen, sodass der Feind ihnen nicht folgen konnte. In der Mitte des Hofes stand der Ziehbrunnen. Zoes Vater hatte Zarin erzählt, dass dieser mindestens zwanzig Meter tief und von einem Gefangenen mithilfe einer Spitzhacke mühsam durch den Fels gegraben worden sei. Der Gefangene hatte sich damit seine Freiheit erkauft. Jeden Abend war er aus dem Brunnen gezogen und am anderen Morgen wieder hinuntergelassen worden. Mehrere Jahre hatte er gebraucht, bis er endlich auf

Wasser gestoßen war. Zarin rann ein Schauer über den Rücken, als er in den dunklen Schlund des Brunnens blickte und sich vorstellte, wie der Gefangene in der Tiefe geschuftet hatte. An der Südwestseite befand sich der Palas, ein mehrstöckiges Wohngebäude. Vor dessen Eingang standen mehrere Biergartentische und Bänke. Die hatten Zoes und sein Vater bereits gestern aufgestellt. Hier konnten morgen beim Mittelalterfest die Einwohner der Stadt und die Touristen sitzen und das Essen seines Vaters genießen, dessen Traum von einem eigenen Restaurant im letzten halben Jahr in Erfüllung gegangen war. Er hatte seinen Arbeitsplatz als Küchenchef im Restaurant Am Weinberg zum Ärger des Besitzers Jan Waldstätter gekündigt. Jetzt war er sein eigener Chef. Er war ein guter Koch und brauchte sich nicht länger von seinem ehemaligen Vorgesetzten schikanieren zu lassen.

Viele Freunde und Bekannte hatten seinem Vater bei der Modernisierung des Wohngebäudes geholfen. Besonders die mittelalterliche Burgküche hatte von Grund auf erneuert werden müssen. Statt des offenen Kamins, unter dem früher über einem Feuer an einem Eisengestell ein Kessel gehangen hatte, in dem die Mahlzeiten gekocht worden waren, gab es jetzt eine moderne Küche.

Von Beruf Elektriker, hatte Connors Vater alle elektrischen Leitungen verlegt. Lucs Vater, der Straßenbauer war, sich aber auch mit Installateurarbeiten auskannte, hatte die Wasserleitungen eingebaut und mithilfe von Connors Vater die Fliesenarbeiten erledigt. Seitdem gab es im Erdgeschoss nicht nur Toilettenräume für die Restaurantbesucher, Zoe und ihre Eltern hatten im ersten Stockwerk ebenfalls ein modernes Badezimmer bekommen. Zoes Vater, der ihnen bei den Arbeiten zur Hand gegangen war, hatte nun endlich verstanden, wie es möglich war, dass das Wasser aus einem Hahn in der Wand floss und man es nicht mehr aus dem Brunnen holen musste. Das war schon eine große Erleichterung.

Jetzt war alles fertig, und Zoes und Zarins Eltern wollten den morgigen Eröffnungstag des Burgrestaurants mit einem Mittelalterfest feiern. Zarins Vater hatte einen ganzen Ochsen geordert, der am Spieß gebraten werden sollte, denn er rechnete mit zahlreichen Besuchern aus der Stadt und der Umgebung.

Zarin drückte die in den Palas führende schwere Eingangstür aus Eichenholz hinter sich zu. Obwohl Zoe, die ihren Eltern die breite abgenutzte Holztreppe zu den Privaträumen hinauf folgte, ihn ungeduldig zur Eile aufforderte, warf er noch einen Blick in den Rittersaal. Der große, rechteckige Raum, in dem im Mittelalter an einem langen Holztisch die Ritter mit ihren Knappen getafelt hatten, war zu einem Restaurant umgestaltet worden. Die alten Wand- und Deckenvertäfelungen aus Eichenholz, die im Laufe der Jahre stark nachgedunkelt waren, sowie die gewebten Wandteppiche, die mittelalterliche Jagdmotive zeigten, verliehen dem Raum mit der hohen Decke eine besondere Atmosphäre.

»Für unsere Bilderausstellung ist hier gar kein Platz mehr«, meinte Zarin enttäuscht.

»Wir nehmen zwei von den Wandteppichen ab. Dann haben wir genug Platz, um die Bilder aufzuhängen«, erklärte Zoe, die die Treppe wieder hinabgesprungen war.

»Cool, das reicht locker, wir sind ja nur siebzehn in der Klasse.«

»Jetzt komm endlich!«

Dem Rittersaal gegenüber lag die Küche mit ihren glänzenden Schränken aus Edelstahl, dem modernen Herd mit der Abzugshaube, einem Gefrier- und Kühlschrank. Zarin konnte sich keinen größeren Kontrast vorstellen.

»Zarin, wo bleibst du denn?« Zoe schaute ungeduldig über das Treppengeländer.

Als er sie, immer zwei Stufen auf einmal nehmend, erreichte, fasste sie ihn bei der Hand und zog ihn die Ahnengalerie entlang bis zu dem Gemach, in dem einst Morphia, die Halbschwester von Zoes Vater, gewohnt hatte. Zarin lief ein kalter Schauer über den Rücken, als Zoe die Tür öffnete. Noch immer fürchtete er, plötzlich Morphia gegenüberzustehen. Aber seine Angst war unbegründet. In dem Raum erinnerte nichts mehr an sie. Das Himmelbett, die Truhen und die grässlichen Bilder mit den Teufelsfratzen waren verschwunden. Eine moderne Küche war eingebaut worden und vor der Fensternische stand ein heller Holztisch mit gepolsterten Stühlen. Der Tisch war mit dem Keramikgeschirr gedeckt, das seine Mutter getöpfert, mit bunten Frühlingsblumen kunstvoll bemalt und das sie Zoes Eltern zum Einzug in die Burg geschenkt hatte.

Zarin atmete heimlich auf. Alles Düstere und Bedrohliche, das dem Raum angehaftet hatte, war fort.

»Lasst es Euch munden«, sagte Zoes Mutter, während sie einen Korb mit frisch gebackenen Brötchen auf den Tisch stellte. Sie trug ein knöchellanges, hellgrünes mittelalterliches Kleid und ihre langen blonden Haare wurden von einem gleichfarbigen Stirnband zurückgehalten. Anscheinend konnte sie sich mit der heutigen Mode nicht anfreunden, im Gegensatz zu Zoes Vater, der Jeans und T-Shirts äußerst praktisch fand. Mit der Tischsitte nahmen es Zoes Eltern nicht so genau. Sie benutzten weiterhin nur Löffel und Messer und nahmen anstatt einer Gabel ihre Finger.

Zoe teilte ihr Brötchen in zwei Hälften, bestrich beide dick mit Schokoladennougatcreme und biss gierig hinein. Sie bemühte sich, nicht zu schmatzen, und als sie aus Macht der Gewohnheit ihre klebrigen Finger am T-Shirt abwischen wollte, zuckte sie im letzten Moment zurück, sprang auf, zog ein Blatt von der Haushaltsrolle, die auf der Anrichte stand, und wischte sich damit Mund und Finger ab. Dabei blickte sie Zarin verstohlen von der Seite an, weshalb er sich ein Grinsen nicht verkneifen konnte.

Aus einem Tonkrug goss Zarin Milch in seinen Becher und biss von der Brötchenhälfte ab, die er ebenfalls dick mit Schokoladennougatcreme bestrichen hatte. Zum Glück konnte seine Mutter das nicht sehen, denn dann würde sie ihm einen Vortrag halten, wie ungesund doch so ein Frühstück sei, und das nicht nur für die Zähne. Als wäre es Gedankenübertragung, gab sein Smartphone immer lauter werdende Sirenentöne von sich. Seine Mutter rief an. Zarin nahm das Gespräch entgegen. »Was ist?«, fragte er genervt und biss erneut vom Brötchen ab.

»Frag mal Zoes Mutter, ob du nach der Schule auch bei ihr zu Mittag essen kannst. Ich muss noch einige Tierfiguren töpfern und habe keine Zeit zum Kochen.«

»Passt schon«, antwortete Zarin mit undeutlicher Stimme, weil er nicht so schnell schlucken konnte. Bevor seiner Mutter noch etwas einfiel, was er vielleicht machen sollte, drückte er das Gespräch weg.

Die Augen von Zoes Vater waren auf Zarins Smartphone gerichtet, das dieser neben seinen Teller auf den Tisch legte. »Dass so etwas funktioniert«, sagte er staunend. »Das ist für mich das größte Wunder in Eurem Jahrhundert, dass man mit jemandem sprechen kann, der sich ganz woanders befindet.«

Zoe Mutter schien mit ihren Gedanken abwesend zu sein. »Bernhard, wir müssen nachher noch unsere Verkaufsstände im Burghof aufbauen«, erinnerte sie ihren Mann, während sie aus einer Kanne Kräutertee in ihren Becher goss. »Vielleicht verkaufe ich einige von meinen selbst genähten Kleidern.«

»Davon bin ich überzeugt, Mutter.« Zoe blickte auf ihre neue Armbanduhr und sprang auf. »Wir müssen los!«

Während sie zu ihrem Zimmer ging, um ihren Schulrucksack zu holen, trank Zarin hastig sein Glas Milch leer, verabschiedete sich von Zoes Eltern und wartete ungeduldig an der Treppe auf Zoe.

Ein Blick auf die digitale Uhr auf seinem Smartphone ließ ihn erkennen, dass sie sich jetzt auf den Weg machen mussten, wenn sie noch rechtzeitig im Unterricht erscheinen wollten.

Gemeinsam verließen sie die Burg, überquerten den Parkplatz vor der Zugbrücke und stapften nebeneinander den steilen Pfad zwischen den Weinstöcken hinab.

Zoe stoppte plötzlich abrupt und packte Zarin am Arm, sodass er ebenfalls gezwungen war anzuhalten. »Pst! Nicht bewegen!«, flüsterte sie und legte ihren Zeigefinger auf den Mund. Sie zeigte auf den Weg vor sich.

Erschrocken machte Zarin einen Satz rückwärts. Er glaubte seinen Augen nicht zu trauen. Mitten auf dem Weg lag eine Schlange in der Sonne, die sich zu einem Knäuel zusammengerollt hatte. Noch nie hatte er eine Schlange in der freien Natur gesehen, nur im Tierpark hinter Glasscheiben, wo er vor ihnen in Sicherheit gewesen war. Es schien nicht so, als ob das Tier seinen Weg fortsetzen wollte.

Zoe kniete nieder und betrachtete die Schlange.

»Pass auf, dass sie dich nicht beißt! Bestimmt ist sie giftig«, warnte Zarin und trat vorsichtshalber noch einen Schritt zurück.

»Weißt du nicht, was das für eine Schlange ist? Du bist aber dumm!«

Zarin ärgerte sich, weil Zoe ihn für dumm hielt, dabei fand er, dass alle Schlangen bedrohlich aussahen, egal ob giftig oder nicht.

»Anscheinend hast du im Unterricht nicht aufgepasst. Das ist doch nur eine Schlingnatter, und die ist völlig ungefährlich. Du erkennst sie daran, dass sie keine schlitzförmige Pupille wie die Kreuzotter hat und auch das eindeutige Zickzackmuster auf ihrer Haut fehlt«, erklärte Zoe, die ihren Blick nicht von der Schlange ließ. »In meiner Zeit gab es jede Menge Schlangen, und sie waren nicht vom Aussterben bedroht. In deinem Jahrhundert kommen sie nur noch ganz selten vor.«

»Dann müssen wir unbedingt ein Foto von ihr machen.« Zarin nahm seinen Schulrucksack vom Rücken, stellte ihn mit einer hastigen Bewegung auf den Boden neben Zoe und kramte nach seinem Smartphone. Die Schlange erschrak, löste sich aus ihrer Starre, züngelte und verschwand eilig zwischen den Weinstöcken.

»Gib her!« Zoe riss Zarin das Smartphone aus der Hand und folgte der Schlange.

Zarin sah, dass sie während des Laufens fotografierte. Triumphierend hielt sie das Smartphone in die Höhe und kam zurück.

»Zeig mal, wie die Fotos geworden sind! Wir schicken sie an den Naturschutzbund, der freut sich bestimmt darüber, dass wir eine Schlingnatter gesehen haben.« Zarin nahm sein Smartphone entgegen und drückte auf die App der Bildergalerie.

Neugierig blickten beide auf das Display. Zu ihrer Verwunderung war darauf keine Schlange zu sehen, sondern Zoes Gesicht in Großaufnahme.

»Das sind nicht die richtigen Bilder«, warf Zoe ein.

»Doch, das sind sie.« Zarin lachte schallend. »Die Kamera war noch auf Selfie eingestellt und du hast dich fotografiert. Aber einreichen können wir sie trotzdem, schließlich bist du ja auch eine Rarität.«

Zoe streckte ihm die Zunge heraus. »Aber ich bin nicht vom Aussterben bedroht«, konterte sie.

Während Zarin seinen Rucksack auf den Rücken schwang, schielte Zoe auf ihre Armbanduhr. Erschrocken sagte sie: »Der Unterricht hat bereits angefangen. Wir sind den vierten Teil einer Stunde zu spät!«

Kontrahenten

Gegenwart

In großer Eile hetzten Zoe und Zarin durch das Schulgebäude zum Kunstraum. Zoe riss die Tür auf und rannte, gefolgt von Zarin, zu ihrem Platz. Die Schülerinnen und Schüler, die die Köpfe tief über ihre Zeichnungen gebeugt hatten und schon fleißig an ihren Bildern zum Thema Mittelalter malten, blickten auf.

»Schön, dass ihr auch noch kommt!«, sagte Hajo Grundmann, der Klassenlehrer der 6A, der nichts dagegen hatte, dass seine Schüler ihn duzten, mit ironischem Unterton. »Ich hoffe, die verbleibende Zeit reicht, um eure Motive zu zeichnen.«

»Nicht so schlimm, wenn du nicht fertig wirst, Zoe. Meine Zeichnung ist sowieso die schönste«, prahlte Finja, die den linken Ellbogen auf dem Tisch aufgestützt hatte und mit der Handfläche ihre linke Gesichtshälfte verdeckte. Provozierend blickte sie Zoe an.

»Lass mich in Ruhe!«, erwiderte Zoe und schlug ihren Zeichenblock auf.

Während der sechs Monate, die sie jetzt schon die Schule besuchte, hatte sich Finja ihr gegenüber die ganze Zeit so abweisend verhalten wie am ersten Tag. Dabei war Zoe auf die Schule und ihre Mitschüler sehr gespannt gewesen. Vor Aufregung hatte sie bereits eine Woche vorher kaum schlafen können. In ihrer Zeit, als sie auf der Burg Falkenauge gefangen gewesen war, hatte der Kaplan nur sie allein unterrichtet. Außer Lesen, Schreiben und Latein hatte er ihr Mathematik beigebracht, Addieren, Subtrahieren, Multiplizieren und Dividieren. Das Fach Kunst hatte sie vorher nicht gekannt. Es war zu ihrem Lieblingsfach geworden. Alles könnte schön sein, wenn Finja nicht so gemein zu ihr wäre.

Anfangs hatte Zoe sich gefreut, dass sie auf dem freien Platz zwischen Zarin und Finja sitzen sollte, denn zu ihrer Überraschung hatte Finja ihre langen braunen Haare zu einem ebensolchen Zopf geflochten, wie Anna, ihre Freundin in ihrem Jahrhundert, es getan hatte. Sie hatte gehofft, vielleicht eine neue Freundin zu finden, eine Freundin wie Anna.

»Ich heiße Zoe«, hatte sie lächelnd zu Finja gesagt und sie gefragt, ob sie Zahnschmerzen hätte, weil sie ihre Hand an ihre linke Gesichtshälfte hielt.

Finja war nicht mehr zum Antworten gekommen, weil Connor von seinem Platz aufgesprungen war und ihr die Hand vom Gesicht gerissen hatte. »Stell dich nicht immer so an. Das nervt langsam!«

Entsetzt hatte Zoe Finja angestarrt und war unwillkürlich zurückgewichen. Finjas linke Wange leuchtete feuerrot. Eine dicke, wulstige Narbe zog sich von ihrem linken Auge bis zum Mundwinkel. »Du bist mit dem Feuermal gezeichnet«, hatte Zoe erschrocken gestammelt.

»Blöde Kuh! Was glotzt du mich so an?«, hatte Finja wütend gefaucht und sie hasserfüllt angestarrt. Wenn Blicke töten könnten, wäre sie bestimmt tot umgefallen. Und obwohl Zoe beteuert hatte, es nicht böse gemeint zu haben, war sie von dem Tag an für Finja Luft gewesen.

»Wie weit seid ihr?« Hajos Frage riss sie aus ihren Gedanken.

»Ich bin fertig«, antwortete Zarin, stellte seinen Pinsel in das vor ihm stehende Wasserglas und lehnte sich zufrieden zurück.

Hajo betrachtete die Aquarellzeichnung, die im Hintergrund die Burg Falkenauge mit den hohen Wehrmauern und dem Bergfried zeigte. Am Flaggenmast wehte die grüne Fahne mit dem Wappen der von Falkenauge, ein Wanderfalke mit ausgebreiteten Flügeln, aus dessen Augen Blitze zischten. Den Vordergrund füllte ein Mädchen mit schulterlangen blonden Haaren aus. Um seinen Kopf hatte es ein rotes Stirnband geschlungen und es trug ein knöchellanges weinrotes Mittelalterkleid.

»Das ist Zoe, die Burgherrin der Burg Falkenauge«, verkündete Zarin voller Stolz und tippte mit dem Zeigefinger auf das Mädchen.

»Kann ich echt nicht erkennen«, warf Connor vorlaut ein. Er saß Zarin gegenüber und beugte sich weit über den Tisch, um sich die Zeichnung genauer anzusehen.

»Das Mädchen hat nicht die geringste Ähnlichkeit mit Zoe«, meinte auch Luc, der aufgestanden war und Zarin über die Schulter blickte. Dabei rutschte ihm seine Brille auf die Nasenspitze und er schob sie mit dem Zeigefinger wieder vor die Augen.

»Luc, du solltest mal zum Optiker gehen und deine Brille richtig einstellen lassen«, riet ihm Hajo.

»Ich finde dein Bild sehr schön«, flüsterte Zoe Zarin ins Ohr, dessen Miene sich zu ihrer Freude wieder aufhellte.

»Du Hexe!«, wandte sich Finja in gehässigem Ton an Zoe. »Als die Burg noch eine Ruine war, hat dich hier niemand gesehen. Kaum ist sie wieder heil und bewohnbar, tauchst du plötzlich wie aus dem Nichts mit deinen Eltern auf, nistest dich mit ihnen in der Burg ein und zerstörst mein Leben.«

»Wieso denn dein Leben, Finja?«, rief Spock vom Nachbartisch herüber. »Du willst wohl selbst gerne auf der Burg wohnen und Prinzessin spielen.«

»Phantom der Oper passt besser«, spottete Connor.

»Und du siehst aus wie Frankenstein mit deiner hässlichen Zahnlücke«, gab Finja schlagfertig zurück.

»Schluss jetzt!«, befahl Hajo und blickte Connor und Finja streng an, bevor er sich Zoes Zeichnung zuwandte.

»Zoe, du hast die Gesichtszüge deines Vaters richtig gut getroffen«, sagte er begeistert. »Man könnte meinen, dein Bild sei eine Fotografie. Du bist sehr begabt. Endlich habe ich mal eine Schülerin mit Zeichentalent.«

Zoe freute sich über das Lob ihres Lehrers. Sie bemerkte die bewundernden Blicke der anderen Kinder mit Ausnahme von Finja, die sie wütend anstarrte.

Finja ergriff ihren Zeichenblock und stieg so rasch auf ihren Stuhl, dass ihr Zopf auf und ab wippte. »Seht alle her, das bin ich als Burgherrin!«, verkündete sie in voller Lautstärke. Sie hielt ihre Zeichnung in die Höhe und drehte sich graziös einmal im Kreis herum, damit alle anderen ihr Bild bestaunen konnten.

»Sehr schön, Finja und jetzt setzt du dich sofort wieder hin«, sagte Hajo, der zu Finjas Ärger mit keinem weiteren Wort auf ihre Zeichnung einging, sondern sich den anderen Mädchen und Jungen zuwandte.

Zoe konnte Finja ansehen, dass sie wütend war, weil Hajo ihre Zeichnung nicht gebührend bewundert hatte.

Wie Zarin ihr erzählt hatte, war Finja die Tochter des früheren Chefs seines Vaters, dem das Restaurant Am Weinberg gehörte. Nach der Grundschule hatte Finja ein Internat besucht, in dem Schauspiel, Tanz und Ballett unterrichtet worden waren, denn es war ihr größter Wunsch gewesen, eine berühmte Tänzerin zu werden. Vor ein paar Monaten jedoch hatte sie sich in der Küche des Restaurants die linke Gesichtshälfte verbrüht und einige Zeit im Krankenhaus verbracht. Finjas Karriere war zu Ende gewesen, noch ehe sie begonnen hatte. Sie hatte sich geweigert, in das Internat zurückzukehren, denn mit ihrem verunstalteten Gesicht konnte sie keine Tänzerin werden.

»Du siehst dir total ähnlich, Finja«, verhöhnte Connor sie. Abschätzend blickte er auf Finjas Zeichnung. »Nur die Narbe hast du vergessen, in dein Gesicht zu zeichnen.«

»Halt die Klappe!« Erbost warf Finja ihren Pinsel nach Connor, verfehlte ihn aber.

»Was ist mit deiner Zeichnung?« Hajo blieb neben Connors Platz stehen und blickte verwundert auf dessen Zeichenblock, auf dem nur ein mit grauer Aquarellfarbe bemaltes Blatt zu sehen war. »Das ist das Mittelalter im Nebel«, erklärte Connor grinsend.

Zoe wusste, dass Kunst nicht Connors Lieblingsfach war und er auch nicht verstand, warum sie so viel Spaß daran hatte.

»Das ist alles, was dir zum Thema Mittelalter eingefallen ist?« Auf Hajos Stirn bildete sich eine missbilligende tiefe Falte. »Dir ist ja wohl klar, dass dein Bild nicht in die Ausstellung kommt.«

Connor schnitt eine Grimasse hinter Hajos Rücken. Der wiederum wandte sich Benjamin zu, den jeder nur bei seinem Spitznamen Spock rief. Sein Idol war Mr. Spock aus den Star-Trek-Filmen, den er sogar in seinem Äußeren nachahmte. Deshalb verbrauchte er zum Ärger seiner Mutter Unmengen von Gel, mit dem er sich seine strubbeligen schwarzen Haare dicht an den Kopf strich. Die abstehenden Ohren hatte er bereits seit seiner Geburt, und seine Lieblingskleidung waren ein blaues T-Shirt und eine schwarze Hose. Spock träumte davon, mit der Enterprise in ferne Galaxien zu fliegen und auf einem Stern seinen Vater wiederzufinden, der bei einem Autounfall ums Leben gekommen war.

»Du hast am Thema vorbei gemalt, Spock, äh, Benjamin«, verbesserte sich Hajo. »Was soll die Enterprise im Mittelalter?«

»Die Menschen im Mittelalter können doch auch schon Visionen gehabt haben«, verteidigte sich Spock beleidigt.

Hajo seufzte. Seine Idee, dass jeder Schüler ein Bild zum Thema Mittelalter zeichnete, war von einigen Schülern nicht richtig umgesetzt worden. Verwundert betrachtete er Lucs Zeichnung, auf der drei Tiere zu sehen waren. Mit viel Fantasie konnte man anhand der krummen Schnäbel erraten, dass es sich um Raubvögel handeln sollte. Luc strich über seine kurzen, stoppeligen Haare und blickte den Lehrer erwartungsvoll an. Als dieser schwieg, deutete er auf den ersten Vogel und verkündete stolz: »Das ist ein Wanderfalke.«

»Aha«, brummte Hajo. »Und die anderen beiden?«

»Das sieht man doch!« Empört schob Luc seine Brille in die Höhe, die erneut ins Rutschen geraten war. »Das hier ist ein Uhu und das daneben ein Adler, sie gehören zur Falknerei im Mittelalter.«

»Die Idee ist nicht schlecht«, meinte Hajo. »Aber größere Augen hätten zumindest den Uhu erkennen lassen.« Um Aufmerksamkeit zu erhalten, klatschte er in die Hände. »Aufgepasst! Wie ich gesehen habe, sind außer Connor alle mit den Zeichnungen fertig.«

»Wieso? Mein Bild ist auch fertig. So sieht es halt aus, wenn es neblig ist«, protestierte Connor beleidigt.

Ohne auf seinen Protest einzugehen, befahl Hajo: »Los geht's. Packt eure Bilder ein! Wir lassen heute die restlichen Stunden ausfallen und wandern stattdessen zur Burg, um die Bilder aufzuhängen.«

Das ließen sich die Mädchen und Jungen nicht zweimal sagen. Erfreut sprangen sie auf und griffen nach Schulrucksack und Zeichenblock. Hajo stopfte einen Schuhkarton in einen beigen Stoffbeutel und nahm auch das aus Pappe gebastelte Schild mit, auf das er einen dicken schwarzen Pfeil gemalt und in großen verschnörkelten Buchstaben »Zur mittelalterlichen Bilderausstellung« geschrieben hatte.

Die verschwundene Zeichnung

Gegenwart

Zoe drängte sich an den Mädchen und Jungen der Klasse 6A vorbei und lief als Erste über die Zugbrücke. Im Vorhof der Burg hockten der Wanderfalke und drei Gerfalken dösend auf ihren Sitzstangen. Als Zoe vorüberlief, öffneten sie die Augen und beobachteten aufmerksam jede Bewegung der nachfolgenden Mädchen und Jungen, die vorsichtshalber nicht zu dicht an den Vögeln entlanggingen.

Zoe rannte durch den Innenhof zum Palas und stieß die Tür auf. »Wir hängen jetzt unsere Zeichnungen an die Wand!«, rief sie ihrem Vater zu, der gerade die Treppe herunterkam.

»Ich hole schnell die Leiter«, antwortete er Zoe, die die Tür zum Rittersaal öffnete und ihren Klassenlehrer und die Mädchen und Jungen eintreten ließ. Es dauerte nicht lange, da erschien Zoes Vater mit einer Stehleiter und nahm mit Hajos Hilfe zwei der schweren Wandteppiche ab. Dann entschuldigte er sich, weil er weitere Vorbereitungen für das Fest treffen musste. Connor und Spock rollten die Teppiche auf und zogen sie zur rückwärtigen Wand, wobei Zarin und Luc ihnen halfen, da die Teppiche so schwer waren.

Auf einem der Tische breitete Hajo Klebestreifen aus. »Mit diesen Spezialklebern lassen sich eure Bilder später mühelos wieder abnehmen, ohne dass sie Schaden nehmen«, erklärte er.

Vorsichtig löste Zoe ihre Zeichnung aus dem Zeichenblock und nahm sich zwei Klebestreifen, die sie an der Rückseite ihres Bildes befestigte, bevor sie es an die Wand klebte. Sie trat einen Schritt zurück, betrachtete ihr Werk mit einem zufriedenen Nicken und ging zu Connor, um ihm beim Aufhängen seiner Zeichnung zu helfen.

»Stopp!«, unterbrach Hajo die beiden. »Connor, du willst doch nicht allen Ernstes dein Nebelbild hier präsentieren? Bevor du nicht ein Motiv darauf gemalt hast, kommt das Bild nicht an die Wand.«

Connor schob sein schwarzes Basecap mit dem Totenkopf-Emblem ins Genick, dachte über die Worte des Lehrers nach und ließ vor seinen Lippen eine Kaugummiblase zerplatzen.

Mit vorwurfsvoller Miene blickte Hajo ihn an. »Das Kaugummi kannst du auch gleich entsorgen«, sagte er genervt.

Zoe sah, dass Connors Augen aufleuchteten. Er schien eine Idee zu haben. Seelenruhig nahm er das rote Kaugummi aus dem Mund, rollte es zu einer Kugel zusammen und drückte es mit dem Daumen flach auf das untere Ende seiner Zeichnung.

»Das ist das Siegel«, erklärte er stolz.

»Was für ein Siegel?«, fragte Hajo irritiert.

»Das Siegel auf der Urkunde. Hast du mal einen schwarzen Filzstift, Zoe?«

Obwohl Zoe sich nicht vorstellen konnte, was Connor damit wollte, rannte sie bereitwillig in ihr Zimmer, und als sie mit dem gewünschten Stift zurückkam, hingen bis auf das von Connor bereits alle Bilder an der Wand. Unter jeder der aufgehängten Zeichnungen befestigte Hajo einen Aufkleber mit einer fortlaufenden Nummer.

Rasch schrieb Connor mit verschnörkelten Buchstaben das Wort »Urkunde« auf sein Nebelbild und ritzte ein paar undefinierbare Zeichen in das rote Kaugummi. »Das ist der Wanderfalke«, erklärte er und fügte stolz hinzu: »Die mittelalterliche Urkunde ist fertig.« Er gab Zoe den Filzstift zurück, den sie in die Gesäßtasche ihrer Jeans steckte, und sah den Lehrer herausfordernd an.

Hajo hatte Mühe, sich das Lachen zu verbeißen. »Sieh mal an, Connor, du hast ja Fantasie! Das hätte ich dir gar nicht zugetraut. Also gut, du darfst dein Bild der Menschheit präsentieren«, beschloss er. Nachdem Connor es an der Wand platziert hatte, reichte Hajo ihm den Aufkleber mit der Nummer sechzehn, den Connor unter seine Zeichnung klebte.

»Und jetzt habe ich noch eine Überraschung für euch«, fuhr Hajo fort. Er zog den Schuhkarton aus dem Stoffbeutel, öffnete ihn und entnahm ihm einen Stapel Zettel in der Größe einer Postkarte. Auf jedem dieser Zettel stand: »Punktevergabe für das schönste Bild«. Hajo setzte zur Erklärung an: »Auf diesen Abstimmzetteln können alle Besucher unserer Bilderausstellung für drei Bilder, die sie am besten finden, Punkte vergeben, und zwar für das schönste Bild drei Punkte, für das zweitschönste zwei Punkte und einen Punkt für das dritte Bild. Die Zeichnung, die die meisten Punkte erhält, gewinnt.« Er machte eine Pause, um die Spannung zu erhöhen. »Der Sieger oder die Siegerin darf sich eins von den mittelalterlichen Gewändern aussuchen, die Zoes Mutter genäht hat.«

Tosender Jubel brach los und alle klatschten begeistert Beifall.

»Das Kleid habe ich schon so gut wie sicher«, befand Finja und blickte Zoe herausfordernd an.

Zoe hob zweifelnd die Augenbrauen. »Die Besucher entscheiden, nicht du.«

»Wetten, dass mein Bild gewinnt?«, brüllte Connor durch den Rittersaal.

Luc grinste und konterte: »Bin gespannt, ob du überhaupt einen einzigen Punkt bekommst.«

»Das kapiert doch kein Mensch, dass das ein Siegel auf einer Urkunde sein soll. Meine Enterprise dagegen erkennt jeder«, mischte Spock sich ein.

Finja horchte auf und stieß Zoe mit dem Ellbogen in die Seite. »Habt ihr eigentlich eine Urkunde, mit der ihr beweisen könnt, dass die Burg auch wirklich euch gehört?«

»Was meinst du damit?« Zoe blickte Finja verständnislos an.

»Weißt du nicht, was eine Urkunde ist? Meine Eltern besitzen das Grundstück, auf dem sich unser Restaurant befindet, und das steht in einem Buch – wie heißt das noch gleich?«, unterbrach sie sich.

»Du meinst das Grundbuch«, half Hajo ihr und erklärte: »Das ist ein öffentliches Verzeichnis, das beim Amt ausliegt. Wer im Grundbuch eingetragen ist, ist der rechtmäßige Besitzer eines Grundstücks. Der Grundbuchauszug ist also ein wichtiges Dokument.«

»Genau«, stimmte Finja zu. An Zoe gewandt fuhr sie fort: »Haben deine Eltern so eine Urkunde, in der steht, dass ihnen der Boden, auf dem die Burg erbaut ist, gehört?«

»Ich glaube schon«, antwortete Zoe verunsichert. Darüber, ob es ein solches Schriftstück gab, hatte sie sich noch nie Gedanken gemacht.

»Du glaubst es, aber du weißt es nicht«, sagte Finja triumphierend.

»Schluss jetzt!«, beendete Hajo den Disput und klatschte zur Bekräftigung seiner Worte in die Hände.

Mit einem Henkelkorb im Arm, in dem mehrere Flaschen Saft und Mineralwasser lagen, betrat Zoes Mutter den Rittersaal. Sie trug ihr langes hellgrünes Mittelaltergewand mit den hübschen Stickereien am Halsausschnitt, das ihr das Aussehen einer mittelalterlichen Burgherrin verlieh. »Jetzt gibt es eine Erfrischung!« Lächelnd stellte sie den Korb auf einen der Holztische, auf dem bereits Gläser standen.

Die Mädchen und Jungen drängten sich um Zoes Mutter, die Saft einschenkte. Der Aufstieg zur Burg hatte alle durstig gemacht.

»Wie gefällt Ihnen unsere Bilderausstellung?«, fragte Hajo.

»Sehr schöne Zeichnungen«, lobte Zoes Mutter, nachdem sie alle kurz betrachtet hatte. »Welche habt Ihr gemalt, Zoe?«

Zoe ärgerte sich, als sie bemerkte, dass Finja ihrer Mutter einen abschätzigen Blick zuwarf. Wahrscheinlich deshalb, weil ihre Mutter immer noch die mittelalterliche Sprache benutzte und es ihr schwerfiel, sich anzupassen. »Die erste in der Reihe, Mutter. Kannst du erkennen, wen ich …« Erschrocken hielt sie inne. Ihre Zeichnung war verschwunden! An deren Stelle hing nun Finjas Bild. »Was hast du mit meiner Zeichnung gemacht?«, fragte Zoe empört und baute sich drohend vor Finja auf.

»Gar nichts habe ich gemacht. Ich habe nur mein Bild aufgehängt, mehr nicht«, verteidigte sich Finja verärgert und schubste Zoe zurück.

»Du hast meine Zeichnung abgenommen und dein Bild an die Stelle gehängt. Wo hast du meins gelassen?«

»Du spinnst doch!«, empörte sich Finja. »Ich habe dein blödes Bild nicht.«

»Ruhe!«, befahl Hajo, dem erst jetzt auffiel, dass nur sechzehn Bilder an der Wand hingen. »Wer von euch hat gesehen, was mit Zoes Zeichnung geschehen ist?«

Die Mädchen und Jungen blickten einander an und schwiegen. Niemand hatte auf Zoes Bild geachtet, zu sehr waren sie mit dem Aufhängen ihrer eigenen Bilder beschäftigt gewesen.

Enttäuscht wandte sich Zoe von Finja ab. Jetzt konnte sie ihren Eltern die Zeichnung nicht zeigen, dabei war sie so gespannt gewesen, was sie dazu sagen würden.

Zarin, der es nicht mit ansehen konnte, wenn Zoe traurig war, rief aufgebracht: »Finja, du lügst! Du bist die Einzige, die sich freut, wenn Zoes Bild nicht hier hängt. Du willst doch nur gewinnen und bist neidisch, weil Zoe tausend Mal besser malen kann. Gib es zu, du hast …«

»Gar nichts habe ich!«, kreischte Finja.

»Wahrscheinlich hat sie es unter ihrem T-Shirt versteckt, wo sonst?«, vermutete Spock.

Demonstrativ hob Finja ihr T-Shirt in die Höhe, sodass jeder ihren nackten Bauch sehen konnte. Von Zoes Zeichnung keine Spur.

»Das geht doch nicht mit rechten Dingen zu«, flüsterte Luc und blickte sich furchtsam in dem großen Rittersaal um. »Bestimmt hat das Burggespenst die Zeichnung geholt.«

»Bist du bescheuert?«, entgegnete Connor aufgebracht. »Wo ist es denn?«

»Ein Gespenst ist unsichtbar«, erklärte Luc ernsthaft.

»Unsinn«, mischte sich Hajo ein. »Es gibt keine Gespenster. Das Bild kann nicht von allein verschwinden. Also wird die Person, die es weggenommen hat, es bis spätestens morgen Mittag, wenn das Mittelalterfest beginnt, wieder aufhängen und den Aufkleber mit der Nummer siebzehn darunter befestigen.«

»Und wehe, wenn nicht!«, fügte Connor hinzu. Drohend schwenkte er seine rechte Faust in Finjas

Richtung. »Diejenige bekommt es dann mit mir zu tun. Kannst dich drauf verlassen.«

»Ich habe keinen Bock mehr hier!«, brauste Finja auf. »Wer will, kann mit mir in unser Restaurant kommen. Es gibt kostenloses Eis für jeden«, versprach sie mit gönnerhafter Miene. Wieder brachen die Mädchen und Jungen in Jubel aus und belagerten ihre Klassenkameradin. »Ausgenommen sind Zoe, Zarin, Connor, Luc und Spock«, ergänzte Finja so laut, dass es alle hören konnten.

»Wir wollen dein blödes Eis gar nicht«, wütete Connor. Zoe, Zarin, Luc und Spock nickten zustimmend.

»Vertragt euch, Kinder!«, befahl Hajo und stellte den Schuhkarton, in dessen Deckel er einen Briefschlitz zum Einwerfen der Abstimmzettel geschnitten hatte, auf den Tisch. »Im Anschluss an das Fest treffen wir uns hier wieder und ich werde die Zettel auswerten«, erklärte er, bevor er den Rittersaal verließ, um abschließend das Hinweisschild »Zur mittelalterlichen Bilderausstellung« vor dem Palas aufzuhängen.

Luc blickte aus einem der Fenster. »Das müsst ihr sehen!«, forderte er seine Freunde auf und begann lauthals zu lachen. »Unsere Klassenkameraden laufen Finja hinterher, als wäre sie der Rattenfänger von Hameln.«

Zoe, Zarin, Connor und Spock stürzten neugierig zu den Fenstern.

»Wer ist der Rattenfänger von Hameln?«, fragte Zoe, die den Namen noch nie gehört hatte.

»Das ist nur ein Märchen«, erklärte Spock.

»Ja«, Zarin nickte, »der Sage nach versprach der Rattenfänger, für einen bestimmten Geldbetrag die Stadt Hameln von allen Ratten und Mäusen zu befreien. Er pfiff eine Melodie auf seiner Flöte, und alle Ratten und Mäuse folgten ihm aus der Stadt hinaus zum Fluss, wo sie ertranken. Die Bürger wollten ihm jedoch den vereinbarten Lohn nicht zahlen. Da blies er erneut auf seiner Flöte, und diesmal rannten ihm alle Kinder der Stadt hinterher und er verschwand mit ihnen in einer Höhle. Die Kinder wurden nie mehr gesehen. Es soll im Jahr zwölfhundertvierundachtzig passiert sein. Hast du nie davon gehört, Zoe?«

»Ich war noch nie in der Stadt Hameln, sondern immer nur auf der Burg Falkenauge, das weißt du doch«, erwiderte Zoe.

Connor fügte mit gespielt ernster Miene hinzu: »Also, Zoe, gehe nie mit jemanden mit, den du nicht kennst!«

Endspurt

Gegenwart

Früh am nächsten Morgen steuerte Zarins Vater den blauen Van die schmale Straße entlang, die sich in S-Kurven den Weinberg hinauf bis zur Burg schlängelte. Auf der Rückbank hockte Zarin. Er war zwischen den Keramikkunstwerken seiner Mutter eingequetscht. Sie saß in ihrem braunen, knöchellangen Mittelalterkleid vor ihm auf dem Beifahrersitz. Heute trug sie keinen Pferdeschwanz, sondern ihre dunkelblonden Haare fielen ihr offen über den Rücken.

»Ras nicht so, Martin, sonst zerbricht noch meine Ware!«, mahnte Zarins Mutter.

»›Rasen‹ nennst du das, Claudia?«, verteidigte sich Zarins Vater. »Ich schleiche doch schon wie eine Weinbergschnecke den Berg hinauf.«

Kaum hatte er den Van auf dem Parkplatz vor der Burg abgestellt, sprang Zarins Mutter hinaus, zog die Heckklappe auf und öffnete hastig einen der Kartons, um nachzusehen, ob ihr getöpfertes Keramikgeschirr Schaden genommen hatte. Außer Krügen, Bechern und Schalen hatte sie für das Mittelalterfest Murmeln aus Ton gebrannt, die Zarin mit blauer, grüner und roter Farbe bemalt hatte, denn es sollte auch für die Kinder der Besucher nur mittelalterliche Spielsachen zu kaufen geben. Ebenfalls aus Ton hatte seine Mutter kleine Tiere geformt und gebrannt: Pferde und Ziegen, Hunde und Katzen, Enten und Vögel, die die Kinder anmalen konnten. Staunend hatte Zarin zugesehen, wie unter ihren geschickten Fingern diese kleinen Kunstwerke entstanden waren.

»Na, alles heil geblieben, Claudia?«, fragte sein Vater, der ebenfalls ausgestiegen war.

»Sieht so aus«, antwortete seine Mutter erleichtert. »Zarin, ich habe einen Karton mit Luftballons eingepackt, die kannst du zusammen mit deinen Freunden aufpusten und am Geländer der Zugbrücke aufhängen. Aber zieh zuerst deine Mittelaltersachen an, sonst bist du nachher nicht fertig, wenn das Fest beginnt.«

Lustlos nahm Zarin den Karton mit Luftballons in Empfang. Er öffnete ihn, blickte hinein und sah, dass sich darin außer den gelben Luftballons eine Rolle Bindfaden und eine Schere befanden. Seufzend stellte er den Karton vor der Zugbrücke ab.

»Martin, kannst du bitte auch mal beim Ausladen helfen?« Seine Mutter wirkte leicht gereizt.

Zarin blickte sich nach seinem Vater um, der an der Stelle des Parkplatzes stand, an der der Felsen, auf dem die Burg erbaut war, steil zum Fluss hin abfiel. Sein Vater kletterte über die Absperrung, blickte in den Abgrund und meinte: »Der Wind steht günstig. Schade, dass ich jetzt nicht mit meinem Gleitschirm fliegen kann.«

»Das darf doch nicht wahr sein!«, regte sich seine Mutter auf. »In vier Stunden beginnt das Mittelalterfest, wir haben noch jede Menge zu tun und du willst mit dem Gleitschirm fliegen?«

»Beruhige dich, Claudia, das war nur ein Wunschgedanke. Ich muss jetzt nach dem Ochsen sehen.«

»Dann nimm wenigstens einige Kartons mit«, forderte Zarins Mutter seinen Vater auf, der daraufhin die Sackkarre aus dem Kofferraum hob und vier Kartons darauf stellte. »Wie wär's, wenn du auch etwas trägst, Zarin?«

Zarin klemmte sich die Schachtel mit den Holzkreiseln, die sein Vater einem Hobbykünstler aus dem Nachbardorf abgekauft hatte, unter den Arm. Die Erwachsenen hatten vorgeschlagen, dass er, Zoe, Connor, Luc und Spock sich während des Festes nützlich machen könnten, indem sie den Kindern der Touristen und Einheimischen mittelalterliche Spiele zeigten. Connor und Zarin waren für das Murmelspiel eingeteilt worden, Luc und Spock für ein Holzspiel und Zoe sollte den kleinen Kindern zeigen, wie man die Holzkreisel tanzen ließ. Zarin wurde jäh aus seinen Gedanken gerissen, denn ein schwarzer Schatten hechtete an ihm vorüber, raste über die Zugbrücke und entschwand durch den Torbogen. Verblüfft blickte er seine Mutter an. »Mama, das war Carlo!«

»Dann ist er heimlich ins Auto geklettert, als wir die Kartons eingeladen haben«, erwiderte sie verärgert.

Zarin staunte. »Ich hätte nicht geglaubt, dass mein Dicker so schnell rennen kann. Ich muss ihn sofort einfangen.«

»Der findet allein nach Hause«, meinte seine Mutter. Davon war Zarin nicht überzeugt, denn Carlo war bestimmt noch nie hier oben auf der Burg gewesen.

Die Schachtel mit den Holzkreiseln hinderte Zarin am Laufen, und so war von seinem schwarzen Kater weit und breit nichts mehr zu sehen, als er den Vorhof erreichte. Nur Connors Vater lag in einem Liegestuhl neben dem Grill und bewachte den Ochsen, der sich seit gestern Abend am Spieß drehte. Der Braten duftete verlockend und musste bis zum Mittag, wenn das Mittelalterfest eröffnet wurde, gar sein.

»Ist Carlo hier vorbeigelaufen?«, fragte Zarin Connors Vater, der von seinem Stuhl aufstand, sein hochgerutschtes T-Shirt über dem dicken Bauch geraderückte und Kohlen auf dem Grill nachlegte. Als Zarin dessen fragenden Blick sah, fügte er erklärend hinzu: »Mein dicker schwarzer Kater.«

Connors Vater schüttelte den Kopf. »Ich habe keine Katze gesehen.«

Zarin lief an der Falknerei vorbei zum Torbogen, der in den Innenhof führte. »Carlo!«, rief er mehrmals lautstark, doch auch hier war weit und breit kein Kater zu sehen.

Die Tür vom Palas wurde aufgerissen und Zoe kam in Jeans, T-Shirt und pinken Sneakern heraus. »Carlo wird schon wieder auftauchen«, tröstete sie Zarin. »Katzen sind nicht dumm, und wenn dein Carlo Hunger kriegt, kommt er von allein zum Vorschein.«

»Ich hoffe, du hast …« Zarin hielt inne. »Du trägst ja deine Mittelalterklamotten noch gar nicht.«

»Ich wollte mich gerade umziehen, als ich dich so laut brüllen hörte. Und was ist mit deinem Gewand?«, neckte Zoe ihn.

Zarin hasste die Mittelaltersachen. Zum Glück brauchte er seine zu kurz geratene braune Leinenhose und das weite weiße Schlabberhemd nur während des Mittelalterfestes zu tragen und nicht sein ganzes Leben lang.

Er legte die Schachtel mit den Holzkreiseln auf einen der Biergartentische. »Ist deine Zeichnung wieder aufgetaucht?« Erwartungsvoll sah er Zoe an, aber sie schüttelte traurig den Kopf. Mit einem Blick auf ihre Armbanduhr meinte sie: »Ist ja noch nicht Mittag.«

Zarin sagte nichts dazu, denn er hatte nicht viel Hoffnung, dass die Zeichnung bis zur Eröffnung des Mittelalterfestes wieder im Rittersaal hängen würde.

Gemeinsam gingen sie in den Palas und stiegen die breite Treppe zur Ahnengalerie hinauf. Hier hingen die Porträts von Zoes Ahnen, nur von ihrem Vater war kein Bild vorhanden, denn das letzte Gemälde in der Reihe zeigte Heinrich von Falkenauge, ihren Großvater, dessen blonde Haare ihm bis auf die Schultern fielen. Er hatte freundlich dreinblickende Augen und eine Hakennase.

Unwillkürlich fasste sich Zarin an seine eigene Nase, die eine leichte Krümmung aufwies. Ob er tatsächlich ein von Falkenauge war? Seine Mutter hatte behauptet, dass aus dem Namen »Falkenauge« im Laufe der Jahrhunderte »Falkenau« geworden war. Es wäre echt cool, wenn sie recht hätte.

»Jetzt komm endlich, Zarin!«

Zoes Aufforderung riss ihn aus seinen Gedanken und er folgte ihr in ihr Zimmer. Das Himmelbett aus dem Mittelalter hatte Zoe behalten. Die tristen grauen Bettvorhänge waren von ihrer Mutter gegen helle Vorhänge mit Herzchenmotiven und hübschen Rüschen ausgetauscht worden, die sie selbst genäht hatte, und die Strohunterlage war durch eine moderne Matratze ersetzt worden. Neben der alten Holztruhe, in der sie ihre Kleider aufbewahrt hatte und auf der jetzt mehrere mittelalterliche Hosen und Hemden lagen, stand genau der gleiche Kleiderschrank, wie sie ihn in seinem Zimmer gesehen hatte. Vor der Fensternische befand sich ein Schreibtisch, auf dem die mit Eisenbeschlägen versehene Holzschatulle mit dem gewölbten Deckel lag, in den auf kunstvolle Weise das Wappen der von Falkenauge geschnitzt war, der Wanderfalke mit den ausgebreiteten Flügeln, aus dessen Augen Blitze zischten. Zoe benutzte die Schatulle jetzt als Schmuckkästchen.

Zarin versetzte den Globus, der neben der Schatulle auf dem Schreibtisch stand, in Drehung. »Glaubst du immer noch, dass die Erde flach wie eine Scheibe Brot ist?«, fragte er.

Heftig schüttelte Zoe den Kopf. »Nein, die Lehrer in der Schule sagen auch, dass die Erde rund ist, also stimmt es wohl.«

Aber Zarin wusste, dass sie insgeheim immer noch daran zweifelte. Bestimmt fiel es ihr schwer, sich vorzustellen, dass die Menschen auf dem Erdball herumrannten, ohne herunterzupurzeln.

Zoe nahm ihre Armbanduhr ab, stieg aus ihrer Jeans und zog sich ihr T-Shirt über den Kopf. Dann öffnete sie die Schranktür, nahm ein langes, weinrotes Kleid heraus, das ihre Mutter ihr extra für den heutigen Tag genäht und am Halsausschnitt mit feinen Stickereien verziert hatte, und streifte es sich über den Kopf. Dieses Kleid sah dem Kleid, das sie in ihrem Jahrhundert getragen hatte, zum Verwechseln ähnlich. Der einzige Unterschied war der, dass es sauber war und keine Risse aufwies.

Eine Weile betrachtete Zoe sich vor dem Spiegel, dann löste sie die Spange von ihrem Pferdeschwanz und kämmte sich die Haare, die ihr bis auf die Schultern fielen. Sie nahm ein weinrotes Stirnband aus dem Schrank und setzte es auf, damit ihr die Haare nicht fortwährend ins Gesicht fielen.

Zarin betrachtete sie voller Bewunderung, bis er merkte, dass sie ihn im Spiegel beobachtete. Verlegen grinsend schnitt er eine Grimasse.

Ihm weit die Zunge herausstreckend, trat Zoe beiseite. »Sieh in den Spiegel, Zarin. Was fällt dir auf?«

»Hä, was denn?«

»Du musst dich zeitgemäß kleiden, oder willst du etwa in Jeans auf das Mittelalterfest gehen?«

Sie hüpfte zur Truhe, wählte eine schlichte braune Hose und ein weites weißes Hemd aus Leinen aus und warf ihm beides zu. »Das hat meine Mutter extra für dich genäht, und hier ist ein Ledergürtel, dann brauchst du keinen Strick mehr zum Zubinden der Hose.«

Weil Zarin missmutig auf die Mittelaltersachen blickte und keine Anstalten machte, sich umzuziehen, fügte sie listig hinzu: »Meine Mutter ist bestimmt traurig, wenn du Hemd und Hose nicht trägst.«

Seufzend zog Zarin sich um und freute sich, als er sah, dass ihm die Hose fast bis zu den Knöcheln reichte und nicht mehr nur bis knapp unter die Knie. Er nahm sein Smartphone und stopfte es in die Tasche der braunen Leinenhose, während Zoe einen breiten Gürtel, an dem sie ein Täschchen aus Leder befestigt hatte, um ihre Taille band. Auf ihre Füße schauend sagte sie: »Jetzt fehlen nur noch die passenden Schuhe.«

Beide zogen sich flache, nur aus einem Stück Leder genähte Schuhe über ihre nackten Füße.

»Und jetzt komm!«, drängte Zarin. »Das Fest fängt bald an und ich soll noch die Luftballons aufhängen. Hilfst du mir?«

»Na klar!«, antwortete Zoe.

Sie stürmten durch die Galerie an den Porträts der Ahnen vorbei und rannten die Treppenstufen hinunter.

»Stopp!« Zoe blieb mitten auf der Treppe stehen. »Ich muss noch mal zurück. Ich habe meinen schwarzen Filzstift vergessen.«

»Wozu brauchst du den denn?«, fragte Zarin verwundert, als Zoe die Treppe wieder hinauflief. Er erhielt keine Antwort. Während er auf sie wartete, schaute er kurz in die Restaurantküche. Spocks Mutter, die ein weißes Häubchen auf dem Kopf trug, damit keine Haare ins Essen geraten konnten, schnitt Lauch in dünne Streifen. Zarins Vater in seiner weißen Kochjacke mit schwarzen Knöpfen und einer hohen weißen Kochmütze bereitete ein Joghurt-Kräuter-Dressing für einen grünen gemischten Salat zu.

»Du musst dich diesmal auch umziehen, Papa!«, erinnerte Zarin ihn.

Sein Vater blickte auf. »Soll ich etwa in Strumpfhosen und mit einem weiten Umhang bekleidet den Ochsen in Portionen schneiden? Ich habe mich noch nie mit den Mittelalterklamotten anfreunden können. Das überlasse ich euch.«

Grinsend wandte sich Zarin ab. Es hätte ihn auch gewundert, wenn sein Vater diesmal eine Ausnahme gemacht hätte, denn jedes Jahr, wenn im Städtchen der Mittelaltermarkt stattfand und seine Mutter dort ihre selbst getöpferten Waren verkaufte, weigerte er sich standhaft, die Beinkleider anzuziehen und sich die Umhänge überzuwerfen.

»Komm!«, rief Zoe, die inzwischen wieder zurück war, und zog ihn am Arm aus der Küchentür.

Neben dem Brunnen im Innenhof standen zwei Tapeziertische nebeneinander. Zoes Mutter hatte weiße Leinentücher darüber ausgebreitet, damit die Besucher des Mittelalterfestes die Metallbeine der

Tische nicht sehen konnten. Es sollte alles realistisch wirken, wie im Mittelalter. An zwei Kleiderständern, die Zoes Vater aus Holz angefertigt hatte, hängte sie ihre selbst genähten Mittelalterkleider und Umhänge auf. Als sie damit fertig war, legte sie mehrere Stapel mittelalterlicher Hemden und ihre gewebten Stirnbänder auf einen der Tische. Auf dem anderen Tisch präsentierte Zarins Mutter ihre getöpferten Keramikwaren. Zarin war gespannt, ob die beiden das alles verkaufen würden. Im Vorhof sperrte Zoes Vater mit einem Strick den Bereich ab, der zur Falknerei gehörte, damit die Gerfalken, die Bussarde und der Wanderfalke nicht von den Besuchern gestört wurden. Wie immer konnte Zoe nicht an Falko vorbeigehen, ohne mit der Hand über sein blauschwarzes Gefieder zu streichen.

Weil es Zarin zu lange dauerte, rief er: »Wer ist zuerst am anderen Ende der Zugbrücke?«, und rannte im selben Moment los.

Augenblicklich ließ Zoe von Falko ab und spurtete ihm hinterher. Trotz ihres langen Kleides überholte sie ihn und gewann den Wettlauf.

»Das war unfair!« Zarin deutete empört auf Zoes Füße. »Du hast ja wieder deine Sneaker angezogen. Mit meinen Sportschuhen könnte ich auch schneller laufen als mit diesen Lederlappen. Man spürt ja jeden Stein.«

Zoe blickte an sich herunter. »Ich finde, meine Sneaker passen besser zu meinem Kleid als die Lederschuhe, deshalb habe ich sie eben wieder getauscht.«

»Finde ich nicht. Die Farbe beißt sich mit deinem roten Kleid«, konterte Zarin, »und außerdem gab es im Mittelalter noch keine Sneaker.«

»Aber ab jetzt.« Zoe streckte ihm die Zunge heraus. Zarin tat so, als ob er es nicht gesehen hätte, und öffnete den Karton mit den Luftballons. Zoe schwang sich auf das Geländer der Zugbrücke, ließ die Beine baumeln und sah ihm zu.

Böse Überraschung

Gegenwart

»He, Mittelalterbraut!«, erschallte ein lauter Ruf.

Das war unverkennbar Connors Stimme. Er und Luc tauchten hinter dem blauen Van auf dem Parkplatz vor der Burg auf.

Zoe ließ sich vom Geländer der Zugbrücke gleiten, stemmte die Hände in die Hüften, funkelte ihn wütend an und rief empört: »Willst du Ärger, Connor?«

Connor nahm sein Basecap mit dem Totenkopfemblem ab und verbeugte sich tief vor ihr, dabei grinste er über das ganze Gesicht. »Entschuldigt, holde Dame, es ist mir einfach so rausgerutscht, als ich Euch im Mittelaltergewand sah.«

»Dann will ich noch einmal Gnade vor Recht ergehen lassen«, erwiderte Zoe mit huldvoller Miene, woraufhin Connor sein Basecap wieder aufsetzte.

»Das Kleid steht dir echt gut, Zoe.« Die Bewunderung in Lucs Stimme klang aufrichtig. Er schob die Brille hoch, die ihm auf die Nasenspitze gerutscht war, und musterte Zoe eingehend.

Das gefiel Zarin gar nicht. Schließlich war Zoe seine Freundin.

»Ja, siehst cool aus«, stimmte Connor zu.

»Gleich erröte ich noch von so viel Lob«, erwiderte Zoe spöttisch.

Zarin atmete auf. Es freute ihn, dass Zoe sich von der Bewunderung durch die beiden Jungen nicht beeindrucken ließ. »Wo bleibt Spock?« Suchend blickte er sich um.

Connor zuckte die Schultern. »Keine Ahnung.«

»Der kommt gleich. Irgendetwas wollte er noch besorgen«, erinnerte sich Luc.

Zarin holte sein Smartphone aus der Hosentasche und schickte eine Nachricht an Spock. Aber die WhatsApp erreichte ihn nicht, anscheinend hatte er sein Handy ausgeschaltet.

»Dann müssen wir eben ohne Spock die Luftballons aufpusten.« Zarin deutete auf den geöffneten Karton.

»Gab es im Mittelalter schon Luftballons?«, fragte Luc verwundert.

»Das ist typisch für meine Mutter, dass sie daran nicht gedacht hat«, meinte Zarin.

»Ist doch egal.« Connor setzte sich auf das Geländer der Zugbrücke und pustete den ersten Luftballon auf.

In dem Moment tauchte Spock mit seiner Angelrute in der einen Hand und einem prall gefüllten Stoffbeutel in der anderen an der Zugbrücke auf.

»Was willst du denn mit der Angel auf der Burg?«, wunderte sich Zarin.

Luc kicherte. »Fische wirst du hier wohl kaum fangen.«

Spock ignorierte Lucs Bemerkung und erklärte: »Ich habe ein geniales Mittelalterspiel für die Kinder der Besucher erfunden. Es heißt ›Schätze angeln‹. Ich habe nämlich keinen Bock, nur dumme Holzstücke in die Luft zu werfen.« Er stülpte den Stoffbeutel um, sodass zehn Holzklötze und eine Sanduhr herausfielen.

»Was ist denn daran so genial? Das sind doch auch nur Holzstücke wie in dem anderen Spiel«, warf Luc ein.

»Wenn du dir deine Brille richtig aufsetzen würdest, könntest du sehen, dass ich an jedem Holzklotz einen Haken befestigt habe. Die Kinder sollen versuchen, die Klötze mit meiner Angel hochzuziehen. Darunter liegen dann Drachenzähne oder auch nichts. Wenn da nichts liegt, ist es eine Niete«, erklärte Spock und zeigte den anderen eine Handvoll kleiner weißer Kieselsteine.

»Das sind doch keine Drachenzähne«, spottete Connor lachend.

Spock grinste. »Doch! Ich habe mehrere Drachen besiegt und ihnen die Zähne gezogen.«

»Drachen gab es in meinem Jahrhundert nicht«, erklärte Zoe schmunzelnd.

Connor sah Spock mit gerunzelter Stirn an. »Es wundert mich, dass jemand anderes deine Angel überhaupt anfassen darf.«

Spock betrachtete die Angelrute, die ihm sein Vater, der bei einem Verkehrsunfall ums Leben gekommen war, hinterlassen hatte und die er wie ein Heiligtum hütete.

»Du hast recht. Die Angel ist zu kostbar für die kleinen Kinder«, überlegte er.

»Nimm doch einen Stock und binde eine Schnur mit einem Haken daran, dann hast du auch eine Angel«, schlug Zoe vor. »Außerdem gab es so moderne Angeln wie deine in meiner Zeit noch nicht.« Sie hob einen Zweig vom Boden auf und hielt ihn Spock hin. »Nimm diesen!«

»Faszinierend!« Spock strahlte übers ganze Gesicht.

»Können wir jetzt vielleicht mal die Luftballons aufblasen?« Ungeduldig nahm Zarin einen gelben Ballon aus dem Karton, setzte sich auf das Geländer der Zugbrücke und begann den Luftballon aufzupusten. Connor, dessen Ballon bereits prall mit Luft gefüllt war, verschloss die Öffnung mit einem Knoten und reichte ihn an Zoe weiter, die ihn mit dem Bindfaden am Geländer der Zugbrücke befestigte.

»Kann ich auch ein Stück von dem Band haben?«, bat Spock Zoe. »Dann benutze ich das als Angelschnur.«

Zoe schnitt ihm ein Stück von der Rolle ab.

»Puh, ich habe keine Puste mehr«, verkündete Luc nach einer Weile mit hochrotem Gesicht.

Spock schnaufte. »Ich kann auch nicht mehr.«

»Mein Kopf platzt gleich«, stöhnte Zarin und gab ebenfalls auf.

»Es sind nur noch zwei übrig«, drängte Zoe.

Connor fiel in seinen Befehlston zurück. »Gib her! Ich schaffe das!« Er griff nach den beiden Ballons, hielt sich einen an den Mund und pustete hinein. Seine Wangen färbten sich purpurrot und schwollen immer dicker an. Mit letzter Kraftanstrengung füllte er den Ballon mit Luft, reichte ihn Zoe und sprang vom Geländer. »Den Letzten kannst du selbst aufpusten«, rief er ihr zu und warf den Luftballon auf die Holzbohlen der Zugbrücke.

Zarin hob ihn auf und steckte ihn in seine Hosentasche, während Zoe ihre Gürteltasche öffnete und den schwarzen Filzstift herauszog.

»Jetzt werde ich auf die Luftballons ein Lächeln zaubern«, verkündete sie.

»Ja, schon klar, und wenn die Besucher kommen, lachen die Luftballons lautstark.« Connor grinste über seinen eigenen Witz.

Zoe ließ sich von Connor nicht provozieren. Sie ging zum ersten Luftballon am Geländer und verpasste ihm ein lachendes Smiley. Dann drehte sie sich zu Connor um, streckte ihm die Zunge heraus und bemalte einen Ballon nach dem anderen.

Luc verzog schnuppernd die Nase. »Hm, das riecht so lecker nach gegrilltem Fleisch. Weißt du, wann der Ochse fertig ist, Zarin?«

»Bis das Fest anfängt, soll er gar sein.«

»Ihr müsst euch noch umziehen«, drängte Zoe, »damit ihr zur Eröffnung des Mittelalterfestes die passende Kleidung tragt.«

»Hoffentlich lassen die Besucher dann noch was für uns übrig. Mein Magen knurrt schon!«, seufzte Spock besorgt.

»Die Mittelalterkleidung liegt auf der Truhe in meinem Zimmer«, erklärte Zoe. »Ihr könnt euch da umziehen.«

»Mir nach!«, befahl Connor und rannte zusammen mit Luc los.

Spock packte hastig die Holzklötze, die Sanduhr und die improvisierte Angel in den Stoffbeutel, schulterte seine Angelrute und trottete seinen beiden Freunden über die Zugbrücke hinterher.

Zufrieden betrachtete Zoe die lachenden Luftballons, die sanft im leichten Wind wehten, ließ den schwarzen Filzstift wieder in ihrer Gürteltasche verschwinden und sprang übermütig in die Luft. »Es kann losgehen!«, rief sie Zarin zu.

Wie auf Kommando bog der Shuttlebus um die Ecke. Zarins Vater hatte ihn organisiert, damit die Besucher nicht zu Fuß den steilen Weg zur Burg hinaufsteigen mussten, denn der Parkplatz vor der Zugbrücke reichte nur für wenige Fahrzeuge. Die Türen wurden geöffnet und die ersten Besucher kletterten heraus. Es hatte den Anschein, als würden sie alle in dem Moment gute Laune bekommen, als sie die Luftballons sahen. Mit erwartungsvollen Gesichtern drängten sie über die Zugbrücke.

Zarin hielt Zoe, die den Besuchern folgen wollte, am Ärmel fest, denn soeben fuhr der rote Sportwagen von Jan Waldstätter, Finjas Vater, auf den Parkplatz. Verwundert beobachtete Zarin, dass nicht nur Finja und ihr Vater ausstiegen, sondern auch der Bürgermeister. Mit dem ehemaligen Chef seines Vaters hatte er nun wirklich nicht gerechnet, und schon gar nicht in Begleitung des Bürgermeisters. Er konnte sich beim besten Willen nicht vorstellen, dass Finjas Vater seinem Vater zur Eröffnung des Burgrestaurants gratulieren wollte, denn seit sein Vater gekündigt und Jan Waldstätter mitgeteilt hatte, dass er das Burgrestaurant übernehmen werde, hatte dieser kein Wort mehr mit ihm gewechselt.

Finja folgte ihrem Vater und dem Bürgermeister über die Zugbrücke. Erhobenen Hauptes schritt sie an Zoe und Zarin vorüber und grinste herausfordernd.

Zarin ahnte nichts Gutes. »Zoe, los, hinterher, da stimmt was nicht!«, rief er beunruhigt.

Neben dem Torhaus stand Zoes Vater in seinem grünen Gewand und begrüßte die Besucher. Suchend blickte sich Zarin nach seinem Vater um, um ihn zu warnen. Er entdeckte ihn hinter dem Büfett.

Auf zwei langen Holztischen standen Schüsseln mit frischem grünem Salat und in zwei riesigen Töpfen befanden sich Bratensoße und Knödel. Auch Teller, Besteck und Servietten waren ausreichend vorhanden. An einem Getränkestand gab es Säfte für die Kinder und eine große Auswahl an verschiedenen Met-Getränken für die Erwachsenen. Diese Honigweine hatte Zoes Vater aus Honig, Früchten und Fruchtsäften selbst hergestellt. Den Met mit Kirschsaft und einer scharfen Gewürzmischung nannte er »Drachenblut«.

Doch bevor Zarin seinen Vater erreichen konnte, waren Finja, ihr Vater und der Bürgermeister schon auf ihn zugeeilt. Beim Anblick seines früheren Chefs zog sein Vater fragend die Augenbrauen hoch. Wie Zarin aus Gesprächen seiner Eltern mitbekommen hatte, hatte Finjas Vater bisher vergeblich versucht, die Eröffnung des Burgrestaurants zu verhindern, und war zu einem erbitterten Feind seines Vaters geworden. Zarin spürte, wie sich sein Magen vor Angst zusammenkrampfte.

»Willst du mir etwa zur Eröffnung meines Restaurants gratulieren, Jan?«, fragte sein Vater misstrauisch.

Finjas Vater schwieg und winkte den Bürgermeister heran.

»Hallo, Herr Falkenau«, begrüßte der Bürgermeister Zarins Vater. »Es ist ein Problem aufgetreten.«

»Wieso? Was gibt es denn?«

»Herr Waldstätter will eine Anzeige wegen Betrugs erstatten.«

»Eine Anzeige?« Ungläubig blickte Zarins Vater den Bürgermeister an, dem das sichtlich unangenehm war.

»Herr Waldstätter sagt, dass …«

»Ich kann selber sprechen«, fuhr Finjas Vater dem Bürgermeister über den Mund. »Martin, deine neuen Freunde, die sich als die Besitzer der Burg bezeichnen, sind Schwindler und haben sich die Burg unrechtmäßig angeeignet.«

»In diesem Fall gehört die Burg der Stadt«, ergänzte der Bürgermeister und senkte verlegen den Blick.

»Aber das ist doch Unsinn!« Zarins Vater winkte Zoes Vater herbei. »Bernhard von Falkenauge ist der rechtmäßige Besitzer der Burg. Seine Vorfahren haben sie erbaut und bewohnt. Wir haben die Burg restauriert, ohne dass die Stadt einen Cent dazugetan hat. Zudem hat Bernhard sein Einverständnis gegeben, dass ich die Küche modernisieren und den Rittersaal als Speiseraum einrichten kann. Alles amtlich geprüft und abgesegnet.«

»Das mag ja sein«, rief Finjas Vater gehässig dazwischen. An Zoes Vater gewandt fuhr er fort: »Können Sie beweisen, dass Ihnen die Burg gehört?«

»Beweisen?«, fragte Zoes Vater verunsichert.

»Nun«, setzte der Bürgermeister zu einer Erklärung an, »Sie haben doch sicher eine Urkunde, mit der Sie belegen können, dass Sie der rechtmäßige Besitzer der Burg sind.«

Zarin erschrak. Von daher wehte der Wind. Er erinnerte sich an das Gespräch, das Finja und Zoe geführt hatten, während Connor gestern sein Bild im Rittersaal aufhängte. Finja musste ihrem Vater den Floh mit der Urkunde ins Ohr gesetzt haben, und der hatte daraufhin den Bürgermeister aufgesucht.

Zoes Vater dachte einen Moment nach. Zarin entging nicht, dass sein Vater erschrocken zusammenzuckte. Auch Jan Waldstätter bemerkte das Zögern und sagte auftrumpfend: »Wenn Sie keine Urkunde vorweisen können, gehört die Burg Falkenauge der Stadt und Sie müssen mit Ihrer Familie diesen Ort verlassen.«

»Vater, du hast doch so eine Urkunde?«, fragte Zoe ängstlich.

Zu Zarins Erleichterung nickte Zoes Vater. »Ja, sicher. Die Burg gehört uns schon seit ihrer Erbauung im zwölften Jahrhundert. Das ist urkundlich besiegelt.«

Zoe atmete hörbar auf. Auch der Bürgermeister schien erleichtert zu sein. »Gut«, sagte er. »Ich schlage vor, dass Sie die Urkunde heraussuchen und am Montagvormittag damit ins Rathaus kommen.« Er wandte sich an Finjas Vater. »Herr Waldstätter, Sie haben gehört, dass eine Urkunde existiert. Damit hat sich eine Anzeige erübrigt.«

»Warten wir ab, ob die Urkunde am Montag auch tatsächlich vorgelegt wird«, entgegnete Finjas Vater erregt. Er wandte sich an seine Tochter. »Komm mit, wir haben hier nichts mehr verloren!«

Finja verschränkte die Arme vor der Brust: »Du kannst allein nach Hause fahren, Papa, ich bleibe hier.«

Das gefiel Zarin gar nicht, denn bestimmt wollte sie nur herumspionieren.

Das Geheimfach

Gegenwart

»Wo bewahrst du die Urkunde denn auf, Vater?«, fragte Zoe ungeduldig.

Wenn ihr Vater die Urkunde nicht fand, mussten sie und ihre Eltern die Burg verlassen und waren heimatlos. Dabei hatte er mit der Falknerei eine Möglichkeit gefunden, Geld zu verdienen. Für die Vorführung der Greifvögel verlangte er von den Besuchern Eintritt. Und wie musste Zarins Vater zumute sein? Dessen muntere Miene täuschte nicht darüber hinweg, dass er aufs Äußerste beunruhigt war.

»Bernhard«, drängte Zarins Vater nervös. »Schau bitte gleich nach der Urkunde! Meine Existenz hängt davon ab. Die Stadt wird mir das Restaurant bestimmt nicht verpachten. Das schnappt mir Jan Waldstätter weg, denn der hat jede Menge Bekannte im Stadtrat sitzen.«

»Habt keine Sorge. Die Urkunde befindet sich an einem sicheren Ort in meinem Schreibgemach«, erklärte ihr Vater.

Zoe atmete auf. »Lass uns sofort nachsehen!«, bat sie.

Ihr Vater nickte und schritt voraus zum Palas, dessen Eingangstür weit offen stand. Nach ihm stiegen Zoe und Zarin über das Seil, das quer über die Treppenstufen gespannt war und verhindern sollte, dass sich die Besucher des Mittelalterfestes in die Privaträume verirrten.

Für Finja, die ihnen neugierig folgte, war das Seil kein Hindernis. Zarin stieß sie zurück und zischte ärgerlich: »Stopp! Du hast hier nichts zu suchen! Hier beginnt der Privatbereich.«

Als er das obere Stockwerk erreichte, blickte er sich vorsichtshalber noch einmal um. Zu seiner Beruhigung blieb Finja auf der untersten Treppenstufe sitzen. Gerade hatte er Zoe und ihren Vater eingeholt, als sie mit Connor, Luc und Spock zusammenprallten, die aus Zoes Zimmer gestürmt kamen. Stolz präsentierten sich die Jungen in ihrer mittelalterlichen Kleidung. Alle drei waren barfüßig und trugen beige Leinenhosen und schlichte braune Hemden. Um die Hüften hatten sie sich einen Ledergürtel geschnallt.

»Zoe, deine Mutter macht echt megakrasse Klamotten«, sagte Connor begeistert.

»Jetzt müsst Ihr nur noch Eure Sprache anpassen, Connor«, bemerkte Zoe, »dann seid Ihr perfekt.«

»Spock, wo hast du denn deine Angelrute gelassen?«, wunderte sich Zarin.

»Die habe ich gut versteckt«, versicherte ihm Spock.

Zarin drehte sich um und erblickte Finja in der Ahnengalerie. Sie war ihnen also doch gefolgt. »Verschwinde!«, rief er wütend.

»Hey, wohin des Weges?« In drohender Haltung schritt Connor auf Finja zu. »Ritter Luc und Ritter Spock, ergreift sie!«

Bevor Luc und Spock reagieren konnten, rannte Finja laut polternd die Treppe wieder hinunter.

»Spock, Luc, ihr haltet am Treppenabsatz Wache und passt auf, dass kein Unbefugter hier heraufkommt!«, befahl Connor und blickte sich nach Zoe um, die gerade mit Zarin und ihrem Vater in dessen Arbeitszimmer verschwand. Zoe hatte geglaubt, dass ihr Vater die Urkunde im Schreibtisch aufbewahrte, aber anstatt eine der vielen Schubladen aufzuziehen, trat er an die Steinwand und hielt zu ihrem Erstaunen seinen Wappenring an ein faustgroßes viereckiges Steinornament, in das das Wappen der von Falkenauge gemeißelt war. Dieses war ihr bisher nie aufgefallen. Nicht nur die Augen des Falken am Wappenring ihres Vaters begannen zu leuchten, sondern auch die Augen des Falken auf dem Ornament. Zoe, Zarin, Connor und auch Luc und Spock, die keine Lust mehr gehabt hatten, am Treppenabsatz zu warten, und nachgekommen waren, fielen vor Überraschung fast die Augen aus dem Kopf, als Zoes Vater das viereckige Steinornament aus der Wand nahm und dahinter ein Hohlraum sichtbar wurde.

»Faszinierend!«, hauchte Spock.

»Du solltest doch Wache halten«, schnauzte Connor ihn an.

»Finja hat den Palas verlassen und ist in den Innenhof gegangen. Warum sollen wir dann noch

Wache stehen? Und überhaupt, du hast uns gar nichts mehr zu befehlen.« Demonstrativ warf Spock seinen Kopf in den Nacken und schob Connor zur Seite, damit er besser sehen konnte.

Gespannt verfolgten alle, wie Zoes Vater seine rechte Hand in den Hohlraum steckte, aber als er sie wieder herauszog, befand sich nichts darin.

»Sie ist weg – die Urkunde ist verschwunden!« Erschrocken spähte er in das leere Geheimfach.

»Erinnere dich, Vater!«, drängte Zoe mit angstvoller Stimme. »Hast du die Urkunde vielleicht woanders hingelegt? Womöglich in deinen Schreibtisch?« Wenn ihr Vater die Urkunde nicht fand, waren sie heimatlos. Wo sollten sie hin, wenn sie die Burg verlassen mussten?

»Was für eine Urkunde?«

Connor, Luc und Spock, die von dem Besuch des Bürgermeisters und Finjas Vaters nichts mitbekommen hatten, blickten Zoe fragend an, erhielten aber keine Antwort.

Verstört schüttelte Zoes Vater den Kopf. »Die Urkunde hat immer hier in diesem Geheimfach gelegen.«

»Dann hat sie jemand geklaut!«, rief Zarin entsetzt.

»Das ist nicht möglich. Nur wer den Wappenring trägt, kann das Geheimfach öffnen.« Verwirrt blickte Zoes Vater erneut in das leere Fach. »Das verstehe ich nicht, sie hätte hier liegen müssen.«

»Was steht denn in der Urkunde, Vater?«, wollte Zoe wissen.

»Auf der Pergamentrolle wird bekundet, dass das Land, auf dem die Burg Falkenauge erbaut wurde, der Familie von Falkenauge gehört und immer vom Burgherrn an den ältesten Sohn oder, falls keine Söhne vorhanden sind, an die älteste Tochter weitervererbt wird. Nach dem Tod meines Vaters Heinrich von Falkenauge bin ich als sein einziger Sohn der Erbe. Nach mir werdet Ihr, Zoe, die Burgherrin sein. Unterschrieben ist die Urkunde von Erzbischof Conrad, der im zwölften Jahrhundert auch den Auftrag zur Erbauung der Burg gegeben hat, und versiegelt wurde sie mit unserem Wappen.« Er blickte auf den Wappenring an seinem Finger.

Zarin überlegte. »Aber sie kann doch nicht von allein verschwinden.«

»Wetten, dass das Burggespenst sie geklaut hat?« Luc blickte sich ängstlich im Zimmer um.

»Faszinierend!«, rief Spock enthusiastisch.

»Quatsch!«, wies Connor die beiden zurecht. »Es gibt keine Gespenster.«

»Vielleicht hat Großvater die Urkunde woanders versteckt und vergessen, es dir zu sagen, Vater«, überlegte Zoe mit gerunzelter Stirn. »Wir müssen sie suchen. Ohne Urkunde können wir nicht beweisen, dass die Burg uns gehört, und wir müssten sie verlassen.«

»Hä, wieso das denn?«, wunderte sich Connor.

Frustriert sah Zoe ihn an. »Durch deine Zeichnung mit dem Kaugummisiegel ist Finja auf die Idee mit der Urkunde gekommen und hat das sofort ihrem Vater erzählt. Er hofft, dass die Burg an die Stadt zurückfällt, wenn wir nicht beweisen können, dass sie uns gehört. Dann haben wir kein Zuhause mehr und Zarins Vater muss das Restaurant aufgeben.«

»Endlich habe ich mal eine geniale Idee, und dann so was!«, schimpfte Connor laut vor sich hin. »Wir hätten Finja am besten gleich in das Verlies werfen sollen.«

Luc seufzte. »Wir haben so viel Arbeit in die Burg investiert.«

»Noch ist nichts verloren.« Zarin machte sich selber Mut. »Wir müssen die Urkunde nur finden. Aber wo wollen wir mit der Suche anfangen?«

»Bestimmt gibt es noch ein Geheimfach. Mach dir keine Sorgen«, versuchte Zoe ihren Vater und sich selbst zu trösten. »Wir finden die Urkunde.«

»Hoffentlich.« Mit betrübter Miene verließ Zoes Vater sein Arbeitszimmer, um zum Torhaus zurückzugehen und die Besucher zu begrüßen.

»Wir suchen alle Wände in der Burg ab, vielleicht gibt es ein weiteres Ornament, hinter dem sich ein Geheimfach verbirgt«, schlug Zoe vor.

»Dafür brauchen wir ja hundert Jahre!«, rief Spock entsetzt.

»Das schaffen wir nie bis Montag«, ergänzte Zarin betroffen.

Auch Connor war frustriert. »So'n Mist. Wo kann die verdammte Urkunde denn nur sein?«

Nachdem die Kinder mehrere Räume in der Burg durchsucht hatten, ließ ihr Eifer merklich nach.

»Lasst uns mit der Ahnengalerie weitermachen«, schlug Zoe niedergeschlagen vor.

»Vielleicht hat das Burggespenst die Urkunde doch gestohlen.« Luc schob seine Brille in die Höhe und spähte wachsam die Ahnengalerie entlang, als fürchte er, dass jeden Moment ein weißes Flatterwesen heranschwebte.

»Könnte sein«, stimmte Spock zu. »Und dann ist es mit der Enterprise in eine ferne Galaxie geflogen.«

»In unserer Burg gibt es kein Gespenst«, holte Zoe ihn auf den Boden der Tatsachen zurück, »und die Enterprise schon gar nicht.«

»Schade«, meinte Spock. »Ein Gespenst, das wäre echt cool.«

Luc stöhnte. »Wollen wir mal eine Pause machen? Die Ahnengalerie ist so lang. Bis wir die abgesucht haben, ist das Mittelalterfest vorbei.«

»Ich habe Hunger, ich hole mir jetzt eine Scheibe vom Ochsen«, sagte Zarin, dessen Magen schon seit einer ganzen Weile knurrte.

»Der beste Vorschlag, den du je gemacht hast«, stimmte Connor zu und leckte sich über die Lippen. »Sonst futtern die Besucher den Ochsen inzwischen allein auf.«

»Einverstanden, stärken wir uns.« Zoe rannte dicht an der Wand entlang zur Treppe.

Als sie sich auf gleicher Höhe mit dem Gemälde ihres Großvaters Heinrich von Falkenauge befand, hatte Zarin sie eingeholt. Zoe bemerkte, dass die Augen des Wanderfalken auf dem Wappenring ihres Großvaters, den er am linken Ringfinger trug, plötzlich aufleuchteten. Während sie verwirrt auf ihren Ringfinger starrte, glühten auch die Augen des Falken auf ihrem Wappenring auf. Bevor Zoe begriff, was geschah, langte der Arm ihres Großvaters aus dem Gemälde und seine Hand umschloss ihr Handgelenk. Erschrocken hielt sie sich an Zarins Hemdsärmel fest. Gleichzeitig spürte sie einen mächtigen Sog, der sie beide in das Bild hineinzog.

Luc, der Zarin gerade überholen wollte, bremste abrupt ab, sodass Connor gegen ihn prallte. »Ich … ich glaub's nicht!«, stotterte er und schob verdutzt seine Brille in die Höhe, um besser sehen zu können. Aber so sehr er seine Augen auch aufriss, Zoe und Zarin blieben verschwunden.

»Faszinierend!«, entfuhr es Spock, der verblüfft stehen geblieben war. »Die haben sich wieder weggebeamt!«

Entgeistert starrte Connor auf das Gemälde an der Wand. Nichts Ungewöhnliches fiel ihm daran auf. Der Mann auf dem Bild blickte starr und regungslos auf ihn herab.

»Diesmal folgen wir ihnen«, beschloss Connor. »Los, gebt mir eure Hände. Und jetzt Anlauf!«

Spock hielt Connors linke Hand fest und Luc seine rechte. Auf Connors Kommando – »Eins, zwei drei, los!« – rannten sie zusammen auf das Gemälde zu und sprangen mit den Füßen voran dagegen. Aber statt im Bild zu verschwinden, prallten sie davon ab und landeten auf Rücken und Po auf den

Holzdielen der Galerie. Während sie noch entgeistert auf das Gemälde starrten, hörten sie lautes Gelächter. Sie fuhren mit den Köpfen herum und sahen Finja am Treppengeländer lehnen, die sich den Bauch vor Lachen hielt. »Ich wusste schon immer, dass ihr bescheuert seid«, sagte sie und kicherte.

Als Connor aufsprang und mit drohend erhobener Faust auf sie zukam, flüchtete sie die Treppe hinunter, sprang mit einem Satz über das Absperrseil und verschwand durch die Tür des Palas in den Innenhof.

In Gefahr

Anno 1273

Zoe und Zarin purzelten aus dem Bild in der Ahnengalerie und blieben verdutzt liegen. Zarin fasste sich zuerst, schob mit einer hastigen Bewegung Zoe beiseite, die auf ihn gefallen war, sprang auf und blickte furchtsam umher. Seine Angst schien unbegründet zu sein, denn alles sah genauso aus wie immer, bevor sie in das Bild gezogen worden waren. Wahrscheinlich hatte ihm seine Fantasie etwas vorgegaukelt, denn im ersten Moment hatte er befürchtet, dass Zoes Wappenring seine magischen Kräfte wiedererlangt und sie auf eine Zeitreise geschickt hatte. Langsam beruhigte sich Zarin, bis ihm auffiel, dass sich Connor, Luc und Spock nicht mehr in der Ahnengalerie befanden. Doch deren Verschwinden konnte er sich logisch erklären. Die drei waren inzwischen bestimmt schon die Treppe hinuntergerannt, um nicht als Letzte beim gegrillten Ochsen anzukommen. Erleichtert stieß er die Luft aus.

»Im ersten Moment dachte ich wahrhaftig, wir sind wieder in deinem Jahrhundert gelandet«, sagte er zu Zoe, die ebenfalls ein wenig verwirrt dreinschaute.

»Irgendwas hat mich an der Hand gepackt«, erinnerte sie sich. Mit gerunzelter Stirn drehte sie ihren

Kopf erst nach rechts, dann nach links und blickte misstrauisch die Ahnengalerie entlang.

»Wir holen uns auch ein Stück von dem Braten«, beschloss Zarin, »sonst kriegen wir nichts mehr ab. Luc kann unheimlich viel essen, Los, komm!« Er wollte loslaufen, hielt jedoch inne, weil Zoe ihn mit vor Schreck weit aufgerissenen Augen anblickte.

»Hast du ein Gespenst gesehen?« Vorsichtshalber spähte Zarin den Gang entlang. Man hatte ja schon öfter gehört, dass es in alten Burgen und Schlössern spukte. Vielleicht machte die Burg Falkenauge da keine Ausnahme.

Zoe schien die Sprache verloren zu haben und deutete auf das Gemälde ihres Großvaters an der Wand. Jetzt erst fiel Zarin auf, dass das Bild des Mannes mit der Hakennase und den freundlich dreinblickenden Augen verschwunden war. Statt seiner blickte ihnen ein Junge, vielleicht ein oder zwei Jahre älter als sie selber, aus dem Gemälde entgegen. Er hatte eine gekrümmte Nase, blonde, schulterlange Locken und in der rechten Hand hielt er ein Schwert, das wohl extra für seine Größe angefertigt worden war.

»Nein, nein, nein!«, schrie Zarin entsetzt. »Was ist das denn? Das darf nicht sein!« Panisch überquerte er mit zwei Sprüngen den Gang, rannte zur Fensternische, stieg auf die Seitenbank und riss den Fensterflügel weit auf, denn durch die grünen Butzenscheiben konnte er nicht hinaussehen. Voller banger Erwartung starrte er in den Innenhof hinab. Die Tapeziertische, auf denen Zoes und seine Mutter ihre Waren ausgebreitet hatten, waren verschwunden und mit ihnen auch seine und Zoes Mutter sowie sämtliche Besucher des Mittelalterfestes. Zwei Mägde in langen, schlichten braunen Leinenkleidern mit weißen Hauben auf den Köpfen kamen durch den Torbogen. In ihren Armen trugen sie Körbe, gefüllt mit Kräutern, die sie zur Küche brachten.

Zarin traute seinen Augen nicht. Er und Zoe waren wieder im Mittelalter gelandet! Und war das nicht sein schwarzer Kater, der gerade quer über den Innenhof lief? Ihm blieb keine Zeit zu überlegen, wie Carlo es ebenfalls ins Mittelalter geschafft hatte, als er voller Entsetzen bemerkte, dass dem Kater ein Junge folgte. Der Größe nach musste er ein oder zwei Jahre älter sein als er selber. Bekleidet war er mit einem grünen Gewand und über seiner Schulter trug er einen Köcher aus Leder, in dem sich mehrere Pfeile befanden. Der Junge blieb stehen, nahm einen davon aus dem Köcher und zielte mit Pfeil und Bogen auf den schwarzen Kater, der die Stufen zur Wehrmauer hinaufsprang. Erschrocken schrie Zarin auf. Durch den Schrei wurde der Junge abgelenkt und sein Pfeil verfehlte das Tier.

Zoe, die jetzt ebenfalls aus dem Fenster schaute, zog Zarin geistesgegenwärtig zurück, bevor der fremde Junge sie entdecken konnte, denn dieser blickte sich irritiert um.

»Ihr bringt uns in Gefahr, Zarin!«, sagte Zoe vorwurfsvoll.

»Wir sind tatsächlich wieder in deiner Zeit gelandet. Und Carlo ist auch mitgereist. Wie kann das sein? Dein Wappenring hat seine magische Kraft doch verloren, und ich habe ihn auch nicht mehr mit meinem Smartphone aufgeladen.«

»Aber ich.« Zoe versuchte zu lachen, was ihr nicht so recht gelingen wollte. »Ich habe gedacht, ich kann mein Smartphone auch einmal an meinen Ring halten, so wie Ihr das mit Eurem gemacht habt. Ich wollte ausprobieren, ob die Energie, die es enthält, meinen Wappenring ebenfalls mit magischer Kraft versorgt.«

»Das Experiment ist dir ja super gelungen, wie wir sehen.« Zarin seufzte betroffen. »Dein Ring hat den Wappenring deines Großvaters auf dem Bild mit Energie versorgt, sodass er uns zurück ins Mittelalter katapultiert hat.« Er konnte immer noch nicht glauben, was soeben geschehen war. »Ich habe gesehen, wie dein Großvater dich an der Hand gefasst und dich in das Bild gezogen hat, so wie du es damals auch mit mir gemacht hast.«

»Und wieso seid Ihr auch hier?«

»Weil du dich an mir festgehalten hast.«

»Da bin ich aber froh, dass Ihr bei mir seid«, sagte Zoe erleichtert. Mit Zarin an ihrer Seite war alles nur halb so schlimm.

»He, was redest du so komisch?«

Zoe kicherte, denn ihr fiel auf, dass sie unwillkürlich wieder ihre mittelalterliche Sprache angenommen hatte. »Ich befinde mich in meiner Zeit, dann spreche ich auch meine Sprache«, erklärte sie.

Das fand Zarin logisch. Er würde zu Hause auch seine Muttersprache sprechen. »Aber warum ist jetzt statt deines Großvaters ein Junge auf dem

Gemälde zu sehen?«, fragte er mit einem verwunderten Gesichtsausdruck.

Zoe dachte einen Augenblick lang nach. »Das kapiere ich auch nicht. Schnell, lasst uns im Gemach des Burgherrn nachsehen, ob die Urkunde im Geheimfach liegt.«

»Aber das Geheimfach war doch leer, als dein Vater es geöffnet hat«, erinnerte sich Zarin.

»Ihr seid aber dumm.« Zoe biss sich zu spät auf die Lippen, denn da war ihr der Satz schon herausgerutscht. Sie lächelte verschmitzt, weil sie wusste, dass Zarin sich darüber ärgerte, und schon runzelte er die Stirn. »Wir sind jetzt in meiner Zeit, und da liegt die Urkunde bestimmt noch im Geheimfach.« Zoe hielt ihren linken Ringfinger vor Zarins Augen. »Zum Glück habe ich ebenfalls einen Wappenring und kann das Fach dann auch öffnen.«

»Da könntest du recht haben.« Zarins Gesicht hellte sich auf. »Das wäre krass, wenn wir mit der Urkunde zurückkommen.«

»Dann kann mein Vater beweisen, dass er der Burgherr ist, und wir können auf Burg Falkenauge wohnen bleiben.« Zoe stellte sich die freudig überraschten Gesichter ihrer Eltern vor.

»Und mein Vater kann das Restaurant weiterführen!« Zarin jubelte. »Was glaubst du, wie dumm Finja und ihr Vater aus der Wäsche gucken, wenn sie die Urkunde sehen.«

Bei der Vorstellung musste Zoe laut lachen.

»Pst!«, flüsterte Zarin und schaute sich ängstlich um. Zum Glück ließ sich niemand in der Ahnengalerie blicken.

»Kommt mit!« Zoe ergriff Zarins Hand und zog ihn an den Bildern ihrer Ahnen vorbei bis zum Gemach des Burgherrn.

Vorsichtig drückte sie die Klinke hinunter, schob die Tür einen Spaltbreit auf, spähte hindurch, sah zu ihrer Erleichterung, dass sich niemand im Raum befand, und schlüpfte hinein. Zarin folgte ihr rasch und schloss die Tür hinter sich. An der gegenüberliegenden Wand standen zwei einfache Schemel mit drei Beinen und daneben eine große Holztruhe mit Eisenbeschlägen. Auf der Truhe und auf der Bank in der Fensternische lagen mehrere Schriftrollen. In der Mitte des Gemachs befand sich ein Tisch aus Eichenholz und dahinter stand ein Holzstuhl mit einer hohen Rückenlehne. Auf dem Tisch stand in einer Halterung aus Holz ein Rinderhorn, das anscheinend als Tintenfass benutzt wurde, denn es steckte eine Schreibfeder darin. Auf einer ausgebreiteten Pergamentrolle waren Schriftzeichen zu sehen, die Zarin nicht lesen konnte.

»Beeil dich, Zoe!«, drängte er. »Der Schreiber kann jeden Moment zurückkommen.«

Keine Zeit verschwendend, schnellte Zoe förmlich zur Wand, zog sich den Stuhl heran und kletterte hinauf. Sie hielt ihren Wappenring an das Ornament. Die Augen des Falken an ihrem Wappenring begannen zu glühen, genauso wie die Augen des Falken auf dem Steinornament. Mühelos konnte Zoe den Stein aus der Wand nehmen und sie gab ihn an Zarin weiter. Das Geheimfach wurde sichtbar. Vor lauter Spannung hielt Zarin die Luft an. Zoes Herz schlug unwillkürlich schneller, als sie ihre Hand in das Geheimfach schob und eine Pergamentrolle hervorzog, die sie triumphierend in die Höhe hielt. »Ich hab sie!« Ungeduldig löste sie das grüne Band, mit dem die Urkunde zusammengebunden war, und rollte das Pergament auseinander. Erfreut erkannte sie das grüne Siegel der von Falkenauge mit dem Falken, der aus seinen Augen Blitze schleuderte. »Zarin, es ist die Urkunde!«, jubelte sie. Hastig rollte sie das Dokument wieder zusammen und wickelte das grüne Band darum.

Zarin reichte den Stein an Zoe zurück, die das Geheimfach damit wieder verschloss. Vorsichtig zog Zarin die Tür auf und spähte die Ahnengalerie entlang. »Niemand zu sehen. Schnell, Zoe!«

Zoe sprang vom Stuhl, verstaute die Urkunde in ihrer Gürteltasche, die allerdings nicht groß genug war, sodass ein Stück von der Rolle hervorsah.

»Jetzt beeil dich!«, drängte Zarin.

Rasch folgte sie Zarin durch die Ahnengalerie, als er plötzlich abrupt stehen blieb und sie angstvoll ansah. »Was habt Ihr?«, fragte Zoe irritiert.

»Ohne Carlo geh ich nicht. Ich kann ihn nicht allein im Mittelalter zurücklassen.«

Vier Schritte trennten sie noch von dem Gemälde, durch das sie in die Gegenwart zurückreisen wollten, als am Ende des Ganges eine Tür aufflog. Ein etwa fünfjähriges Mädchen in einem hübschen gelben Gewand stürmte heraus und blieb verwundert stehen, als es Zoe und Zarin entdeckte.

»Mechthild, kommt zurück!«, ertönte eine befehlende Frauenstimme. »Wir gehen alle gemeinsam nach draußen.«

Das Mädchen rannte in das Gemach zurück und ließ die Tür offen. »Mutter, wir haben Besuch erhalten«, hörten Zoe und Zarin ihre aufgeregte Stimme.

Jetzt war Eile geboten. Jeden Moment konnte die Frau auftauchen.

Zoe zog Zarin mit sich zum Gemälde des Jungen, durch das sie ins Mittelalter gekommen waren.

»Ich lasse Carlo nicht im Stich«, erklärte Zarin wild entschlossen.

Im selben Moment hörten sie die Frauenstimme erneut. »So, jetzt sind wir alle fertig. Kommt, Kinder, dann schauen wir mal, wer uns besuchen möchte.«

Geistesgegenwärtig öffnete Zoe die Tür, die in der Gegenwart in ihr Zimmer führte, und zog Zarin mit sich in das Gemach.

»Ihr habt Gespenster gesehen, Mechthild. Auf dem Gang ist niemand.« Die Frauenstimme klang ungehalten.

Aufatmend schloss Zoe leise die Tür hinter Zarin und sah sich neugierig im Gemach um.

Insgeheim hatte sie gehofft, dass sie alles so vorfinden würde, wie sie es vor Kurzem verlassen hatte. Doch ihr zierlicher Schreibtisch aus hellem Birkenholz, die Schrankwand mit den offenen Regalen, in denen sie ihre Bücher aufbewahrte, der Globus auf dem Schreibtisch, der sie zum Lachen brachte, weil sie sich immer noch nicht vorstellen konnte, dass die Menschen auf einer Kugel lebten und trotzdem nicht herunterfielen – all das war verschwunden. Den neu eingebauten Heizkörper gab es nicht mehr, und das Fenster bestand aus dunkelgrünen Butzenscheiben, die kaum Tageslicht hereinließen. An der hinteren Wand stand zwar ihr Himmelbett, aber ihr fiel sofort auf, dass die Bettvorhänge aus Leinen dunkelgrau waren, während ihre Mutter ihr erst vor Kurzem helle Vorhänge mit Herzchenmotiven und hübschen Rüschen genäht hatte. Neben dem Bett befand sich eine große Truhe aus Eichenholz mit gewölbtem Deckel, wie auch sie eine besaß, aber das war schon alles, was an ihr Zimmer erinnerte. Außer Bett und Truhe gab es nur noch einen Tisch aus Eichenholz, auf dem mehrere Pfeile lagen.

»Wessen Zimmer ist das wohl?«, überlegte Zarin.

Zoe kam nicht dazu, ihm zu antworten, denn die Tür flog auf und ein Junge stürmte herein, der wie vom Donner gerührt stehen blieb, als er Zoe und Zarin erblickte. Das musste der Junge auf dem Gemälde sein, zumindest sah er ihm zum Verwechseln ähnlich. Seine Schnabelschuhe waren aus Leder genäht und liefen vorn spitz zu. Er trug eng anliegende braune Beinkleider und darüber ein Gewand aus grünem Samt, das mit einem breiten Ledergürtel zusammengeschnürt war. Auf seinen blonden Locken saß ein Hut aus Filz mit einer Krempe, die mit Pelz besetzt war.

Zoe wusste nicht, wie lange sie einander stumm angestarrt hatten, bis sie schließlich die Initiative ergriff und forsch sagte: »Ich heiße Zoe von Falkenauge.« Auf Zarin deutend fuhr sie fort: »Das ist mein Gefährte Zarin. Und wer seid Ihr?«

Der fremde Junge gab sich einen Ruck, trat einen Schritt vor und drückte stolz die Brust heraus. »Ich bin Heinrich von Falkenauge.«

Zoe flüsterte Zarin ins Ohr: »Das ist Heinrich, mein Großvater.«

Zarin fasste sich an die Stirn. »Was? Dann befinden wir uns gar nicht in deiner Zeit?«

Heinrich starrte Zarin irritiert an und wandte sich an Zoe: »Eine Zoe von Falkenauge kenne ich nicht. Ihr seid eine Lügnerin. Wer hat Euch erlaubt, mein Gemach zu betreten?«

Zoes Augen blitzten zornig auf. Sie trat ebenfalls einen Schritt vor und sagte mit fester Stimme: »Ich spreche die Wahrheit. Hier ist mein Wappenring zum Beweis.« Sie hielt Heinrich den Ring mit dem Wappen der von Falkenauge unter die Augen und beobachtete zufrieden, wie der Junge ungläubig darauf starrte.

»Wo habt Ihr den her?«, rief er verwundert. »Der Wappenring der von Falkenauge wird immer nur an den ältesten Sohn des Burgherrn weitervererbt. Der Ring gehört meinem Vater. Ihr habt ihm den Ring gestohlen. Ihr seid eine Diebin und Lügnerin!« Erbost wandte er sich um, lief durch die noch offen stehende Tür in den Gang und schrie: »Wache!«

Mit einer so heftigen Reaktion hatten Zoe und Zarin nicht gerechnet. Bevor sie wussten, wie ihnen geschah, stürmten zwei mit Lanzen bewaffnete Männer herein, gefolgt von einem etwa neunjährigen Jungen und drei kleinen Mädchen. Das jüngste von ihnen hatte wohl gerade erst laufen gelernt, denn es schaukelte beim Gehen heftig hin und her.

Zögernd blieben sie an der Tür stehen und starrten neugierig auf Zoe und Zarin.

»Was ist geschehen, junger Herr?«, fragte einer der Wächter.

Mit einer gebieterischen Geste deutete Heinrich mit der rechten Hand auf Zoe und Zarin. »Nehmt die beiden fest und bringt sie zum Burgherrn. Sie maßen sich meinen Namen an und haben den Wappenring meines Vaters gestohlen.«

»Das ist nicht wahr!«, empörte sich Zoe. »Ich …«

Aber die Wächter ließen sie nicht ausreden, sondern packten Zoe und Zarin grob an den Armen und zerrten sie an den Kindern vorbei, die mit offenen Mündern hinter ihnen hersahen und ihnen zum Gemach des Burgherrn folgten.

Heinrich stürmte vorneweg, klopfte laut an die Tür und drückte den Griff herunter, ohne eine Antwort abzuwarten. Die Wächter stießen Zoe und Zarin in das Gemach und die Kinder zwängten sich mit hinein.

Am Tisch saß ein Mann mit einem krausen Kinnbart, der in seiner rechten Hand einen Gänsekiel hielt, den er gerade in das Rinderhorn tauchte, in dem sich Tinte befand. Vor ihm lag ein Stück Pergament, das zur Hälfte beschrieben war. Verärgert blickte der Mann auf. »Konntet Ihr nicht abwarten, bis ich Euch zum Eintreten auffordere, Heinrich?«, tadelte er.

Heinrich senkte schuldbewusst den Kopf, riss ihn sofort wieder empor und sagte anklagend: »Vater, das Mädchen hier behauptet, Zoe von Falkenauge zu sein, und sie hat Euren Wappenring gestohlen.«

Der Burgherr richtete seinen Blick auf seine linke Hand und hielt sie in die Höhe, sodass Heinrich, Zoe und Zarin und auch die Wächter sehen konnten, dass sich an seinem Ringfinger der Wappenring der von Falkenauge befand, ein grüner Jaspis, in den ein Wanderfalke mit ausgebreiteten Flügeln eingraviert war. Aus den Augen des Wanderfalken zischten Blitze.

Irritiert blickte Heinrich von Zoes Ring zu dem seines Vaters.

»Da seht Ihr, dass ich die Wahrheit gesprochen habe«, trumpfte Zoe auf. An Heinrichs Vater gewandt fragte sie: »Seid Ihr Laurencz von Falkenauge?«

»Der bin ich. Lasst mich Euren Ring anschauen!« Laurencz von Falkenauge nahm Zoes Hand in seine und musterte den Wappenring eingehend.

»Kein Zweifel, er ist zwar kleiner, aber sonst stimmt er mit meinem vollkommen überein. Wo habt Ihr ihn her? Meines Wissens gibt es nur einen einzigen Ring, der immer vom Vater an den ältesten Sohn weitergegeben wird.«

»Den Ring habe ich schon als Säugling gehabt«, sagte Zoe stolz. »Er wächst an meinem Finger mit.«

Die Wächter und die Kinder starrten Zoe erschrocken an, während der Burgherr missbilligend die Stirn runzelte.

»Sie ist eine Hexe!«, ereiferte sich Heinrich und machte rasch das Kreuzzeichen.

Zarin erschrak heftig. »Zoe ist keine Hexe, sie ist wirklich Zoe von Falkenauge«, beteuerte er. »Das kann ich beschwören.«

»Sie sind beide vom Teufel besessen!«, rief Heinrich nur noch lauter.

»Kinder, was macht Ihr hier im Schreibgemach Eures Vaters?« Eine Frau in einem langen grünen Gewand, die auf dem Kopf eine Haube von der gleichen Farbe trug, betrat eilig den Raum.

»Geht zu Eurer Mutter!«, sagte der Burgherr zu den Kindern und fügte an seine Gemahlin gewandt erklärend hinzu: »Judith, dieses Mädchen hier behauptet, eine von Falkenauge zu sein. Sie trägt den Wappenring.«

»Es gibt doch nur einen Wappenring«, wunderte sich Judith. »Da scheint wahrhaftig etwas nicht zu stimmen. Wir gehen besser!« Sie nahm das kleinste Mädchen auf den Arm und winkte den anderen Kindern, ihr zu folgen.

»Ich frage Euch zum letzten Mal. Wollt Ihr mir jetzt sagen, woher Ihr den Ring habt?«, wandte sich Laurencz an Zoe.

»Es ist mein Ring«, behauptete Zoe, »und er wächst an meinem Finger mit. Das ist die Wahrheit.«

»Wache, werft die beiden in das Verlies! Da können sie so lange nachdenken, bis ihnen die Wahrheit wieder einfällt«, befahl der Burgherr.

Die Wächter packten Zoe und Zarin an den Armen, zerrten sie aus dem Gemach und brachten sie die Treppe hinunter über den Innenhof zum Turm, wo sie sie in einen halbdunklen, kahlen Raum stießen, die schwere Eichentür hinter ihnen zuzogen und abschlossen.

Der Schwarze Tod

Anno 1273

»Mist!«, jammerte Zarin. »Das Verlies kommt mir bekannt vor.«

»Wenigstens habt Ihr keine kalten Füße«, stichelte Zoe.

»Hä? Was meinst du?« Zarin blickte sie verständnislos an.

»Beim letzten Mal wart Ihr barfüßig«, erinnerte Zoe ihn, was ihn nicht gerade zu erheitern schien.

»Übrigens, der Junge, dein toller Großvater, der uns verraten hat, hat versucht, Carlo zu töten«, ereiferte sich Zarin.

»Viele Menschen haben Angst vor schwarzen Katzen. Sie glauben, dass der Teufel in ihnen steckt«, erklärte Zoe, »deshalb werden sie verfolgt.«

Fassungslos starrte Zarin sie an. »Jetzt mache ich mir aber richtig Sorgen um Carlo.«

Zoe hob lauschend den Kopf. Ihr war, als ob sie ein leises Wimmern gehört hätte. »Ist da wer?«, fragte sie in die Dunkelheit.

Aus dem schmalen Luftschlitz hoch oben an der Wand fiel zwar etwas Tageslicht, aber nur so wenig, dass es den hinteren Teil des Verlieses nicht erhellte, aus dem jetzt ein schwaches Stimmchen erklang.

»Ja, Mutter und ich.«

»Macht Eure Lampe an, Zarin!«, forderte Zoe ihn auf.

Zarin fingerte sein Smartphone aus der Hosentasche, drückte auf die Taschenlampen-App und richtete den Lichtstrahl auf die Stelle, von der das Stimmchen erklungen war.

Sie konnten eine Frau erkennen, die in gekrümmter Haltung auf dem nackten Steinfußboden saß und sich mit den Händen den Kopf hielt, als habe sie starke Schmerzen. Neben ihr kauerte ein etwa sieben Jahre altes Mädchen, das sie mit großen, dunklen Augen misstrauisch anblickte. Seine langen schwarzen Haare hingen ihm strähnig und ungewaschen ins Gesicht. Das Mädchen trug die Kleidung der einfachen Leute, ein schlichtes braunes Leinenkleid, und sie war barfüßig. Die Frau neben ihm, die das gleiche Gewand trug, hatte ein langes, schmutziges Wolltuch um den Hals geschlungen und war ebenfalls barfüßig. Sie schloss die Augen bei dem grellen Lichtstrahl und stöhnte.

Zoe kniete neben der Frau und dem Kind nieder.

»Wer seid Ihr?«, fragte sie das Mädchen. »Und warum seid Ihr im Verlies?«

»Ich bin Duretta«, antwortete das Mädchen. »Und das ist meine Mutter Eugenia. Die Wachen des Burgherrn haben uns hier eingesperrt.«

»Ist deine Mutter krank?«, erkundigte sich Zarin mitleidig.

»Sie hat ein Gewitter im Kopf«, erklärte Duretta.

»Was für ein Gewitter?« Zarin blickte sie irritiert an.

»Sie meint, dass ihre Mutter starke Kopfschmerzen hat«, klärte Zoe ihn auf und wandte sich an Duretta. »Wie lange seid Ihr schon hier?«

Duretta zählte an ihrer Hand vier Finger ab. »Vier Tage und vier Nächte. Es ist so kalt hier, und wir haben kein Schaffell.« Neugierig deutete sie auf Zarins Smartphone. »Wie kommt das Licht aus dem Kasten?«

Zarin lachte. »Das ist eine Neuheit aus meiner Zeit.«

»Was meint Ihr damit? Sprecht Ihr deshalb so seltsam?«

»Es ist zu kompliziert, dir das zu erklären.«

»Ihr seid bestimmt ein Zauberer und wollt es mir nur nicht verraten.«

»Genau«, sagte Zarin, weil er keine Lust auf weitere Erklärungen hatte, die Duretta sowieso nicht verstehen würde.

»Meine Mutter ist aber eine Zauberin und kennt sich mit allen Kräutern aus. Weil der Burgherr Angst vor ihr hat, hat er uns in das Verlies werfen lassen. Er ist dumm und denkt, wir wollten ihn vergiften.«

Zoe blickte Zarin fragend an. »Habt Ihr eine Idee, wie wir hier herauskommen?«

Zarin machte nicht gerade ein einfallsreiches Gesicht, sodass ihre Hoffnung sank. Doch plötzlich leuchteten seine Augen auf.

»Hast du den schwarzen Filzstift dabei, Zoe?«

Verwundert, was Zarin damit vorhaben könnte, öffnete Zoe ihre Gürteltasche. Als sie den schwarzen Filzstift herauszog, fiel die Pergamentrolle direkt neben Eugenia auf den Boden. Bevor Zoe danach greifen konnte, hatte die Frau blitzschnell das grüne Band abgestreift und die Urkunde auseinandergerollt. Es schien Zoe, als ob sie die Buchstaben lesen konnte. Das verwunderte sie, weil Eugenia doch nur eine einfache Frau war, Lesen und Schreiben lernten nur die Adeligen. Zoe entriss Eugenia die Pergamentrolle, verschnürte sie wieder mit dem Band, stopfte sie rasch in die Gürteltasche zurück und hielt den schwarzen Filzstift hoch. »Wollt Ihr uns damit befreien?« Sie kicherte belustigt. »Ihr seid aber dumm, Zarin.«

»Wer hier dumm ist, wird sich noch herausstellen«, antwortete Zarin verärgert. Er nahm Zoe den Stift aus der Hand und malte ihr große schwarze Flecken auf das Gesicht und die Hände.

»Lasst das!«, wehrte Zoe ihn ab. »Es ist nicht der richtige Zeitpunkt, um Spaß zu machen.«

»Das ist kein Spaß!«, erwiderte Zarin empört. »Die schwarzen Flecken führen uns in die Freiheit.«

»Seid Ihr verrückt geworden?« Besorgt blickte Zoe ihn an, als er auch Duretta und Eugenia schwarze Flecken auf Wangen und Arme malte.

»Nein, bin ich nicht. Wir haben die Pest. Im Geschichtsunterricht hatten wir darüber gesprochen, dass die Seuche im Mittelalter Zigtausende von Menschen dahingerafft hat. Die Pest ist hochansteckend und es gab zu eurer Zeit keine Medizin. Sie wird von Ratten über deren Flöhe auf Menschen übertragen. Sie bekommen hohes Fieber, Schüttelfrost sowie einen schwarzen Hautausschlag«, erklärte Zarin.

»Der Schwarze Tod?«, rief Zoe erschrocken. Dann verstand sie, was Zarin damit sagen wollte.

»Ihr meint, die Wachen fallen darauf herein?«

»Genau, das hoffe ich zumindest.«

»Das könnte funktionieren«, lobte Zoe und malte ihm ebenfalls schwarze Flecken auf die Haut.

Nachdem sie den Filzstift wieder in ihrer Gürteltasche verstaut und Zarin gebeten hatte, das Licht auszumachen, trommelte sie mit Zarins Unterstützung mit den Fäusten gegen die verschlossene Tür.

»Wache, zu Hilfe!«

Sie mussten lange trommeln und schreien, bevor endlich der Schlüssel im Schloss knirschte und die Tür geöffnet wurde.

In der linken Hand hielt der Wächter eine brennende Fackel und mit der rechten streckte er ihnen seine Lanze entgegen. »Was ist los? Was schreit Ihr hier herum?«

Zoe und Zarin stöhnten erbärmlich, zitterten, als hätten sie Schüttelfrost, und hielten ihm ihre Hände entgegen.

»Seht nur. Wir haben überall schwarze Flecken, die Frau und das Kind haben uns angesteckt.«

Im Schein der Fackel sah der Mann voller Entsetzen den schwarzen Hautausschlag. Er wurde leichenblass und ließ Fackel und Lanze auf den Steinboden fallen. Abwehrend streckte er die Arme aus, drehte sich um und rannte die Treppe hinauf, wobei er fortwährend schrie: »Der Schwarze Tod! Rettet Euch! Der Schwarze Tod geht um!«

Zarin sah Zoe begeistert an. »Mein Trick wirkt. Cool, dass mir das mit der Pest noch eingefallen ist.«

»Das war ein guter Einfall von Euch«, musste Zoe zugeben. Sie hob die brennende Fackel auf und steckte sie in eine dafür vorgesehene Wandhalterung. »Könnt Ihr gehen? Wir müssen rasch die Burg verlassen.« Sie half Eugenia beim Aufstehen und hakte sie unter, während Duretta den anderen Arm ihrer Mutter ergriff.

Eilig stieg Zarin die Wendeltreppe hinauf und spähte aus der weit offen stehenden Turmtür. Der Innenhof lag menschenleer vor ihm. Er wandte sich um und winkte heftig. »Beeilt euch, niemand ist zu sehen!« Ungeduldig wartete er, bis Eugenia mit Zoes und Durettas Unterstützung schwer atmend die Treppe heraufgekommen war.

Erleichtert sah Zarin, dass sich Eugenia, wenngleich etwas mühsam, auf den Beinen halten konnte, denn er verspürte keine Lust, ihr behilflich zu sein. Sie war schmutzig und roch nach vier Tagen im Verlies alles andere als gut, womöglich hatte sie tatsächlich eine ansteckende Krankheit. Das fehlte noch, dass er im Mittelalter krank wurde und nicht mehr nach Hause kam.

Er lief voraus und spähte durch den Torbogen, wo er den Wächter laut schreiend über den Vorhof der Burg rennen sah. »Der Schwarze Tod geht um! Rettet Euch!«

Im Handumdrehen verschwanden die Mägde, die im Kräutergarten arbeiteten, und der Schmied, der den Vorderfuß eines Pferdes mit einem Hufeisen beschlug, im Stallgebäude. Ein Knecht, der einen leeren Handkarren über den Hof zog, ließ die Deichsel los und rannte, so schnell er konnte, ebenfalls in den Stall.

Unbehelligt erreichten Zoe, Zarin, Duretta und Eugenia das Torhaus an der Zugbrücke, als ihnen plötzlich der Torwächter mit vorgestreckter Lanze den Weg versperrte.

»Ihr seid mutig«, fuhr Zoe ihn an. »Fürchtet Ihr nicht den Schwarzen Tod?«

Der Wächter zögerte, starrte auf die schwarzen Flecken in ihren Gesichtern und gab den Weg frei. »Verschwindet!«, schrie er und zog sich schnell wieder in das Torhaus zurück.

Mühsam schleppte sich Eugenia über die Zugbrücke, wobei sie sich immer wieder an den Kopf fasste. Zarin fürchtete, dass sie jeden Augenblick zusammenbrechen könnte. In dem Schneckentempo würden sie das Dorf niemals erreichen. Kurz entschlossen lief er über die Zugbrücke zu dem Handkarren zurück, den der Knecht in seiner Panik stehen gelassen hatte. Zu seiner Überraschung saß der schwarze Kater neben dem Karren und leckte sich die Pfoten.

»Carlo, da bist du ja! Komm mit!«, sagte er erfreut. Er ergriff die Deichsel und zog den Karren hinter sich her über die Zugbrücke. Der schwarze Kater folgte ihm getreulich. Wie der Blitz stürzte der

Torwächter aus dem Torhaus, drehte an der Winde, über die die Ketten der Zugbrücke liefen, und zog die Zugbrücke hoch, um zu verhindern, dass die Pestkranken und der schwarze Kater noch einmal zurückkamen. Jetzt konnte niemand mehr in die Burg hineingelangen und niemand heraus.

»Sie können sich in den Karren setzen«, forderte Zarin Durettas Mutter auf. »Wir bringen Sie nach Hause.« Er ließ die Deichsel los, bückte sich, nahm Carlo auf den Arm und bemerkte, dass das Tier viel dünner war als Carlo. Es war gar nicht sein Kater, wie er irrtümlich angenommen hatte.

»Es ist gar nicht Carlo. Puh, bin ich froh, dass er die Zeitreise nicht mit uns gemacht hat«, sagte er erleichtert zu Zoe, die hinzukam und den Kater streichelte, woraufhin er genüsslich zu schnurren begann. »Wollen wir ihn Carl nennen?«, schlug Zarin vor.

»Lasst doch den Mäusepflücker!« Duretta verzog verächtlich das Gesicht. »Wir müssen weiter!«, drängte sie und fasste nach dem Griff der Deichsel.

Zarin setzte den fremden Kater auf dem Boden ab und half Duretta, den Karren zu ziehen, während Zoe hinten schob.

Der Kater folgte ihnen auf dem schmalen Pfad hinunter ins Dorf.

Die Leibeigenen und ihre älteren Kinder schufteten im Weinberg, der an der sonnigen Hanglage angelegt war. Gebückt gingen sie die Reihen zwischen den Weinstöcken entlang und hackten den Boden auf, was sehr mühsam war.

Einer der Männer hielt inne, wischte sich mit dem Handrücken den Schweiß von der Stirn und blickte verwundert zu Zarin und Duretta hinüber, die sich mit aller Kraft gegen die Deichsel stemmen mussten, damit der Karren mit seiner Last nicht zwischen den Weinreben hindurch bergab ins Tal sauste. Als er die schwarzen Flecken auf ihrer Haut bemerkte, weiteten sich seine Augen vor Entsetzen. »Der Schwarze Tod!«, schrie er, ließ die Hacke fallen und flüchtete, gefolgt von den anderen Leibeigenen, in die entgegengesetzte Richtung.

»Wo wohnt Ihr denn?«, fragte Zoe Duretta, als sie am Fuß des Hügels angekommen waren und das Dorf vor ihnen lag.

»Am Waldrand, in der Nähe des Flusses.« Duretta ließ die Deichsel los, lief ein paar Schritte voraus und überließ es Zoe und Zarin, den Handkarren zu ziehen.

»Viele Häuser sind hier nicht.« Zoe blickte sich aufmerksam um. »In meiner Zeit waren es bedeutend mehr.«

Die Hütten sahen genauso ärmlich aus wie im Jahre dreizehnhundertachtzehn, fand Zarin. Ihre Dächer waren mit Schilf gedeckt und vor den Fensteröffnungen gab es keine Scheiben. Gegen Wind und Kälte konnte man sie mit Holzläden verschließen. Einige jüngere Kinder, die ihnen neugierig entgegenblickten und für die die Arbeit im Weinberg noch zu schwer war, hüteten auf der Wiese Schafe und Ziegen.

»Das ist die Kräuterhexe«, hörte Zarin einen Jungen im Vorbeigehen flüstern, worauf die anderen Kinder ängstlich zurückwichen.

Mutiger geworden rief der Junge mit lauter Stimme »Hexenbalg!« hinter Duretta her. Und weil sie sich nicht um das Geschrei kümmerte, fielen auch die anderen Kinder ein: »Hexenbalg!«

Zarin überlegte, ob er sie zurechtweisen sollte. Er konnte Duretta nachfühlen, wie ihr zumute sein musste, war er selber doch auch noch bis vor einem halben Jahr von Connor, Luc und Spock gemobbt worden. Aber Duretta schienen die Beschimpfungen nichts auszumachen. Jedenfalls ließ sie sich nicht anmerken, ob sie sich darüber ärgerte.

Hinter dem Dorf führte der Feldweg, der mehr ein Trampelpfad als ein Weg war, am Fluss entlang. Zarin überlegte, ob sich hinter dem dichten, mannshohen Schilfgürtel die schmale Landzunge befand, die in seiner Zeit sein Geheimversteck gewesen war.

Schweißgebadet erreichten Zoe und Zarin mit ihrer Last endlich die Hütte, die dicht am Waldrand stand.

Die Kräuterhexe

Anno 1273

»Hier wohnen wir«, verkündete Duretta stolz und zeigte auf die niedrige Hütte, die aus einem Gerüst aus Holzbalken bestand, deren Zwischenräume mit Birkenzweigen ausgestopft und mit Lehm und Stroh abgedichtet worden waren. Das Dach war mit Schilf gedeckt. Der schwarze Kater, der ihnen gefolgt war, ließ sich neben der Tür in der Sonne nieder und leckte sich das Fell.

Zoe half Eugenia aus dem Karren und führte sie mit Durettas Hilfe ins Haus. Der Anblick ihres Heims schien ihre Lebensgeister zu wecken, denn sie schleppte sich nicht mehr so mühsam vorwärts. Neugierig folgte Zarin ihnen ins Innere. Es sah dort nicht viel anders aus als in der Hütte von Zoes Amme Magdalen, die er anno dreizehnhundertachtzehn kennengelernt hatte. Der Fußboden bestand aus festgestampfter Erde, über die Stroh ausgebreitet war. In der Mitte des einzigen Raums gab es eine offene Feuerstelle, und da kein Schornstein vorhanden war, musste sich der Rauch einen Weg durch Schlitze im Dach suchen. Neben dem Eingang standen zwei niedrige Schemel und ein klappriger Tisch, auf dem sich eine Schale mit Katzenminze befand. Im hinteren Teil war das Stroh etwas höher zu einer Schlafstatt aufgeschichtet, auf der einige Schaffelle lagen. Daneben befand sich eine Truhe mit flachem Deckel. Das Einzige, was anders war als in der Hütte der Amme, waren geflochtene Schnüre aus Binsen, die kreuz und quer von einem Dachbalken zum nächsten gespannt waren und von denen büschelweise Kräuter zum Trocknen herabhingen. Jetzt konnte sich Zarin auch erklären, woher der betörende Duft kam, der ihm beim Eintritt in die Hütte in die Nase gestiegen war.

Eugenia sank auf das Strohlager nieder, griff sich mit beiden Händen an den Kopf und stöhnte laut. Sie wies Duretta an, Wasser zu holen, damit sie sich einen heilenden Kräutertrank gegen die starken Kopfschmerzen brauen konnte.

Auf Eugenias Anweisung hin nahm Zoe einige getrocknete Pflanzenwurzeln von den Schnüren. »Was sind das für Heilpflanzen?«, erkundigte sie sich wissbegierig.

»Das ist Pestwurz«, erklärte Eugenia. »Sie wächst am Flussufer und man erkennt sie an ihren rötlichweißen Blütenköpfen. Aber nur die Wurzel hilft gegen Schmerzen im Kopf. Und gebt noch ein paar Blätter von der Katzenminze hinzu!«

Während Zoe sich an den Tisch setzte, um die Wurzeln und die Minze mit einem Stößel in einem Mörser zu zerkleinern, griff Duretta nach dem Ledereimer, der neben der Tür stand, und verließ die Hütte.

»Ich komme mit«, bot Zarin an, der sich ziemlich überflüssig vorkam, und eilte Duretta hinterher. »Warum holst du das Wasser nicht aus dem Dorfbrunnen auf dem Marktplatz?«, wunderte er sich, als Duretta zielstrebig zum Fluss voranging.

»Es gibt keinen Brunnen«, antwortete Duretta. »Alle Dorfbewohner holen ihr Wasser aus dem Fluss.«

Anscheinend war der Brunnen erst später gegraben worden, denn Zarin erinnerte sich, dass es zu Zoes Zeit bereits einen gegeben hatte.

»Welches Jahr haben wir jetzt?«, fragte Zarin neugierig.

»Ihr wisst nicht, dass wir uns anno zwölfhundertdreiundsiebzig befinden?«, wunderte sich Duretta.

Zarin antwortete nicht. Er musste erst einmal verdauen, dass er sich tatsächlich im dreizehnten Jahrhundert, vierunddreißig Jahre vor Zoes Geburt, befand.

Am Flussufer nahm Duretta ihm den Ledereimer aus der Hand, kniete nieder und tauchte ihn ins Wasser. Als sie ihn hochheben wollte, taumelte sie, denn sie war von den vier Tagen im Verlies, in denen sie kaum etwas zu essen bekommen hatte, geschwächt.

»Gib her! Ich trage den Eimer«, bot Zarin großzügig an. »Wohnt ihr ganz allein in der Hütte, deine Mutter und du?«, erkundigte er sich, als sie nebeneinander den Pfad zurückgingen.

»Ja.«

»Und dein Vater?«

»Er verschwand bei Nacht und Nebel.«

»Das tut mir leid.« Zarin fühlte Mitleid mit dem kleinen Mädchen.

»Ich bin nicht traurig, dass er weg ist. Er war nur ein einfacher Spielmann und genauso dumm und arm wie die Menschen aus dem Dorf.«

Zarin war betroffen, wie schlecht sie von ihrem Vater redete. Sie musste ihm seine Bestürzung wohl an seinem Gesicht angesehen haben, denn sie lachte belustigt auf.

»Vermisst du deinen Vater denn gar nicht?«, fragte Zarin, der jetzt gerne bei seinen Eltern in seiner Zeit wäre und nicht hier im Mittelalter.

Duretta zuckte mit den Schultern und machte eine geringschätzige Handbewegung. »Meine Mutter sagt, dass er nur ein unnützer Esser war. Von ihr dagegen kann ich viel lernen, denn sie ist eine Zauberin«, sagte sie mit Stolz in der Stimme.

»Echt?« Zarin staunte. »Sagen die Dorfkinder deshalb ›Hexe‹ zu deiner Mutter?«

Duretta nickte. »Die Dorfbewohner haben Angst vor ihr, weil sie alle Kräuter kennt, sowohl die guten, die heilen, als auch die bösen, die töten. Sie gibt ihr Wissen an mich weiter, sodass auch ich später eine große Zauberin sein werde. Dann werde ich Heinrich von Falkenauge heiraten und Burgherrin sein.«

Zarin kicherte belustigt. Die Kleine hatte unerfüllbare Wunschträume, denn so schmutzig und verwahrlost, wie sie im Moment aussah, konnte er sie sich beim besten Willen nicht als Gemahlin von Heinrich von Falkenauge vorstellen. »Burgherrin von Burg Falkenauge ist Zoe«, erklärte er.

»Ich habe gesehen, dass sie den Wappenring trägt.« Durettas Gesichtsausdruck veränderte sich schlagartig. Eben hatte sie noch gelächelt, doch jetzt verengte sie ihre dunklen Augen zu schmalen Schlitzen, aus denen sie ihn anfunkelte. Etwas in ihrem Blick ließ Zarin frösteln und ein kalter Schauer lief ihm den Rücken hinunter. Auf einmal fühlte er sich unwohl in seiner Haut. Er schritt schneller aus, und als er die Hütte erreichte, stellte er den Wassereimer neben der Kochstelle ab, wo bereits ein Feuer brannte.

»Ihr habt aber lange gebraucht«, rief Zoe und schöpfte mit einer hölzernen Kelle Wasser aus dem Eimer in einen Kessel, den sie an einem Eisengestänge über dem Feuer aufhängte. Sie wartete, bis das Wasser siedete, und goss es über die zerstampften Wurzelstücke, die sie in eine Schale gelegt hatte.

»Geht an den Fluss und wascht Euch«, forderte Eugenia die Kinder auf. »Ich werde mich mit dem restlichen Wasser säubern und noch etwas ruhen.« Sie winkte Duretta zu sich, umarmte sie, und Zarin kam es so vor, als ob sie ihr etwas ins Ohr flüsterte. Leider konnte er kein Wort verstehen.

Zu dritt verließen sie die Hütte. Sie waren noch nicht um die Hausecke gebogen, als sie Eugenia rufen hörten: »Duretta, nehmt ein sauberes Gewand mit!«

»Wartet auf mich!«, befahl Duretta, während sie zur Hüttentür lief.

Wenige Sekunden später kam sie mit einem zusammengerollten Gewand, das sie sich unter den Arm geklemmt hatte, wieder zum Vorschein.

»Gib her! Ich werde es für dich tragen«, bot Zarin seine Hilfe an und griff nach dem Leinenbündel.

Erschrocken sprang Duretta einen Schritt zurück und rief erbost: »Lasst mich!«

»Wollte ja nur behilflich sein«, entgegnete Zarin beleidigt und ging voraus. Er konnte sich nicht erklären, warum Duretta auf sein Angebot so überspannt reagierte.

»Lasst uns schauen, ob wir die Landzunge finden«, schlug er vor, als sie den Schilfgürtel erreichten. Mit nach vorn ausgestreckten Armen hielt er die mannshohen Halme auseinander, sodass Zoe und Duretta keine Mühe hatten, ihm zu folgen. Zu Zarins Freude gab es bereits den Kiesstrand, auf dem er in seiner Zeit viele Stunden damit verbracht hatte, flache Kiesel über die Wasseroberfläche flitschen zu lassen.

Zoe streifte ihre Sneaker von den Füßen, watete ins Wasser und versuchte die schwarzen Flecken an Gesicht und Armen abzuwaschen. Aber die waren hartnäckig.

»Wir hätten einen Bimsstein mitnehmen müssen«, meinte Duretta.

»Es geht auch mit Sand.« Zarin bückte sich am Ufer, nahm etwas von dem groben Sand zwischen die Finger und verrieb ihn auf seinem Handrücken. »Schaut her! Die Flecken sind schon fast weg.« Er zeigte den beiden anderen seine Hände und nahm erneut eine Handvoll Sand.

Duretta streifte sich ihr verschmutztes, übel riechendes Kleid über den Kopf, watete bis zum Bauch ins Wasser und wusch sich die Haare. Nachdem sie die schwarze Farbe ebenfalls mit Sand von

Wangen und Händen gerubbelt hatte, stapfte sie wieder ans Ufer.

»Zieht Eure Kleider aus, wenn Ihr baden wollt«, schlug sie vor. »Ich passe auf Eure Sachen auf. Euren Ring könnt Ihr mir auch geben, Zoe, damit Ihr ihn nicht im Fluss verliert.«

»Meinen Ring nehme ich nie vom Finger ab«, antwortete Zoe, worauf Duretta sich ärgerlich auf die Unterlippe biss. Als sie merkte, dass Zarin sie misstrauisch beobachtete, setzte sie rasch wieder ihr argloses Lächeln auf.

Zarin folgte Zoes Beispiel, die ihre Gürteltasche und ihr Kleid abgelegt hatte und bereits ins Wasser lief. Übermütig schwammen sie ein Stück in den Fluss hinaus. In dem halben Jahr, in dem Zoe in seiner Zeit lebte, hatte sie ihren Schwimmstil verbessert und sogar das Schwimmabzeichen in Silber gemacht. Das klare Wasser befreite ihre Körper von dem üblen Geruch im Verlies.

Als sie ans Ufer zurückschwammen, hatte Duretta bereits ihr mitgebrachtes sauberes Leinenkleid angezogen. Sie saß auf einem großen Stein und kämmte mit den Fingern ihr langes schwarzes Haar. Erstaunt stellte Zarin fest, dass sie ein hübsches Gesicht hatte. Das war ihm vorher gar nicht aufgefallen, weil sie so schmutzig gewesen war. Blitzartig griff Duretta nach ihrem alten Kleid, das sie, wie zuvor das frische Kleid, zu einem Bündel gewickelt hatte, und hielt es sich wie ein Paket mit beiden Händen vor die Brust. »Lasst uns gehen!«, forderte sie Zoe und Zarin auf.

Zarin wunderte sich, warum Duretta es plötzlich so eilig hatte.

Zoe streifte ihr Kleid über die nassen Haare, band ihren Gürtel, an dem das Täschchen befestigt war und aus dem die Pergamentrolle ein Stück herausragte, um ihre Taille und zog ihre Sneaker an.

»Sind das Zauberschuhe?« Duretta warf einen begehrlichen Blick auf die seltsamen pinkfarbenen Schuhe.

Zoe nickte. »Ja. Mit den Schuhen kann ich zaubern.« Sie schien zu überlegen, ob sie Duretta das Blinken zeigen sollte, unterließ es aber, um das Mädchen nicht zu ängstigen. Es würde sich die Lichteffekte nicht erklären können.

Zarin schlüpfte in Hemd, Hose und Lederschuhe. Vorsichtshalber, weil er Duretta nicht so recht traute, fasste er in seine Hosentasche. Sein Smartphone befand sich zu seiner Erleichterung noch darin.

Als sie zur Hütte zurückkamen, fiel Zarin auf, dass über die gesamte Breite der Tür ein dickes schwarzes Kreuz gemalt war. Er konnte sich nicht erinnern, dass er es vorhin schon gesehen hatte.

Auch Zoe schien sich zu wundern. »Warum habt Ihr ein schwarzes Kreuz auf die Tür gemalt?«, fragte sie Durettas Mutter, die auf der Schlafstatt lag und sich mit Schaffellen zugedeckt hatte.

»Das sind Knechte des Burgherrn gewesen«, erklärte Eugenia. »Sie kamen, als Ihr am Fluss wart, um Euch zu waschen.«

»Haben Sie Euch belästigt?«, fragte Duretta erschrocken.

Eugenia schüttelte den Kopf. »Das Kreuz zeigt allen Menschen, die vorbeikommen, dass wir die Pest haben und sie sich von uns fernhalten sollen. Als ich aus der Hütte trat und sie meine schwarzen Flecken sahen, dachten sie, ich sei mit der Krankheit gezeichnet, und sind sofort geflüchtet.« Sie lachte spöttisch. »Hier sind wir sicher. Niemand wird sich um uns kümmern, weil alle Angst haben, dass sie sich anstecken könnten.«

Duretta kniete vor der Schlafstatt nieder und umarmte ihre Mutter. Es kam Zarin so vor, als ob diesmal sie Eugenia etwas ins Ohr flüsterte, denn die richtete sich auf, stützte sich auf ihren Ellbogen und griff rasch nach dem schmutzigen Kleiderbündel, das Duretta ihr reichte. Zu Zarins Erstaunen schob sie es unter die Schaffelle und sprang mit einem Satz von ihrem Lager. Dabei glitt das Tuch beiseite, das sie sich um den Hals geschlungen hatte, und Zarin konnte für den Bruchteil einer Sekunde eine goldene Kette sehen, an der ein rubinroter Anhänger hing, auf dem der Teufel mit Hörnern, Flügeln und Pferdefuß abgebildet war, bevor der Stein wieder von dem Schal verdeckt wurde. Das Amulett hatte er bereits in Zoes Zeit an Morphias Hals gesehen und er wusste, dass sie damit zaubern konnte. Zarin wurde leichenblass, wandte sich zu Zoe um und sah an ihren vor Schreck weit aufgerissenen Augen, dass sie das Amulett ebenfalls gesehen haben musste.

Eugenia, die sich erstaunlich schnell von ihren Kopfschmerzen erholt hatte, streckte gebieterisch den Arm aus. »Gebt meiner Tochter den Wappenring der von Falkenauge. Mir passt Euer Ring nicht, aber Duretta.«

»Meinen Wappenring nehme ich nie vom Finger ab. Lebt wohl, wir müssen weiter«, antwortete Zoe hastig. »Kommt, Zarin!« Sie griff nach seiner Hand und zog ihn zum Ausgang, aber Duretta war schneller. Bevor sie jedoch die Tür zuschlagen konnte, huschte der schwarze Kater hinein und hob schnuppernd den Kopf. Mit gespreizten Beinen und weit ausgebreiteten Armen stellte sich Duretta vor die jetzt geschlossene Tür und versperrte den Weg nach draußen.

Eugenia lachte hämisch und Zarin fand, dass es sich anhörte, als käme das Lachen direkt aus der Hölle. Sie griff nach dem roten Rubin und murmelte unverständliche Worte. Zum Entsetzen von Zoe und Zarin quoll roter Nebel aus dem Amulett und drohte sie einzuhüllen. Starr vor Angst blieben sie unbeweglich stehen. Aus den Augenwinkeln bemerkte Zarin, dass plötzlich der Kater mit einem Satz mitten auf den Tisch sprang und von der Katzenminze fraß. In dem Moment unterbrach Eugenia ihren Zauberspruch. Anscheinend hatte der Kater sie in ihrer Konzentration gestört. Der rötliche Nebel fiel in sich zusammen und löste sich auf. Zoe erwachte aus ihrer Starre, stieß Duretta zur Seite, ergriff Zarin an der Hand und zog ihn mit sich aus der Hütte. Beide rannten so schnell sie konnten davon.

»Wie gut, dass Katzen so verrückt nach Katzenminze sind«, keuchte Zarin. »Das hat uns gerettet.«

Reingelegt

Anno 1273

Zoe und Zarin liefen über die in allen Farben blühende Feldwiese, die sich zwischen Waldrand und Dorf bis zu dem hohen Felsen erstreckte, auf dem die Burg stand. Zwischen den langen, saftig-grünen Gräsern schauten bunte Farbtupfer heraus, der gelbe Löwenzahn und das weiß blühende Wiesen-Schaumkraut, die blau-violetten Blüten des Wiesensalbeis und die stark duftende Kamille. Es summte und brummte und flatterte um sie herum. Bienen, Hummeln und Schmetterlinge suchten nach süßem Nektar.

Zoe, die sich gut mit Pflanzen auskannte und ihren Kräutergarten sorgfältig pflegte, hatte kaum einen Blick für die vielen Blumen. Sie wollte so schnell wie möglich wieder in die Gegenwart, wo sie vor Eugenia in Sicherheit waren. Außerdem brannte sie darauf, ihrem Vater die Urkunde zu zeigen. Deshalb blieb sie unwillig stehen, als Zarin, der sich erschöpft an einen Baumstamm lehnte, klagend rief: »Warte! Ich kann nicht mehr.« Er fasste sich an die Leiste und stöhnte: »Ich habe vom Rennen schon Seitenstechen.«

»Zarin, schaut! Der Baum, unter dem Ihr steht, das muss unsere alte Eiche sein. Der Stamm ist noch dünner als in meiner Zeit.«

Erstaunt betrachtete Zoe die Eiche, die allein inmitten der Wiese stand. Kaum zu glauben, dass der Stamm in Zarins Zeit einen Umfang von sechs Metern aufwies. Aber da lagen ja auch mehr als siebenhundert Jahre dazwischen.

Sie setzte sich neben Zarin, der sich der Länge nach ins Gras hatte fallen lassen.

»Zum Glück sind wir Eugenia entkommen«, keuchte er, noch immer außer Atem. »Woher hat die Hexe Morphias Amulett? Morphia ist doch noch gar nicht geboren, denn wir befinden uns jetzt erst im Jahr zwölfhundertdreiundsiebzig.«

Nachdenklich zog Zoe die Stirn kraus. »Eugenia muss Morphias Großmutter sein, so wie Heinrich mein Großvater ist. Duretta ist Eugenias Tochter und Morphia demnach die Tochter von Duretta«, schlussfolgerte sie.

»Beinahe hätte Eugenia uns verflucht.« Zarin lief schon zum zweiten Mal an diesem Tag eine Gänsehaut über den Rücken. »Wenn der Kater nicht gewesen wäre, dann … Ich mag nicht daran denken, Zoe. Wer weiß, was die Hexe mit uns angestellt hätte. Wir wären nie wieder nach Hause gekommen.« Bestürzt blickte er sie an.

»Beruhigt Euch!« Zoe zeigte auf die Pergamentrolle, die aus ihrer Gürteltasche herausragte. »Wir haben die Urkunde, das ist das Wichtigste. Jetzt müssen wir nur möglichst schnell in die Burg, damit wir durch Heinrichs Bild in unsere Zeit fliehen können.«

Zustimmend nickte Zarin. »Unsere Väter werden vor Freude ausflippen, wenn wir ihnen die Urkunde bringen.«

»Habt Ihr eine Idee, wie wir in die Burg kommen?« Ohne Zarins Antwort abzuwarten, sprang Zoe unvermittelt auf und rief: »Ich hab's! Es ist ganz einfach, wir gehen durch den Geheimgang.«

»Einfach?« Zarin setzte eine skeptische Miene auf. »Vor dem Ausgang steht bestimmt ein Wächter.«

»Den lenken wir irgendwie ab.« Zoe ignorierte seine Bedenken. Ihr würde schon etwas einfallen. Vielleicht war es möglich, den Wächter mit einigen Steinwürfen wegzulocken, sodass er seinen Wachposten verließ. Während er im Gebüsch nachsehen würde, woher das Geräusch kam, könnten sie in den Gang huschen.

Geduckt schlichen sie durch das hohe Gras, sprangen über einen Wassergraben, an dem Pflanzen mit violetten Blüten wuchsen, und gelangten bis zu der Stelle, an der der Felsen, auf dessen Höhe die Burg Falkenauge thronte, steil zum Fluss hin abfiel.

Einige kümmerliche Birken und gelb blühender Ginster klammerten sich mit ihren Wurzeln in den Felsspalten fest, während sich weiter oben nur Flechten und Moose angesiedelt hatten. Vor ihnen breitete sich dichtes Brombeergestrüpp aus, dahinter musste sich irgendwo die Öffnung zum Geheimgang befinden. Zoe wollte sich gerade zu Zarin umdrehen, um ihm zu sagen, dass sie jetzt vorsichtig auf Händen und Knien weiterkriechen müssten, als Zarin laut aufschrie. Erschrocken wartete Zoe darauf, dass jeden Moment der Wächter mit seiner Lanze auftauchen und sie entdecken könnte. Aber zu ihrer Erleichterung ließ sich niemand sehen. Der Geheimgang schien unbewacht zu sein.

Ärgerlich wandte sie sich zu Zarin um und sah gerade noch, wie eine Kreuzotter, die sie an dem dunklen Zickzackband auf der gelblich gefärbten Haut erkannte, zwischen dem Brombeergestrüpp verschwand. Zarin saß auf dem Boden und betrachtete angstvoll seinen rechten Fuß, der sich unterhalb des Knöchels stark rötete.

»Das Mistvieh hat mich gebissen. Warum habe ich nur diese dämlichen Mittelalterlappen angezogen?«, jammerte er. »Hätte ich meine festen Sportschuhe angehabt, dann wäre das nicht passiert.« Panisch blickte er Zoe an. »Hast du erkannt, was es für eine Schlange war? Es war hoffentlich eine Schlingnatter.«

»Eine Kreuzotter«, erklärte sie. »Wie konnte das geschehen?«

»Ich bin auf sie getreten.«

Zoe sah die Angst in Zarins Gesicht. Er schien sich an das, was sie ihm auf dem Weg zur Schule von Schlangen erzählt hatte, zu erinnern.

»Bist du dir sicher, dass es eine Kreuzotter war?«

Zoe nickte.

»Kreuzottern sind giftig. Du musst sofort den Notruf wählen, damit mich der Rettungswagen ins Krankenhaus bringt.« Zarin kramte sein Smartphone aus der Hosentasche und hielt es Zoe hin. »Nun mach schon!«

Zoe sah ihn an, als wäre er nicht ganz bei Verstand. »Habt Ihr vergessen, dass wir uns anno zwölfhundertdreiundsiebzig befinden?«

»Ich muss sterben!«, schrie Zarin panisch und blickte auf seinen Fuß, der allmählich anschwoll. »Ich sehe meine Eltern nie wieder.«

Zoe kniete nieder und betrachtete die Stelle, in die die Schlange gebissen hatte. Zwei dicht nebeneinanderliegende, punktförmige Wunden waren zu sehen. »Habt keine Angst. Daran sterbt Ihr sicherlich nicht«, versuchte sie Zarin zu beruhigen. »Bleibt hier liegen und haltet das Bein ruhig, damit sich das Gift nicht im Körper ausbreiten kann. Ich laufe zum Wassergraben und pflücke Beinwellblätter, die lindern die Schmerzen und lassen den Fuß wieder abschwellen.«

Erschrocken zuckte Zarin zusammen, als er aus den Augenwinkeln eine leichte Bewegung wahrnahm. »Zoe, die Schlange kommt zurück!«, rief er ängstlich.

Zoe drehte sich um und lachte laut auf. »Entspannt Euch. Das ist keine Schlange.«

Jetzt erkannte auch Zarin, dass es eine Eidechse war, die sich auf einem Stein zum Sonnen niederließ. »Zoe, hol schnell die Kräuter. Ich will hier nicht lange allein sein, wahrscheinlich wimmelt hier alles nur so von Schlangen.«

»Ich beeile mich!«

So schnell sie konnte, rannte Zoe zu dem Graben am Rand der Feldwiese zurück und hielt nach den violetten Blüten des Beinwells Ausschau. Hastig pflückte sie einige der dunkelgrün gefärbten Blätter, die sich nicht weich und glatt anfühlten, sondern über eine raue Oberfläche verfügten. Insgeheim machte sie sich große Sorgen, denn wenn sich das Gift in Zarins Körper ausbreitete und die Schwellung an seinem Fuß nicht bald zurückging, waren sie gezwungen, noch länger hierzubleiben. Er durfte sich nur so wenig wie möglich bewegen. Hoffentlich setzte die heilende Wirkung des Beinwells rasch ein.

Als sie, atemlos vom schnellen Laufen, zu dem Platz zurückkehrte, an dem sie Zarin zurückgelassen hatte, war er zu ihrer Verblüffung verschwunden. An seiner Stelle saß Duretta mit vor der Brust verschränkten Armen auf einem Stein und sah ihr mit spöttischer Miene entgegen.

Im ersten Moment sprachlos vor Erstaunen, fasste sich Zoe schnell und fragte erschrocken: »Was macht Ihr hier?«

»Ihr habt mich nicht bemerkt, als ich Euch gefolgt bin.« Duretta blickte sie herausfordernd an.

Zoe beschlich ein ungutes Gefühl. »Wo ist Zarin?« Als Duretta schwieg, rief sie laut: »Zarin, wo seid Ihr?«

»Euer Schreien wird Euch nicht helfen. Er befindet sich an einem sicheren Ort. Wollt Ihr, dass meine Mutter Euren Gefährten verflucht?«, fragte Duretta mit lauerndem Blick, und als Zoe heftig den Kopf schüttelte, fügte sie boshaft hinzu: »Dann gebt mir Euren Ring!« Sie sprang auf und streckte fordernd die Hand nach Zoes Wappenring aus. »Euren Gefährten gegen Euren Ring.«

Zoe biss sich verzweifelt auf die Unterlippe. Den Ring würden sie brauchen, um zurück in Zarins Zeit zu reisen. Aber ihr blieb nichts anderes übrig, als ihn Duretta zu geben, um Zarin vor Eugenias Zauberspruch zu retten. Betrübt streifte sie in einer langsamen Bewegung den Wappenring vom Ringfinger ihrer linken Hand und reichte ihn Duretta, die ihn ihr gierig aus der Hand riss.

»Ihr habt den Ring. Jetzt haltet Euer Versprechen und führt mich zu Zarin«, erinnerte Zoe sie an ihre Abmachung.

»Schaut hinter den Felsen!« Duretta lachte hämisch und rannte davon.

Hastig lief Zoe zu dem einzelnen Felsblock hinüber. Zu ihrer Erleichterung saß Zarin, mit dem Rücken an den Felsen gelehnt, auf dem Boden. Er hatte beide Beine weit von sich gestreckt und stöhnte leise.

»Wenn ich gewusst hätte, dass Ihr gleich hier hinter dem Felsen hockt, hätte ich Duretta meinen Wappenring auf keinen Fall gegeben. Warum habt Ihr Euch nicht bemerkbar gemacht?«, tadelte sie. »Ihr müsst doch gehört haben, dass ich Euch gerufen habe.«

»Duretta hat gedroht, sie würde mich verfluchen, wenn ich mich nicht ruhig verhalte.«

»Sie hat Euch reingelegt. Duretta hatte das Amulett nicht dabei. Das gehört ihrer Mutter, und nur die hätte Euch verfluchen können.«

»Mist!«

Zoe konnte Zarin am Gesichtsausdruck ansehen, dass er sich über sich selbst ärgerte. »Könnt Ihr wieder laufen?«, fragte sie überrascht, denn wie sollte er sonst hinter den Felsen gekommen sein.

»Nein, ich bin auf einem Bein gehüpft. Mir blieb nichts anderes übrig, ich wusste ja nicht, dass Duretta mich reinlegt. Jetzt ist mir richtig schwindelig«, fügte er betrübt hinzu.

»Weil Ihr Euch bewegt habt, hat das Gift angefangen, sich in Eurem Körper zu verteilen«, erklärte Zoe und kniete nieder, um ihm die mitgebrachten Blätter des Beinwells um seinen geschwollenen Fuß zu wickeln.

»Ich mach das schon. Hol dir in der Zwischenzeit deinen Wappenring zurück«, drängte Zarin panisch. »Ansonsten müssen wir für immer im Mittelalter bleiben, und ich will hier nicht an dem Schlangenbiss sterben!«

Zoe erkannte, dass Zarin recht hatte, und sprang auf. Ohne den Ring waren sie verloren. Sie rannte, so schnell sie konnte, zur Hütte der Kräuterhexe. Geduckt pirschte sie sich bis dicht an die Hütte heran und hielt sich zwischen den hohen Gräsern versteckt. Der schwarze Kater saß auf dem Hüttendach und beobachtete Duretta, die vor der Tür stand und den Ring immer wieder von einem Finger auf den nächsten schob. Anscheinend war er zu groß für ihre dünnen Finger. Selbst am Daumen schien er nicht zu passen. Verärgert stülpte sie ihn über ihren linken Ringfinger und hielt die Hand senkrecht nach oben, damit er nicht herunterfallen konnte.

»Mutter!«, rief sie laut. »Ich habe den Wappenring der von Falkenauge.«

Mit Schwung flog die Hüttentür auf und Eugenia trat heraus. Gespannt blickte sie Duretta an.

»Schaut!«, sagte Duretta stolz und streckte ihrer Mutter die Hand entgegen, wobei sie die Finger nach unten hielt, damit der Ring besser zu sehen war. Bevor Duretta ihn festhalten konnte, rutschte der Ring von ihrem Finger und fiel auf den sandigen Boden. Der goldene Reif glitzerte im Sonnenschein. Augenblicklich sprang der Kater vom Dach und landete direkt neben dem Ring. Blitzschnell fuhr er seine Krallen aus, rollte den Ring hin und her und spielte mit ihm wie mit einer Maus.

»Dummes Vieh!«, kreischte Duretta und trat nach ihm. »Lasst sofort den Ring los!«

Der Kater wich ihrem Fußtritt aus, packte den Ring mit den Zähnen und verschwand zwischen den hohen Gräsern der Feldwiese. Während Zoe gebückt der Spur des Katers folgte, hörte sie noch lange Durettas Wutgebrüll. Als sie so weit von der Hütte entfernt war, dass man sie von dort aus nicht mehr sehen konnte, richtete sie sich auf und rief den Kater bei dem Namen, den Zarin ihm gegeben hatte. »Carl! Carl! Bringt mir den Ring!« Sie überlegte fieberhaft, was sie machen sollte. Ihr Wappenring war für immer verloren, wenn sie den Kater nicht fand. Plötzlich raschelten die Gräser und der Kater tauchte zwischen ihnen auf. Er spuckte ihr den Ring vor die Füße und blickte sie erwartungsvoll an, als ob er sich eine Belohnung erhoffte. Überglücklich streifte Zoe den Wappenring über ihren Ringfinger und kraulte den Kater unter dem Kinn, woraufhin er zufrieden zu schnurren begann.

Die Teufelskatze

Anno 1273

»Mensch, bin ich froh, dass du wieder da bist«, sagte Zarin erleichtert, als Zoe zurückkehrte und ihm ihre linke Hand vor die Nase hielt. Erfreut machte er das Siegeszeichen, als er den Wappenring an ihrem Ringfinger blitzen sah.

»Cool, wie hast du ihn so schnell wiederbekommen?«, erkundigte er sich neugierig.

»Carl hat ihn mir gebracht«, erzählte Zoe und deutete auf den Kater, der ihr gefolgt war.

»Echt?« Zarin staunte. Seine Lebensgeister erwachten. »Los, nichts wie weg und in unsere Zeit!«

»Wie soll das gehen?«, dämpfte Zoe seinen Eifer, »Ihr könnt unmöglich bis zur Burg laufen.«

»Ich kann doch nicht hierbleiben. Ich will nach Hause zu einem Arzt.«

»Die Schwellung ist etwas zurückgegangen«, stellte Zoe fest, nachdem sie den Beinwellumschlag abgenommen hatte. »Ich kann Euch nicht den steilen Weg bis zur Burg hinauftragen.« Sie musste kichern, als sie sich vorstellte, wie sie Zarin auf dem Rücken den Weinberg hinaufschleppte.

»Das ist nicht lustig!«, jammerte Zarin. »Hier können wir nicht bleiben. Was machen wir, wenn Duretta mit ihrer Mutter zurückkommt?«

Daran hatte Zoe auch schon gedacht. Vielleicht konnte sie Zarin beim Gehen so stützen, dass er es, auf einem Bein hüpfend, bis zum Eingang des Geheimgangs schaffte. Dieser musste sich ganz in der Nähe befinden und dort wären sie für die Nacht in Sicherheit, denn der Gang wurde nicht bewacht, sonst hätte der Wächter sie längst entdeckt.

Nachdenklich beobachtete sie den Kater, der bei dem Brombeergestrüpp neben einer Birke saß, als sie plötzlich ein Zischen hörte und sich ein Pfeil in den Baumstamm bohrte. Flink wie ein Eichhörnchen sauste der Kater den dünnen Stamm der Birke hinauf und verschwand zwischen den Blättern.

Während Zoe noch verdutzt auf den Pfeil schaute, packte Zarin sie am Kleid und riss sie zu Boden.

Erneut zischte ein Pfeil an ihnen vorbei und gleichzeitig hörten sie ein Pferd wiehern.

Vorsichtig lugte Zoe um den Felsblock und sah zu ihrem Erstaunen Heinrich, der aus dem Sattel seines Pferdes glitt und mit Pfeil und Bogen auf das Brombeergestrüpp zuging.

Auf einem Pony, das neben Heinrichs Pferd stehen geblieben war, saß der etwa neunjährige Junge, den sie bereits in Heinrichs Gemach gesehen hatte.

»Habt Ihr sie getroffen, Heinrich?«, rief dieser und beugte sich gespannt im Sattel vor.

»Er wird doch wohl nicht auf uns schießen?«, flüsterte Zarin entsetzt, als er Heinrich um den Felsblock biegen sah. Rasch duckte er sich tiefer auf den Boden.

Heinrich hatte sie bereits entdeckt und blieb wie angewurzelt stehen, als er Zoe und Zarin erkannte.

Zoe strich ihr Kleid glatt, trat langsam auf ihn zu und fragte mit vor Empörung zitternder Stimme: »Warum schießt Ihr auf uns?«

»Nein, nein, Gott bewahre«, versicherte Heinrich. »Mein Bruder Burghard und ich üben uns in den Künsten der Jagd. Euch habe ich gar nicht gesehen.«

»Habt Ihr nun die Katze getroffen oder nicht?«, rief Burghard ungeduldig und ritt mit seinem Pony um den Fels herum, sodass er Zoe und Zarin sehen konnte.

»Zum Glück hat Heinrich nicht getroffen.« Zarin, der sich inzwischen wieder beruhigt hatte, deutete in die Höhe. »Da oben im Stamm der Birke steckt dein Pfeil.«

Ängstlich nach unten spähend war der Kater bis in die Baumspitze geklettert, wo er sich an einem dünnen Zweig festkrallte und hin und her schaukelte.

Burghard glitt aus dem Sattel, trat mit Pfeil und Bogen neben seinen Bruder und spähte in die Baumkrone. »Ich sehe sie. Sie wird nicht entkommen.« Er spannte seinen Bogen und zielte mit der Pfeilspitze auf den Kater, doch bevor er den Pfeil loslassen konnte, schlug Zoe ihm den Bogen aus der Hand.

Wutentbrannt ging Burghard mit erhobenen Fäusten auf Zoe los. »Was erlaubt Ihr Euch?«

Er geriet dabei in Zarins Nähe, der mit der rechten Hand Burghards grünen Kapuzenumhang ergriff und heftig daran zog, um ihn von Zoe wegzuzerren. Dabei löste sich der Knoten, der Umhang glitt Burghard von den Schultern und fiel auf den Boden. Er wandte sich von Zoe ab und trat mit den Füßen nach Zarin.

»Lasst meinen Gefährten in Ruhe!«, herrschte Zoe ihn an. »Eine Kreuzotter hat ihn gebissen. Wenn Ihr so herumtobt, kommt die Schlange zurück und beißt Euch auch.«

Offenbar ohne darüber nachzudenken, dass Schlangen sich bei dem Lärm wohl eher verkriechen würden, ließ Burghard von Zarin ab und blickte sich besorgt um. Als er jedoch keine Schlange entdecken konnte, hob er rasch Bogen und Pfeil auf und prahlte: »Die Schlange soll sich nur zeigen, ich erschieße sie.« An seinen älteren Bruder gewandt fügte er hinzu, indem er auf Zoe und Zarin deutete: »Heinrich, Ihr könnt die beiden erschießen.«

»Ich schieße nicht auf Frauen und Kinder«, erwiderte Heinrich empört.

»Aber auf wehrlose Katzen«, konnte sich Zarin nicht verkneifen zu sagen.

»Das ist keine wehrlose Katze«, antwortete Heinrich verächtlich, »das ist die Kräuterhexe. Sie ist in die Gestalt der Katze geschlüpft, um die Pest zu uns zu bringen.«

Erst jetzt schien er sich zu erinnern, dass ja auch Zoe und Zarin von der Pest befallen waren. Entsetzt wich er drei Schritte zurück und zog seinen Bruder am Arm mit sich. »Bleibt stehen, Zoe«, befahl er und spreizte abwehrend alle zehn Finger ab. »Ihr wart mit der Kräuterhexe und ihrem Balg im Verlies. Ihr tragt den Tod in Euch.«

»Ihr seid dumm, Heinrich«, erwiderte Zoe. »Sehen wir aus, als ob wir die Pest hätten? Schaut!« Sie streckte ihm ihre Arme entgegen. »Haben mein Gefährte und ich schwarze Flecken?«

»Ihr seid selbst eine Hexe«, meinte er zögernd.

»Quatsch«, entgegnete Zarin. »Es gibt überhaupt keine Hexen.«

»Jawohl gibt es Hexen!«, stimmte Burghard der Meinung seines Bruders zu. »Das sagt der Kaplan auch, und der muss es wissen.« Stolz fügte er hinzu: »Ich gehe bald in die Klosterschule, und dann werde ich Bischof und bekämpfe Hexen und Dämonen. Heinrich, ich werde die Katze töten. Dann kann die Hexe uns nichts Böses tun.«

»Das glaubst du doch wohl nicht wirklich«, ereiferte sich Zarin. »Ein Mensch kann sich nicht in ein Tier verwandeln.«

»Doch«, behauptete Burghard steif und fest.

»Dann beweise es uns«, forderte Zarin ihn auf. Es ärgerte ihn, dass jemand so naiv sein konnte. »Los, verwandele dich in eine Schlange!«

»Ich bin kein Zauberer.« Burghard spannte seinen Bogen erneut. »Ich töte jetzt den Mäusepflücker!«

»Wartet!«, unterbrach Heinrich seinen Bruder und deutete auf Zarins geschwollenen Knöchel. »Ihr seid doch von der Pest befallen. Ihr habt nicht die

Wahrheit gesprochen. Das ist kein Schlangenbiss, das ist eine Pestbeule. Burghard, wir reiten sofort zurück zur Burg. Lasst Euren Umhang liegen«, befahl er, als sein Bruder danach greifen wollte, »Zarin hat ihn angefasst. Ihr könntet Euch anstecken.«

Heinrich machte drei Kreuzzeichen, während Burghard seinen Bogen, mit dem Zoe in Berührung gekommen war, mitsamt Pfeil weit von sich schleuderte, hastig zu seinem Pony lief und auf ihm davongaloppierte.

Zoe, die ihm nachsah, hatte plötzlich eine Idee, wie sie Zarin in die Burg bringen konnte. Dazu brauchte sie ein Pferd, und ganz in der Nähe stand das von Heinrich. Ihn darum zu bitten, wäre zwecklos, denn Heinrich würde ihnen das Tier bestimmt nicht freiwillig überlassen. Entschlossen hob sie Burghards Pfeil und Bogen auf, spannte den Bogen, wie sie es bei ihm gesehen hatte, zielte auf Heinrich und rief: »Ergebt Euch!«

Heinrich, der sich seinen Bogen umgehängt hatte und gerade den Pfeil in den Köcher stecken wollte, der am Sattel befestigt war, fuhr herum.

Ungläubig blickte er auf die Pfeilspitze, die auf seine Brust gerichtet war.

»Tretet beiseite, wir brauchen Euer Pferd!«, befahl Zoe.

»Seid Ihr nicht bei Sinnen?«, fuhr Heinrich sie an. »Was erdreistet Ihr Euch? Mein Vater wird Euch und Euren Gefährten töten lassen.«

Ohne seinen Worten Beachtung zu schenken, reichte Zoe den Bogen an Zarin weiter und zeigte ihm, wie er mit dem Pfeil auf Heinrich zielen musste. Schließlich ging sie zum Pferd, nahm den Zügel, redete ihm gut zu und führte es zu Zarin.

»Was hast du vor, Zoe?« Zarin behagte es gar nicht, dass er mit gespanntem Bogen Heinrich in Schach halten sollte, der sich am liebsten zähneknirschend auf ihn gestürzt hätte.

»Ich weiß jetzt, wie wir gefahrlos in die Burg gelangen«, antwortete sie.

»Wie denn?«, fragte Zarin kläglich.

»Wir reiten auf Heinrichs Pferd hinein.«

»Die Wächter werden uns nicht hineinlassen, sie haben doch auch Angst vor der Pest«, jammerte Zarin. »Wahrscheinlich ziehen sie die Zugbrücke hoch, sobald sie uns sehen.«

Daran hatte Zoe gar nicht gedacht. Fieberhaft zerbrach sie sich den Kopf nach einer Lösung, als ihr Blick auf Burghards Kapuzenumhang fiel, der auf dem Boden lag. »Die Wächter werden uns nicht erkennen.«

Zarin starrte sie verständnislos an. »Hä, hast du einen Sonnenstich?«

Zoe hob Burghards Umhang auf, schwang ihn sich um die Schultern und stutzte. Er war ihr zu kurz. Enttäuscht warf sie ihn auf den Boden. Ihr Blick fiel auf Heinrich, der einen viel größeren Umhang trug. »Heinrich, gebt mir Euren Umhang!«

»Auf keinen Fall! Was wollt Ihr überhaupt damit?« Fragend blickte Heinrich sie an.

»Ganz einfach: Ich trage Euren Umhang und Zarin sitzt dicht hinter mir im Sattel und duckt sich darunter, sodass die Wachen nur eine Person sehen und denken, dass Ihr, Heinrich, angeritten kommt: Bestimmt werden sie uns ungehindert in die Burg hineinlassen.«

»Wenn Eure Sehnsucht nach unserem Verlies so groß ist, könnt Ihr gerne meinen Umhang haben«, spottete Heinrich und warf ihn Zoe vor die Füße, die ihn aufhob und ihn sich umband.

»Zoe, wir können doch gar nicht reiten«, fiel es Zarin ein.

Mit einer Handbewegung tat Zoe seine Bedenken ab. »So schwer kann das nicht sein«, meinte sie. Mit beiden Händen hielt sie sich am Sattel fest und stellte den linken Fuß in den Steigbügel. Als sie das rechte Bein über den Pferderücken schwingen wollte, war ihr knöchellanges Kleid im Weg. Kurzerhand zog sie es in die Höhe und setzte sich im Sattel zurecht.

»Und jetzt steigt auf!«, forderte sie Zarin auf.

Zarin, der eine Möglichkeit sah, wieder in seine Welt zu kommen, reichte Zoe Pfeil und Bogen und verbiss sich den Schmerz, als er mühsam auf den Pferderücken kletterte.

Heinrich, der ihnen stumm zugesehen hatte, stieß einen Pfiff aus, worauf das Pferd den Kopf zu ihm hinwandte, laut wieherte und zu tänzeln begann. Zarin, der hinter Zoe auf dem Pferderücken saß, wäre heruntergefallen, wenn er sich nicht geistesgegenwärtig an Heinrichs grünem Umhang festgehalten hätte. Zoe, die in der einen Hand Bogen und Pfeil hielt und in der anderen die Zügel, sprach beruhigend auf das Pferd ein und brachte es dazu loszutraben. Heinrich lief eine Weile hinter ihnen her, blieb aber schon bald erschöpft stehen.

Als Zoe das Pferd zum Galopp antrieb, schlang Zarin beide Arme um ihre Taille, um nicht vom schwankenden Pferderücken herunterzurutschen. Ein geschwollener Fuß reichte ihm, er wollte sich nicht noch die Knochen brechen.

Die Feldwiese, an der sie entlangritten, breitete sich vor ihnen wie ein wogendes Gräsermeer aus. Bei einsetzender Dämmerung galoppierten sie an den Häusern des Dorfes vorbei. Die Bauern und Leibeigenen saßen jetzt wahrscheinlich mit ihren Familien in ihren ärmlichen Hütten und verzehrten ihr Nachtmahl, das bestimmt aus Haferbrei bestand. Als Zarin daran dachte, verzog er unwillkürlich das Gesicht.

Die steil aufragenden Mauern der Burg leuchteten im Schein der untergehenden Sonne blutrot auf, als sie die heruntergelassene Zugbrücke erreichten.

»Zarin, kriecht unter den grünen Umhang und haltet Euch gut an mir fest!«, forderte Zoe ihn auf, bevor sie die Kapuze aufsetzte.

Unter dem Umhang konnte Zarin nichts sehen. Er hörte das Hämmern der Hufe auf den Holzbohlen, als das Pferd über die Zugbrücke trabte, und den Ausruf des Wächters: »Gelobt sei Gott, der junge Herr ist wieder da!«

Zarin konnte es kaum glauben, Zoes Idee schien tatsächlich zu funktionieren.

Der Wächter lief dem Pferd entgegen, um Heinrich beim Absteigen zu helfen, als ihm plötzlich die Augen übergingen, weil er statt der erwarteten zwei Beine von Heinrich vier Beine sah. Die Verblüffung dauerte nur wenige Sekunden an, dann hatte sich der Wächter wieder gefasst. Laut schrie er nach den anderen Wachen, während er mit vorgestreckter Lanze die Verfolgung aufnahm.

Zoe trieb das Pferd durch den Torbogen in den Innenhof bis vor die Tür zum Palas, wo sie es zum Stehen brachte und aus dem Sattel glitt. Sie ließ Pfeil und Bogen fallen, löste den Umhang, warf ihn auf den Boden und half Zarin vom Pferderücken. Dann drückte sie die schwere Holztür auf, sodass Zarin auf dem gesunden Fuß hastig zur Treppe hüpfen konnte. Sich am Geländer festhaltend, zog er sich die Stufen zur Ahnengalerie hinauf. Zoe überholte ihn und rannte zu dem Gemälde, auf dem Heinrich als Junge abgebildet war.

Hastig wollte sie ihren Wappenring auf den Ring an Heinrichs Finger pressen, aber zu ihrem Entsetzen befand sich am Finger des Jungen kein Ring. Sie versuchte es trotzdem und drückte in aufsteigender Panik ihren Ring auf den Ringfinger des Jungen. Doch nichts geschah. Zarin, der auf einem Bein zu ihr gehüpft war, erstarrte vor Angst. Außerdem plagten ihn plötzlich starke Kreislaufprobleme. Die Ahnengalerie begann sich um ihn zu drehen. Das Schlangengift schien sich in seinem Körper auszubreiten. Er musste dringend nach Hause, aber wie sollten sie in die Gegenwart zurückkommen? Schon hörten sie die Wachen durch die Eingangstür des Palas stürmen. Am Ende des Ganges wurde eine Tür aufgerissen und der Burgherr trat heraus. Ihm folgte Burghard, der aufgeregt auf seinen Vater einredete. Mit großen Schritten lief Laurencz von Falkenauge die Ahnengalerie entlang auf sie zu. Verzweifelt blickte Zarin um sich. Einen Fluchtweg gab es nicht. Sie waren verloren! Als sie die Schritte der Wachen auf der Treppe hörten, zog Zoe in letzter Sekunde blitzschnell ihren Filzstift aus der Gürteltasche. Bevor Zarin fragen konnte, was sie damit wollte, malte sie hastig einen Wappenring an Heinrichs Ringfinger. Mit ein paar Strichen zeichnete sie den Wanderfalken mit den ausgebreiteten Flügeln darauf und hielt ihren Ring daran. Zu Zarins Verblüffung fingen die Augen des Falken tatsächlich an zu glühen. Er hätte nie gedacht, dass das funktionieren würde. Inzwischen wurde Zoe von einem starken Sog erfasst und war bereits mit ihrem Kopf im Gemälde verschwunden. Es gelang Zarin gerade noch, seine Freundin am Kleid zu packen, denn einer der Wächter streckte in diesem Augenblick den Arm nach ihm aus.

Ein teuflischer Plan

Gegenwart

Unsanft landete Zoe auf dem Holzfußboden der Ahnengalerie. Zarin, dessen linke Hand noch immer krampfhaft ihr Kleid festhielt, fiel neben sie. Voller banger Erwartung riskierte Zoe einen Blick auf das Gemälde, durch das sie gerade gepurzelt waren. Zu ihrer Erleichterung zeigte es ihren Großvater Heinrich als erwachsenen Mann und nicht als Kind. Erfreut sprang sie auf die Füße, zog Zarin an beiden Händen in die Höhe und tanzte übermütig mit ihm im Kreis herum. »Wir sind wieder zu Hause, Zarin!«

Furchtsam blickte Zarin sich um. Der Wächter, der ihn beinahe gepackt hätte, war verschwunden. Er atmete auf und schien sein Glück kaum fassen zu können.

»Hey, hast du gerade ›zu Hause‹ gesagt, Zoe?«

Sie nickte. »Ich bin doch jetzt auch in deiner Zeit zu Hause und …« Zoe unterbrach sich und deutete auf Zarins Fuß. »Du kannst ja wieder herumspringen. Das Heilkraut hat aber schnell geholfen.«

Erst jetzt wurde Zarin bewusst, dass er keine Schmerzen mehr verspürte und dass auch der Schwindel fort war. Er bückte sich und betrachtete skeptisch seinen Knöchel. Die Schwellung war verschwunden, ebenso die Bisswunde.

Luc, der soeben die Treppe hinunterrennen wollte, blieb abrupt stehen und starrte Zoe und Zarin an, als wären sie Gespenster. Dann fasste er sich und verkündete laut: »Sie sind wieder da! Zoe und Zarin sind wieder da!« Auf sein Geschrei hin stürmten Connor und Spock die Treppe, die sie bereits hinuntergerannt waren, wieder hinauf.

»Faszinierend!«, staunte Spock überrascht.

»Ich habe mich noch nie so gefreut, euch zu sehen«, sagte Zarin grinsend zu den drei Jungen. Mit deren Anwesenheit wurden seine restlichen Zweifel beseitigt, dass Zoe und er sich womöglich doch noch im Mittelalter befanden.

»Wie habt ihr euch unsichtbar gemacht?«, wollte Connor wissen.

Zarin sah ihm an, dass er sich wohl auch gerne einmal unsichtbar machen würde. Wahrscheinlich würde er dann den Lehrern in der Schule Streiche spielen.

»Habt ihr euch weggebeamt?«, fragte Spock gespannt. »Aber wie? Ich habe keine Enterprise gesehen.«

»Hör doch endlich auf mit deiner dämlichen Enterprise«, wies Connor ihn zurecht. »Die Enterprise gibt's doch gar nicht.«

»Aber dass sich Zoe und Zarin unsichtbar machen können, ist Fakt, oder was?«, verteidigte sich Spock beleidigt.

»Ich … ich habe genau gesehen, wie ihr in dem Bild verschwunden seid.« Luc stotterte, wie immer, wenn er aufgeregt war, und deutete mit zitterndem Arm auf das Gemälde von Zoes Großvater.

»Das nächste Mal nehmt ihr uns mit!«, befahl Connor. Es wurmte ihn, dass er jedes Mal, wenn es spannend wurde, nicht dabei war.

»Wo … wo seid ihr denn gewesen?«, erkundigte sich Luc vorsichtshalber.

»Im Mittelalter«, antwortete Zoe.

»Anno zwölfhundertdreiundsiebzig«, fügte Zarin mit geheimnisvoller Miene hinzu.

»War es gefährlich?«

»Und wie! Im letzten Augenblick konnten wir uns retten.«

»Dann bleibe ich lieber hier«, beschloss Luc.

»Feigling!« Connor blickte ihn verächtlich an.

»Wir haben die Urkunde mitgebracht«, erklärte Zoe stolz.

Connors Augen weiteten sich. »Krass!«, sagte er.

»Faszinierend!« Spock klatschte Beifall.

»Supercool!«, meinte Luc erfreut. »Dann müssen wir die lange Wand in der Ahnengalerie nicht mehr nach einem Geheimfach absuchen.«

Zoe zeigte stolz auf die Pergamentrolle, die aus ihrer Gürteltasche ragte. »Jetzt können wir beweisen, dass die Burg uns gehört, und Finjas Vater kann uns nicht von hier verjagen.«

Zarin stellte sich die freudig überraschten Gesichter von Zoes und seinen Eltern vor, wenn sie die Urkunde sahen.

»Ich muss das Dokument sofort meinem Vater zeigen.«

»Aber erst besorge ich mir vernünftige Schuhe, auf die Lederlappen habe ich nämlich keinen Bock mehr.« Während Zoe, Connor, Luc und Spock die Treppe hinunter in den Innenhof liefen, holte Zarin seine Sportschuhe aus Zoes Zimmer und zog sie sich an.

Obwohl von dem Schlangenbiss nichts mehr zu sehen war, stoppte Zarin am Verkaufsstand seiner Mutter und fragte sie vorsichtshalber: »Bin ich eigentlich gegen Wundstarrkrampf geimpft, Mama?«

Seine Mutter, die gerade für eine Kundin einen ihrer selbst getöpferten Krüge in Papier wickelte, blickte irritiert auf. »Logisch bist du geimpft. Wieso? Hast du dich verletzt?«

»Nein, ich wollte es nur wissen«, antwortete Zarin und lief schnell weiter, um den Anschluss an Zoe nicht zu verlieren, die in diesem Moment über den Innenhof rannte und laut jubelte.

»Mutter, wir haben die Urkunde gefunden. Hier ist sie!« Zoe deutete auf ihre Gürteltasche, als sie am Verkaufsstand ihrer Mutter vorbeilief.

Sie war so in Eile, diese frohe Botschaft auch ihrem Vater zu verkünden, dass sie Finja nicht bemerkte, die zwischen mehreren Besucherinnen stand, mit ihrer linken Hand ihre linke Gesichtshälfte verdeckte und die wunderschön gearbeiteten Mittelalterkleider bewunderte.

Als sie Zoe jubelnd über den Hof laufen sah, ließ Finja das blaue Samtkleid los, das sich so wunderbar weich anfühlte, wenn sie mit den Fingern darüberstrich. Erschrocken blickte sie auf.

Hatte Zoe die Urkunde also doch noch gefunden? Das bedeutete, dass Zoe und ihre Eltern weiterhin auf der Burg wohnen konnten und dass Zarins Vater das Restaurant bewirtschaften würde. Nicht nur, dass sie sich wegen der Narbe auf ihrer linken Gesichtshälfte wie ein Monster vorkam und ihren Traum als Tänzerin begraben musste, auch ihr Vater musste jetzt wohl sein Restaurant schließen. Sie erinnerte sich noch genau an seine Worte: »Wenn Martin Falkenau sein Burgrestaurant eröffnet, habe ich nicht nur meinen besten Koch, sondern auch meine Existenz verloren, denn die Touristen werden in Scharen zur Burg strömen und ich habe das Nachsehen.«

»Du meinst, du verdienst dann kein Geld mehr?«, hatte sie erschrocken gefragt.

»Jedenfalls nicht mehr genug, um dir alle deine Wünsche zu erfüllen«, hatte ihr Vater geantwortet. Diese Situation würde sicherlich auch nicht dazu beitragen, dass bei ihrer Mutter die Kopfschmerzen nachließen. Dabei würde sie so gerne mal wieder etwas mit ihr unternehmen, aber ständig kamen diese blöden Kopfschmerzen dazwischen und warfen jeden Ausflug über den Haufen.

Sie musste unbedingt verhindern, dass Zoes Vater die Urkunde am Montag im Rathaus vorlegen konnte. Wenn sie schon so hässlich aussah, wollte sie nicht auch noch arm sein.

Diese Gedanken waren ihr blitzschnell durch den Kopf gegangen, und als Zoe an ihr vorüberrannte, stellte sie ihr absichtlich ein Bein. Der Länge nach stürzte Zoe auf den staubigen Boden. Bevor sie sich von ihrem Schrecken erholt hatte, riss Finja ihr die Pergamentrolle aus der Gürteltasche und lief davon.

»Zarin, halte Finja auf, sie hat die Urkunde gestohlen!«, schrie Zoe vor Entsetzen.

Gehetzt blickte Finja sich um. Zum Vorhof konnte sie nicht gelangen, weil Luc und Spock ihr den Weg abgeschnitten hatten und vor ihr den Torbogen erreichten. Zurück zum Palas konnte sie auch nicht, denn dort hatte sich Connor positioniert. Und vor der Leiter, die zur Tür des Bergfrieds führte, wartete Zarin auf sie. Zu allem Überfluss waren die Besucher aufmerksam geworden. Zoe, die inzwischen aufgestanden war, kam drohend auf sie zugerannt. Finja geriet in Panik. Wo sollte sie die Urkunde verstecken? Es gab keine Möglichkeit. Gleich würde Zoe sie erreicht haben. In ihrer Not drängte sie sich zwischen den Besuchern hindurch bis zum Brunnen. Da entstand in ihrem Kopf ein teuflischer Plan. Sie hielt ihre Hand, mit der sie die Pergamentrolle fest umklammerte, über den Brunnenrand. Noch während sie Zoes Aufschrei hörte, die wohl ahnte, was sie vorhatte, öffnete sie die Hand und ließ die Urkunde in den Brunnenschacht fallen.

Zoe griff nach Finjas Arm, aber sie kam zu spät. Die Urkunde war bereits in der Tiefe des Brunnens verschwunden. Wie konnte Finja nur so gemein sein und das wichtige Dokument dort hineinwerfen? Fassungslos beugte Zoe sich über den Brunnenrand und starrte in das dunkle Loch. Sie fühlte sich, als hätte man ihr den Boden unter den Füßen weggezogen. Eben noch hatte sie die Urkunde sicher aus dem Mittelalter in die Gegenwart gebracht, und nun sollte sie für immer in diesem Brunnen verschwunden sein? Zarin, Connor, Luc und Spock, die entsetzt herbeigeeilt waren, beugten sich ebenfalls weit über den Brunnenrand und blickten in die Tiefe. Hineinfallen konnten sie nicht, weil das runde Loch aus Sicherheitsgründen mit starken Eisenstäben gesichert war.

Finja stand ungerührt daneben und lächelte boshaft. Sie hatte ihr Ziel erreicht. Die Urkunde war auf Nimmerwiedersehen verschwunden.

»Zieh Leine!« Empört schubste Connor Finja vom Brunnen weg. »Ansonsten vergesse ich mich.«

Vorsichtshalber trat Finja ein paar Schritte zurück.

»Zoe, ich kann die Urkunde sehen!«, rief Zarin, der mit seinem Smartphone in den Brunnen leuchtete.

»Wo?« Zoe, Connor, Luc und Spock beugten sich wieder über die Öffnung und stießen in ihrer Hast mit den Köpfen zusammen. In der Tiefe schimmerte tatsächlich etwas Weißes.

»Sie ist mit dem Band an einer Steinkante hängen geblieben«, stellte Zoe fest. Aber wie sollten sie die

Pergamentrolle, die oberhalb des Wasserspiegels hing, herausbekommen?

Aufgeregt beratschlagten sie, wie sie die Urkunde retten konnten, und vergaßen Finja darüber völlig.

»Zu blöd«, bemerkte Connor, »das Eisengitter ist zu eng. Sonst hätten wir mithilfe der Winde einen Eimer nach unten lassen können.« Ärgerlich schlug er mit der Faust auf die Eisenstäbe.

»Glaubst du, dass in dem Fall die Urkunde von allein in den Eimer gehüpft wäre?« Luc lachte laut auf und erntete dafür von Connor einen bösen Blick.

»Kinder!«, hörten sie plötzlich Zarins Mutter von ihrem Verkaufsstand aus laut rufen. »Was treibt ihr da? Die Kleinen stehen schon Schlange an den Spielen.«

»Mama, wir müssen erst noch …«, begann Zarin und wurde sogleich von seiner Mutter unterbrochen, die zu ihnen herüberkam.

»Ihr müsst jetzt endlich eure Aufgaben übernehmen, los, hopp, hopp!«

Zarin stöhnte innerlich. Seine Mutter nervte immer, wenn es nicht angebracht war. Sie hatte ein Gespür dafür, genau dann in Erscheinung zu treten, wenn es absolut nicht passte.

Widerwillig gehorchten er, Zoe, Connor, Luc und Spock. Sie zeigten den kleineren Kindern Mittelalterspiele, waren aber bis auf Spock nicht bei der Sache, weil sie fieberhaft überlegten, wie sie die Urkunde retten konnten.

Zarin sammelte gerade die Murmeln für eine weitere Spielrunde ein, als er hörte, wie Spock den Kleinen sein Angelspiel erklärte. »Ich drehe jetzt die Sanduhr um, und solange der Sand hindurchläuft, könnt ihr die Holzklötze angeln. Unter einigen sind Drachenzähne versteckt, die dürft ihr dann behalten.« Er nahm die selbst gebastelte Holzangel und reichte sie der sechsjährigen Lotte, Lucs Schwester, die als Erste in der Reihe stand und ihn erwartungsvoll ansah.

»Echte Drachenzähne?«, fragten Lucs Brüder, die vierjährigen Zwillinge, gleichzeitig.

»Natürlich echte.« Spock schmunzelte, denn er fand, dass in diesem Fall Schwindeln erlaubt war, schließlich wäre das Spiel langweilig, wenn es nur Kieselsteine zu angeln gab. »Ich habe den Drachen besiegt und ihm dann die Zähne gezogen.«

»Wirklich?«, staunten die Zwillinge, während Lotte versuchte, einen der Holzklötze zu angeln.

Zarin hatte gar nicht gewusst, dass Spock so ein guter Geschichtenerzähler war. Gespannt sah er zu, wie es Lotte endlich gelang, den Holzklotz am Haken zu erwischen und ihn hochzuziehen. Sie nahm den darunter liegenden Kieselstein in die Hand und betrachtete ihn von allen Seiten. »Bist du dir sicher, dass das ein Drachenzahn ist? Er ist sehr klein.«

»Das ist noch ein Milchzahn«, erklärte Spock und reichte die Angel an einen der Zwillinge weiter.

Zarin starrte die Angel an, und plötzlich wusste er, wie es ihnen gelingen würde, die Urkunde zu retten. Hastig stopfte er die Murmeln, die er noch in der Hand hielt, in seine Hosentasche und rannte zu Zoe, die gerade den Kindern zeigte, wie man die Holzkreisel tanzen ließ. »Ich habe die Lösung für unser Problem!«, stieß er aufgeregt aus, ergriff Zoes Hand und zog sie hinüber zum Angelspiel. »Spock, wir brauchen deine Angel!«

»Stell, dich hinten an, wenn du meine Drachenzähne angeln willst«, forderte Spock ihn auf.

»Wen interessieren deine Drachenzähne und dein Angelspiel. Ich brauche deine richtige Angel. Wo ist sie?«

»Was willst du denn damit?«, wunderte sich Spock.

»Einen wahren Schatz angeln«, erklärte Zarin ungeduldig und deutete auf den Brunnen. Zoe und Spock, die ihn zuerst verständnislos angeblickt hatten, kapierten jetzt, was Zarin vorhatte.

»Dann auf zum Rittersaal!« Spock rannte los.

»Kommt mit!«, forderte Zoe Connor und Luc auf, die sogleich ihr Holzspiel unterbrachen.

Zarin stürmte als Erster in den Rittersaal, in dem mehrere Besucher die Bilderausstellung betrachteten. Mit einem Blick erfasste er, dass Zoes Zeichnung immer noch fehlte. Zoe, die wohl ebenfalls gehofft hatte, dass ihr Bild inzwischen wieder an der Wand hing, machte ein enttäuschtes Gesicht. Während Spock mit Luc zu einem der beiden zusammengerollten Wandteppiche ging, in dem er seine Angelrute versteckt hatte, beobachteten Zarin, Zoe und Connor, dass die meisten der Besucher jeweils drei Punkte für Finjas Zeichnung vergaben, bevor sie die ausgefüllten Zettel in die Box warfen. So wie es aussah, würde Finja tatsächlich den ersten Preis gewinnen. Das gönnte Zarin ihr nun wirklich nicht. Connor schien das Gleiche zu empfinden, denn er verzog ärgerlich das Gesicht. Die Besucher verließen nacheinander den Rittersaal, und bevor erneut Touristen hereinströmten, riss Connor wütend Finjas Bild von der Wand. Zu seiner Überraschung kam darunter Zoes Zeichnung zum Vorschein.

»Ich wusste es!«, ereiferte er sich. »Diese blöde Zicke! Zoe, dein Bild ist wieder da!«

Sprachlos starrte Zoe auf die Stelle an der Wand, an der jetzt ihre Zeichnung hing.

»Wie dreist, Finja hat ihr Bild einfach über deins gehängt.« Zarin staunte über so viel Frechheit.

»Faszinierend!«, merkte Spock an und erntete dafür einen genervten Blick von Connor.

»Darauf wäre ich nie gekommen.« Luc schob seine Brille zurecht, um besser sehen zu können.

Zoe zeigte ihre Freude, indem sie Connor umarmte.

»Du musst es ja nicht gleich übertreiben«, knurrte Zarin und zog Zoe von Connor weg. »Was machen wir jetzt mit Finjas Bild?«

Connor grinste breit, nahm seine Zeichnung ab, befestigte Finjas Bild an deren Stelle und hängte sein Nebelbild darüber. »Problem gelöst!« Zufrieden trat er einen Schritt zurück und betrachtete sein Werk.

Finja würde ganz schön dumm aus der Wäsche gucken, wenn sie bemerkte, dass jetzt ihre Zeichnung verschwunden war. Zarin musste grinsen, als er daran dachte.

Connor deutete auf die Angelrute, die Spock in seinen Händen hielt. »Du willst doch wohl jetzt nicht angeln gehen?«, wunderte er sich.

»Genau das haben wir vor«, antwortete Zarin. »Kommt alle mit zum Brunnen!«

Zum Glück drängten sich die Besucher an den Verkaufsständen von Zoes und seiner Mutter und schenkten dem Brunnen keine Beachtung. In aller Seelenruhe befestigte Spock einen größeren Haken an der Angelschnur.

Zoe beobachtete ihn nervös. »Hoffentlich kannst du die Urkunde aus dem Brunnen angeln.«

»Ist deine Angelschnur auch lang genug?« Zarin hatte da so seine Zweifel.

»Auf meiner Rolle befinden sich hundertfünfzig Meter Schnur, das wird wohl reichen«, murrte Spock und legte sich bäuchlings auf das Eisengitter. »Kann mal jemand Licht machen? So sehe ich ja nichts.«

Zarin aktivierte die Taschenlampen-App seines Smartphones und leuchtete in den Brunnenschacht.

»Erkennst du das Band an der Urkunde?«, fragte Zoe ängstlich. »Du musst mit dem Haken die Schlaufe erwischen, sonst fällt die Urkunde ins Wasser, und dann löst sich die Tinte auf.«

»Verdammt!«, fluchte Spock, als es nach etlichen Versuchen noch immer nicht klappte. »Ich weiß nicht, ob ich es verhindern kann, dass die Pergamentrolle vom Haken abrutscht, wenn ich sie heraufziehe.«

»Für den Fall nehmen wir den Eimer zu Hilfe«, erklärte Zarin.

Connor seufzte. »Der passt doch gar nicht zwischen den Eisenstäben hindurch, hast du das schon vergessen?«

»Ach ja.« Zarin schlug sich mit der flachen Hand an die Stirn. »Voll blöd, dass mein Vater die Eisenstäbe wieder anbringen musste, damit niemand in den Brunnen fallen kann.«

»Na, der Fisch will wohl nicht anbeißen«, hörten sie Finja spotten, die aus einiger Entfernung die Angelaktion beobachtete.

Connor fuhr herum: »Was an meiner Drohung hast du eigentlich nicht verstanden?«, schrie er.

»Du solltest darauf achtgeben, wie du mit mir redest, Connor, immerhin werde ich bald die Burgherrin von Burg Falkenauge sein.« Finjas Stimme klang triumphierend. »Genießt eure letzten Stunden auf der Burg. Ich werde jetzt meine Eltern über die frohe Botschaft in Kenntnis setzen.« Mit diesen Worten schritt Finja erhobenen Hauptes von dannen.

Finja

Gegenwart

Finja rannte den steilen Fußweg, der sich zwischen den Weinstöcken hindurchschlängelte, ins Städtchen hinunter. Völlig außer Atem erreichte sie das Restaurant ihrer Eltern, ein lang gestrecktes Fachwerkgebäude in der Nähe des Marktplatzes. Vor den Fenstern hingen Blumenkästen, in denen Geranien in allen Farben blühten. Über der Eingangstür war an der Hauswand ein Schild befestigt, auf dem in goldfarbenen Buchstaben »Restaurant Am Weinberg« stand. Finja fand, dass der Name nicht passte, weil das Haus gar nicht am Weinberg stand, sondern mitten in der Stadt. Ihr Vater hielt dagegen, dass man den Weinberg ja vom Fenster aus sehen konnte. Im Erdgeschoss befanden sich das Restaurant, die Küche, die Toiletten und ein großer Saal, in dem Familienfeste stattfinden konnten. Die Wohnung ihrer Eltern lag im ersten Stock.

Zu Hause angekommen, stieg Finja die Treppe zur Wohnung hinauf, schloss die Tür auf und warf sie mit einem lauten Knall hinter sich zu.

»Finja, bist du das?«

Sie stürmte ins Wohnzimmer, aus dem sie die Stimme ihrer Mutter gehört hatte. Obwohl draußen die Sonne hell schien, herrschte im Raum Dämmerlicht, weil die Jalousien heruntergelassen waren. Ihre Mutter lag mit geschlossenen Augen auf der Couch und hatte sich mit einer Wolldecke zugedeckt.

»Hast du wieder Kopfschmerzen, Mama?«

Mühsam öffnete ihre Mutter die Augen und stöhnte: »Diese Migräne macht mich noch wahnsinnig.«

»Dann nimm doch eine Schmerztablette!«

»Ich habe bereits zwei genommen. Die helfen auch nicht mehr.« Resigniert schloss ihre Mutter die Augen wieder.

Unschlüssig hockte Finja sich auf die Sofakante und betrachtete ihre Mutter mitleidig. Soweit sie sich erinnerte, hatte sie immer schon ab und zu unter Kopfschmerzen gelitten. Richtig schlimm war es geworden, seit Finja sich das Gesicht verbrannt hatte. Die Migräneattacken setzten immer häufiger ein und dauerten manchmal bis zu drei Tage an. Niemand schien ihrer Mutter helfen zu können. Die Ärzte fanden keine Ursache.

»Mama, Zoes Eltern haben keine Besitzurkunde mehr«, sprudelte sie aufgeregt hervor. »Die Burg gehört jetzt der Stadt und Papa kann das Burgrestaurant übernehmen und wir können auf der Burg leben und ich werde Burgherrin. Ist das nicht toll?« Erwartungsvoll blickte sie ihre Mutter an. Als diese nicht antwortete, sondern nur laut aufstöhnte, griff Finja nach ihrem Arm und wollte sie von der Couch ziehen.

»Lass mich, Finja, mir geht es nicht gut«, seufzte ihre Mutter.

»Du musst unbedingt mitkommen und dir alles ansehen, Mama.« Aber zu ihrer Enttäuschung wollte ihre Mutter nicht aufstehen.

Finjas Vater kam ins Wohnzimmer. »Tanja, kannst du mir im Restaurant helfen? Mira hat heute frei, Kevin hat angerufen, dass er krank ist, und Holger ist in der Küche völlig überfordert.« Als er seine Frau mit geschlossenen Augen auf der Couch liegen sah, wusste er, dass sie ihm keine Hilfe sein konnte. »Dann musst du helfen, Finja!«

»Ich dachte, dein Restaurant läuft nicht gut. Wieso brauchst du jetzt meine Hilfe?«, fragte Finja erstaunt.

»Ein paar Gäste habe ich schon noch«, verteidigte sich ihr Vater.

»Was soll ich denn machen? Soll ich das Essen servieren? So wie ich aussehe. Willst du, dass die Gäste einen Schock kriegen und gleich wieder weglaufen? Und mit einer Hand kann ich nicht servieren!« Instinktiv hielt Finja ihre Hand über die linke Gesichtshälfte.

»Ich brauche dich in der Küche.«

Missmutig folgte Finja ihrem Vater die Treppe hinunter und warf einen raschen Blick ins Restaurant. Zwei Tische waren mit jeweils vier Personen besetzt und am Tresen saß ein Mann vor seinem halb vollen Bierglas.

»Lass dir von Holger sagen, was du machen sollst. Aber pass auf, dass du dich nicht verbrennst!«

Genervt verzog Finja das Gesicht. Sobald sie in der Küche auftauchte, war der erste Satz ihres Vaters: »Pass auf, dass du dich nicht verbrennst!« Sie konnte es einfach nicht mehr hören.

Als sie am Herd vorbeiging, verlangsamte sie unwillkürlich ihre Schritte und trat vorsichtig auf. Hier, auf den Fliesen, war sie vor einigen Monaten ausgerutscht, hatte im Fallen mit der Hand nach einem Halt gesucht, den Stiel der Bratpfanne erwischt und diese mit sich gerissen. Das heiße Öl, das sich in der Bratpfanne befunden hatte, hatte sich über ihre linke Gesichtshälfte ergossen. Ihr Vater gab sich die Schuld an dem Unglück, weil in der Küche Hochbetrieb geherrscht hatte und er nicht dazu gekommen war, die Milchtüte, die ihm in all dem Stress auf den Boden gefallen und geplatzt war, sofort aufzuheben und die ausgelaufene Milch wegzuwischen. Finja hingegen machte Zarins Vater für das Unglück verantwortlich. Wenn er nicht gekündigt hätte, um sich mit dem Burgrestaurant selbstständig zu machen, hätte er noch bei ihnen als Koch gearbeitet und ihr Vater hätte sie niemals um Hilfe in der Küche gebeten. Finja hasste Zarins Vater dafür. Aber sie hasste auch das Restaurant und die Küche, und sie hasste sich selbst, weil sie nicht mehr in den Spiegel schauen konnte, ohne in Tränen auszubrechen.

Als Finja die Küche betrat und Holger sie sah, winkte er sie gleich zu sich herüber. »Super, dass du da bist! Du kannst die Salate machen, dann kümmere ich mich um die Hauptgänge.«

Finja schnitt Gurken in Scheiben, Paprika in dünne Streifen und legte diese auf den Eisbergsalat, den sie auf die bereitgestellten Teller verteilt hatte.

Ihr Vater erschien, um das Essen ins Restaurant zu bringen. »Ist der Salat für Tisch sechs fertig?«

»Ja«, antwortete Finja. Mit einer Kelle goss sie noch rasch American Dressing über die Salate und streute etwas Schnittlauch darüber. Als ihr Vater zurückkam und weitere vier Salatteller abholte, die Finja angerichtet hatte, lächelte er ihr zu. »Danke. Ich mache das wieder gut.«

Finja wusste nicht, ob er damit ihre Hilfe oder ihre Verletzung meinte. Früher hatte er kaum selber mitgearbeitet, dafür hatte er seine Angestellten gehabt. Das hatte sich schlagartig geändert, als Zarins Vater gekündigt hatte. Ihr Vater hatte seinen Superkoch verloren und noch immer keinen Ersatz gefunden. In der Stadt hatte sich schnell herumgesprochen, dass das Essen im Restaurant Am Weinberg nicht mehr zu empfehlen war. Seitdem fanden immer weniger Gäste den Weg zu ihnen.

»Papa, bald wird sich alles ändern und du wirst das Restaurant auf der Burg leiten«, sagte Finja, die damit ihren Vater aufmuntern wollte.

Zweifelnd sah er sie an und ergänzte: »Vorausgesetzt, dass Bernhard von Falkenauge dem Bürgermeister am Montag nicht die Urkunde vorlegen kann.«

»Er hat sie nicht gefunden, Papa.«

»Hoffentlich findet er sie auch nicht mehr, denn wenn die Burg in das Eigentum der Stadt übergeht, kann ich das Restaurant pachten, da sehe ich keine Probleme.«

»Wenn du mich hier nicht mehr brauchst, bringe ich Mama was zu essen.«

Ihr Vater winkte ab. »Wenn sie ihre Migräne hat, isst sie sowieso nichts. Lass sie lieber schlafen.«

»Dann gehe ich noch mal zur Burg.«

»Mach das«, sagte er und verschwand wieder im Restaurant, weil der Gast an der Bar bezahlen wollte.

»Vielleicht geht es Mama ja schon etwas besser und sie kommt mit. Ihr beide habt noch gar nicht meine Zeichnung gesehen, die in der Ausstellung hängt und mit Sicherheit den ersten Preis gewinnen wird!«, rief Finja ihrem Vater nach. Sie war felsenfest davon überzeugt, dass ihre Zeichnung die meisten Punkte bekommen würde. Sie war es gewohnt, dass sie alles bekam, was sie wollte. Warum nur hatte sie in der Küche ausrutschen und sich das Gesicht verbrühen müssen? In ihren Tagträumen hatte sie sich schon als gefeierte Tänzerin gesehen. Ihre Tanzlehrerin hatte gesagt, sie hätte das Zeug dazu, eine große Karriere zu machen, und sie hatte bereits eine Einladung zum Casting für eine Rolle beim Musical bekommen, die sie aufgrund ihres Unfalls leider absagen musste.

Finja spürte, wie unbändige Wut über ihr trauriges Schicksal in ihr hochkroch. Um ihrem Ärger Luft zu machen, nahm sie einen Teller vom Tellerstapel und schmetterte ihn mit voller Wucht auf den gefliesten Kellnergang.

»He, was soll das denn?«, ereiferte sich Holger. »Das fegst du sofort wieder auf!«

Ohne auf seine Worte zu hören, wandte sich Finja um und lief die Treppe hinauf zur Wohnung. Sie wollte, dass ihre Eltern wieder so waren wie früher, wenn sie sie zum Wochenende vom Internat abgeholt hatten, froh und lustig. Manchmal war ihre beste Freundin Sophie, die sie im Internat kennengelernt hatte, mit zu ihr nach Hause gekommen und sie hatten herumgealbert und gelacht. Als sie nach dem Krankenhausaufenthalt zum ersten Mal wieder ins Internat gekommen war, hatte nicht nur Sophie entsetzt auf ihre entstellte linke Gesichtshälfte gestarrt, sondern auch alle anderen. Und anstatt sie zu trösten, hatte Sophie sich von ihr abgewandt, als wäre Finja eine Aussätzige. Das hatte sie so verletzt, dass sie sich geweigert hatte, weiter ins Internat zu gehen. Und weil weder Sophie noch die anderen es für nötig gehalten hatten, ihr wenigstens mal eine WhatsApp zu schreiben, hatte sie sämtliche Kontakte in ihrem Smartphone gelöscht.

Im Wohnzimmer lag ihre Mutter noch genauso auf der Couch, wie sie sie verlassen hatte. Finja stürmte zu ihr hin, riss mit einem Ruck die Wolldecke weg und zog sie am Arm vom Sofa hoch. »Mama, du musst jetzt mit zur Burg kommen und dir meine Zeichnung in der Ausstellung anschauen«, drängte sie. »Mein Bild ist das schönste von allen und wird bestimmt den ersten Preis bekommen. Der Gewinn ist ein Mittelalterkleid, und das kann ich als Burgherrin gut gebrauchen. Wir nehmen den Shuttle-Bus zur Burg, der fährt alle fünfzehn Minuten vom Marktplatz ab.«

Abgetaucht

Gegenwart

Enttäuscht spähte Zoe in den Brunnen. Es gelang Spock einfach nicht, die Urkunde herauszuangeln. Der Haken wollte nicht an dem Band, das um die Pergamentrolle gewickelt war, hängen bleiben. Fieberhaft überlegte sie, wie sie die Urkunde dennoch retten konnte.

Plötzlich hatte sie eine Idee. »Wo kommt das Wasser her, das im Brunnen ist?«, fragte sie Zarin aufgeregt.

»Wahrscheinlich aus dem unterirdischen See, woher sonst?«, antwortete Zarin verwundert. Er schien sich nicht erklären zu können, worauf sie hinauswollte.

»Ich schwimme durch den See und tauche im Brunnen wieder auf«, verkündete sie.

»Das ist nicht dein Ernst.« Verblüfft starrte Zarin Zoe an. »Obwohl – du könntest recht haben, der See müsste direkt unter uns liegen. Aber wie willst du den Brunnen finden? Es ist doch total finster in der Höhle.«

»Dann machen wir eben Licht.«

»Mein Smartphone reicht dafür bestimmt nicht aus«, überlegte Zarin. »Was du brauchst, ist eine Unterwasserlampe.«

»Oder eine Lampe, die die gesamte Höhle ausleuchtet«, mischte sich Connor in das Gespräch ein. »Als mein Vater die elektrischen Leitungen hier auf der Burg verlegt hat, da hat er sich einen Baustrahler besorgt und konnte so auch im Dunkeln arbeiten.«

Begeistert klatschte Zoe in die Hände. »Genau den brauchen wir!«

»Gibt es in der Höhle denn eine Steckdose?«, fragte Connor zweifelnd.

»Noch nicht. Zoes Vater wird aber welche anbringen lassen, weil er demnächst Führungen für Touristen anbieten will«, erklärte Zarin.

»So lange können wir aber nicht warten«, warf Zoe ein.

»Mein Vater hat eine große Kabeltrommel. Die müsste als Verlängerung reichen«, meinte Connor.

»Auf der Trommel sind höchstens dreißig Meter Kabel«, wandte Luc ein. »Das reicht niemals!«

»Wir brauchen mindestens drei Kabeltrommeln«, rechnete Zarin aus.

»Im Pferdestall liegt all das Werkzeug«, sagte Zoe, die vor Aufregung ganz zappelig war. »Los, lasst uns nachschauen!«

»Moment, wie soll das überhaupt funktionieren? Wenn die Urkunde nass wird, verläuft die Tinte.« Zarin machte ein skeptisches Gesicht.

»Ganz einfach«, entgegnete Zoe, »ich werde die Urkunde an die Angelschnur hängen und Spock zieht sie nach oben.«

Während Zarin, Connor und Luc zum Stall liefen, um nach Kabeltrommeln zu suchen und den Baustrahler zu holen, hielt Spock am Brunnen Wache. Zoe, die nicht nackt durch den See schwimmen wollte, eilte in ihr Zimmer und kam mit ihrem Badeanzug und einem Handtuch zurück. Flink wie eine Katze kletterte sie die Leiter zum Bergfried hinauf und sah Zarin, Connor und Luc dabei zu, wie sie die schweren Kabeltrommeln und den Baustrahler die Leiter zum Bergfried hinaufhievten. Zum Glück hatten sie alles gefunden, was sie für ihr Vorhaben brauchten.

Der Bergfried durfte von den Touristen nicht betreten werden, weil es zu gefährlich war. In die Mauer waren zwar Stufen aus Stein eingelassen, die man zu dem Zwischenboden und der Aussichtsplattform hinaufsteigen konnte, aber ein Geländer zum Festhalten fehlte. Zum Glück hatte Connors Vater bereits die elektrischen Leitungen im Bergfried verlegt. In der Nähe der Falltür befand sich eine Steckdose, an die Connor eine der drei Kabeltrommeln anschloss. »Los, geht voran! Ich folge euch und rolle das Kabel ab«, kommandierte er, nachdem Zarin und Luc mit vereinten Kräften die Falltür aufgezogen hatten. Zoe schnappte sich den Baustrahler und stieg als Erste die ausgetretenen Steinstufen zu dem fensterlosen Raum hinab, der sich auf gleicher Höhe mit dem Innenhof befand. Zarin und Luc trugen jeder eine Kabeltrommel, während Connor das Kabel der bereits angeschlossenen Trommel hinter sich herzog.

Durch die Falltür schien das Tageslicht nur schwach herein, deshalb zog Zarin sein Smartphone aus der Hosentasche, tippte auf die Taschenlampen-App und wollte es an Zoe weiterreichen, die aber in der einen Hand den Baustrahler hielt und in der anderen das Handtuch, in das sie ihren Badeanzug gewickelt hatte. Kurzerhand drückte sie Connor den Strahler in die Hand und nahm von Zarin das Smartphone entgegen. Im Lichtschein sahen sie den Eichentisch, der schon über siebenhundert Jahre hier unten stand und auf dem in Zoes Zeit stets Schlageisen, Feuersteine, Zunder und eine Schale mit Birkenrinde bereitgelegen hatten. Damit waren die mit Pech getränkten Fackeln angezündet worden, die noch immer in den eisernen Wandhalterungen steckten. Neben dem Tisch führten einige Stufen in die Tiefe des Berges hinab und endeten vor einem engen Gang, der stetig bergab führte und damals als Fluchtweg gedient hatte, wenn die Burg bereits vom Feind erobert war.

Als sie die Abzweigung erreichten, an der sich der Stollen gabelte, rief Luc: »Stopp, mein Kabel reicht nicht weiter!« Zarin stellte seine Trommel auf den Boden und Luc steckte den Stecker in die Steckdose, die sich an der Trommel befand. Das Kabel, das Zarin hinter sich herzog, reichte fast bis an den Rand des unterirdischen Sees.

Connor stellte den Baustrahler auf den Boden, verband das Kabel des Strahlers mit der Kabeltrommel und drückte auf den Schalter. Augenblicklich erstrahlten die gesamte Tropfsteinhöhle und der See in einem hellen Licht. Die meisten der Fledermäuse, die hier unten überwinterten, hatten die Höhle bereits verlassen. Nur vereinzelte Nachzügler wurden durch den Lichtstrahl aufgeschreckt und flatterten davon. Ehrfürchtig bestaunten die Kinder die Tropfsteingebilde. Die Stalagmiten, die vom Boden der Höhle wie ein Baum in die Höhe wuchsen, und die Stalaktiten, die von der Decke herabhingen, spiegelten sich im See und funkelten im Lichtschein des Strahlers wie Edelsteine.

Während Zarin, Connor und Luc beratschlagten, wo sich der Brunnen befand, zog Zoe hinter den Rücken der Jungen geschwind ihren Badeanzug an.

Zarin deutete auf die Felswand, die den See begrenzte. »Nach meiner Berechnung müsste sich der Brunnen genau an dem Felsen da hinten befinden.«

»Quatsch! Wo soll denn da ein Brunnen sein?«, spottete Connor.

»Ich schwimme hin und schaue nach«, sagte Zoe und stieg vorsichtig ins Wasser. Sie erschrak. So kalt hatte sie sich das nicht vorgestellt.

Connor pfiff anerkennend durch seine Zahnlücke, als er sie in ihrem pinkfarbenen Badeanzug sah. »Cooles Outfit, Mittelalterbraut.«

Verärgert drehte Zoe sich nach ihm um, streckte ihm die Zunge heraus, schöpfte mit beiden Händen Wasser und spritzte ihn nass.

»Hey, lass das!«, schrie Connor aufgebracht und wich ein Stück zurück, während Zarin und Luc schadenfroh lachten. Erschrocken blickten sie sich an, als Connors Schrei und ihr Lachen als mehrfaches Echo von den Höhlenwänden widerhallte.

Zoe schwamm um den Felsen herum, auf den Zarin gedeutet hatte. Jetzt konnte sie die Jungen nicht mehr sehen. Sie kletterte auf eine schmale Felsplattform, die direkt über dem Wasserspiegel lag. Vor ihr stiegen die Felswände steil an. Der See endete hier.

»Zoe, wo bist du?«, hörte sie Zarin ängstlich rufen.

»Du hast dich verrechnet, hier ist kein Brunnen!«, erwiderte sie.

»Das verstehe ich nicht, der Brunnen muss da sein.« Zarin war fest davon überzeugt.

Angestrengt blickte Zoe ins Wasser. Das Licht des Strahlers reichte kaum noch bis hierher. Sie konnte nicht bis auf den Grund sehen. Kurz entschlossen ließ sie sich erneut ins Wasser gleiten und bemerkte direkt unter sich einen schwachen Lichtschein, der nicht vom Strahler sein konnte, sondern aus dem See zu kommen schien. Zoe tauchte hinab und sah, dass sich unter der Plattform eine breite Felsspalte befand, aus der ein fahles Licht schimmerte. Da muss der Brunnen sein, überlegte sie. Nachdem sie kurz aufgetaucht war, um Luft zu holen, tauchte sie entschlossen wieder hinab und schwamm durch die Felsspalte. Zu ihrem Entsetzen bemerkte sie, dass die Spalte länger war, als sie gedacht hatte. Die Luft wurde ihr langsam knapp und sie musste dringend an die Oberfläche. Zurück zur Plattform konnte sie nicht mehr, denn in der engen Felsspalte war es unmöglich, sich umzudrehen. Panik erfasste sie. Schon befürchtete sie, ertrinken zu müssen, als die Lichtquelle endlich heller wurde und die Felsdecke über ihrem Kopf verschwand. Hastig tauchte sie auf, durchbrach die Wasseroberfläche und schnappte gierig nach Luft. Als ihr Atem wieder ruhiger floss, blickte sie sich neugierig um. Sie hatte es geschafft, sie befand sich tatsächlich im Brunnen!

»Faszinierend!«, hörte sie Spocks Stimme.

Zoe blickte in die Höhe, sah Spocks Gesicht über den Eisenstäben und winkte ihm zu. Schnell streckte sie den Arm nach der Urkunde aus, die über ihr an dem Mauervorsprung hing, musste aber feststellen, dass ihr Arm zu kurz war und sie die Pergamentrolle nicht erreichen konnte. Sollte ihre ganze Mühe vergebens gewesen sein? Das durfte sie nicht zulassen. So kurz vor dem Ziel würde sie nicht aufgeben. Sie drückte ihren Rücken an die Brunnenwand, stemmte ihre Füße an die gegenüberliegende Wand und schob sich Zentimeter um Zentimeter höher, bis sie die Urkunde mit ihren Fingern erreichen konnte. »Spock, lass die Angelschnur herab!«, rief sie ihm aufgeregt zu.

Spocks Gesicht verschwand vom Brunnenrand, um einige Sekunden später wieder aufzutauchen. Zoe sah zu, wie die Angelschnur immer tiefer herabsank, bis sie sie endlich ergreifen konnte. Vorsichtig befestigte sie die Schlaufe des grünen Bandes, das um die Urkunde gewickelt war, am Angelhaken.

»Achtung, langsam hochziehen, Spock!«, rief sie hinauf und beobachtete mit angehaltenem Atem, wie die Urkunde nach oben schwebte. Dann konnte sie sich nicht länger halten und plumpste in das Wasser zurück. Während sie noch einmal tief einatmete, sah sie, dass Spock die Hand zwischen den Eisenstäben hindurchstreckte und die Urkunde ergriff. Erleichtert tauchte sie durch den Felsspalt zurück und hielt sich mit einer Hand an der Plattform fest, um erst einmal zu verschnaufen. Sie konnte selber nicht glauben, was sie gerade getan hatte, um ihre Burg zu retten.

»Zoe, wo bist du? Melde dich!«, hörte sie Zarin panisch rufen. Am Klang seiner Stimme erkannte sie, dass er sich große Sorgen um sie machte.

»Die Urkunde ist gerettet!«, jubelte Zoe, so laut sie konnte, und freute sich über das mehrfache Echo: »Gerettet, gerettet, gerettet …«

Als Zoe um die Felsenkante schwamm und Zarin, Connor und Luc sie sehen konnten, hallte der tosende Applaus der drei Jungen durch die Höhle.

Durch das Echo, das jedes Geräusch von den Felswänden zu ihnen zurücksandte, hörte es sich an, als würden Hunderte von Leuten ihren Beifall bekunden. Bibbernd vor Kälte stieg Zoe aus dem Wasser und Zarin reichte ihr das Handtuch, in das sie sich rasch einwickelte. Sie griff nach ihrem Kleid und befahl: »Macht das Licht aus, ich muss mich umziehen!«

Gefangen

Gegenwart

Der voll besetzte Shuttlebus hielt auf dem Parkplatz vor der Burg. Finja sprang als Erste hinaus und zog ihre Mutter an der Hand zur Zugbrücke.

Im Vorhof der Burg drängten sich die Besucher um Zoes Vater, der an der linken Hand einen dicken Lederhandschuh trug, auf dem der Wanderfalke saß. Interessiert blieb Finjas Mutter stehen. Der Greifvogel lenkte sie für einen Moment von ihren starken Kopfschmerzen ab.

»Mama, die Tiere kannst du später noch bewundern. Zuerst will ich dir das Mittelalterkleid zeigen, das ich mir schon ausgesucht habe, weil meine Zeichnung den ersten Preis gewinnen wird.« Ohne darauf Rücksicht zu nehmen, dass es ihrer Mutter nicht gut ging, zog Finja sie durch den Torbogen in den Innenhof direkt zum Stand von Zoes Mutter. Hastig nahm sie das blaue Kleid vom Kleiderständer und hielt es vor sich, wobei sie ihre Mutter erwartungsvoll anblickte.

»Das würde dir gut stehen.« Finjas Mutter strich über den weichen Samt. »Die hübschen Stickereien am Halsausschnitt müssen viel Arbeit gemacht haben. Es wundert mich, dass das Kleid noch nicht verkauft ist.«

Finja erschrak. Daran, dass jemand das Kleid kaufen konnte, hatte sie gar nicht gedacht. Energisch drängte sie einen Mann beiseite, der sich bei Zoes Mutter ein weitärmeliges Leinenhemd kaufte. Mit ihrer linken Hand verdeckte sie ihre linke Gesichtshälfte und reichte Zoes Mutter das blaue Kleid. »Das können Sie schon mal für mich zurücklegen. Meine Zeichnung wird garantiert gewinnen.« Sie drehte sich zu ihrer Mutter um. »Jetzt zeige ich dir mein Bild«, sagte sie und wollte mit ihr zum Palas gehen, als sie Spock allein auf dem Brunnenrand sitzen sah. Er hielt seine Angelrute in der rechten Hand, und als er sie und ihre Mutter bemerkte, hatte es den Anschein, als ob er schnell irgendetwas unter sein T-Shirt schob, was er vor ihr verbergen wollte.

»Lass mich kurz ausruhen. Die Kopfschmerzen werden schlimmer.« Finjas Mutter setzte sich neben Spock auf den Brunnenrand und Finja hockte sich dazu, was Spock sichtlich unangenehm war.

Im selben Moment kletterte Zoe die Leiter vom Bergfried hinunter. Zarin, Connor und Luc folgten ihr eilig.

»Mutter, wir haben es geschafft, wir haben die Urkunde! Wir können auf der Burg bleiben!«, schrie Zoe, so laut sie konnte, zum Verkaufsstand ihrer Mutter hinüber. Sie rannte zu Spock, der aufsprang und zu Finjas Entsetzen die Pergamentrolle mit dem grünen Band unter seinem T-Shirt hervorholte und sie mit feierlicher Miene an Zoe weiterreichte.

Finja erstarrte. Anscheinend war es Spock doch noch gelungen, die Urkunde aus dem Brunnen zu angeln. Hasserfüllt starrte Finja Zoe an, die die Urkunde triumphierend in die Höhe hielt.

Zoe sah, dass Finjas Mutter die Augen geschlossen hatte und die Hände an die Schläfen presste, als ob sie starke Kopfschmerzen hätte. »Frau Waldstätter, geht es Ihnen nicht gut?«, fragte sie teilnahmsvoll. »Dann ruhen Sie sich doch eine Weile im Rittersaal aus. Da stehen bequeme Stühle und Sie sind ungestört.«

Finjas Mutter stand auf. »Gute Idee. Komm, Finja, du wolltest mir doch sowieso deine Zeichnung zeigen.«

»Mama, du kannst dir die Bilderausstellung schon einmal in Ruhe ansehen. Ich komme gleich nach.«

Es wunderte Zoe, dass Finja offenbar den Moment nicht verpassen wollte, in dem sie ihrem Vater die Urkunde überreichen würde. Sie drängte sich an den zahlreichen Besuchern vorbei und rannte durch den Torbogen in den Vorhof. Zarin, Connor und Luc folgten ihr eilig, während Spock seine Angelrute schulterte und hinterhertrottete. Ohne sich weiter um ihre Mutter zu kümmern, überholte Finja Spock und traf zeitgleich mit den anderen Jungen bei der Falknerei ein.

»Vater, Vater!«, rief Zoe so laut, dass alle Besucher, denen er gerade die Flugkünste des Wanderfalken vorführte, ärgerlich zu ihr hinüberblickten. »Wir haben die Urkunde!«, jubelte sie erneut.

Zarins Vater, der das gegrillte Ochsenfleisch in handliche Stücke schnitt und auf Teller verteilte, hielt inne und kam neugierig zu ihnen herüber. Auch ihre Mutter und Zarins Mutter ließen ihre Waren unbeaufsichtigt und kamen aufgeregt herbeigelaufen.

»Wo habt Ihr die Urkunde gefunden?«, fragte Zoes Vater freudig überrascht und ließ Falko von seinem Handschuh auf die Sitzstange hüpfen.

Zoe fühlte die erwartungsvollen Blicke aller auf sich gerichtet, drehte sich einmal stolz im Kreis herum und hielt dabei die Schriftrolle wie ein Heiligtum vor ihre Brust. »Sie lag im Geheimfach«, antwortete sie.

»Aber das war doch leer!«, entgegnete ihr Vater verwundert, während er sich den langen Lederhandschuh abstreifte.

»Schau her, Vater! Hier ist der Beweis, dass du der Besitzer der Burg Falkenauge bist.« Mit einer theatralischen Geste überreichte sie ihrem Vater die Urkunde. Er lächelte ihr zu, löste das grüne Band und rollte das Pergament langsam auseinander. Aus den Augenwinkeln bemerkte Zoe, wie Finja voller Wut mit dem Fuß auf den Boden stampfte.

Doch anstatt erleichtert zu wirken, blickte Zoes Vater seine Tochter verständnislos an und gab ihr die Urkunde zurück. Mit ungläubig aufgerissenen Augen sah sie, dass auf dem Pergament nicht ein einziges Schriftzeichen abgebildet war. Auch das grüne Siegel war verschwunden. Es war nur ein leeres, wertloses Blatt. Mit wachsender Panik stellte sie fest, wie die hoffnungsvolle Erwartung auf den Gesichtern ihrer und Zarins Eltern erlosch und einer tiefen Enttäuschung Platz machte.

Nur Finja schien sich zu freuen. Bestimmt glaubte sie, dass die Urkunde ins Wasser gefallen und die Tinte weggewaschen worden war.

»Verstehst du das?«, stammelte Zoe verwirrt und blickte Zarin, der genauso ungläubig dreinschaute wie sie, hilfesuchend an.

»Das kann nicht sein«, versuchte Zarin sich und Zoe zu beruhigen. »Du hast sie aus dem Geheimfach geholt, das habe ich genau gesehen.«

»Vielleicht hast du die falsche Rolle aus dem Fach genommen.« Spock versuchte die Sache logisch zu erklären.

»Es lag nur diese Rolle darin und ich habe unser grünes Siegel mit dem Abbild des Falken auf der Urkunde gesehen«, verteidigte sich Zoe.

»Dann hat das Burggespenst sie vertauscht«, flüsterte Luc.

»Du nervst mit deinem Gespenst«, fuhr Connor ihn an.

Zarin hob erregt die Hand. »Warte mal, Lucs Idee ist gar nicht so dumm.« Er wandte sich an Zoe. »Ich glaube, ich weiß, wer das Gespenst war. Nur Duretta kann die Pergamentrolle vertauscht haben.«

»Und wie soll sie das gemacht haben? Ich hatte die Urkunde immer bei mir.« Zoe blickte ihn verständnislos an.

»Sie muss das Dokument aus deiner Gürteltasche genommen haben, als wir im Fluss gebadet haben«, überlegte Zarin, »und dann hat sie das grüne Band um dieses leere Pergament gebunden, damit wir nichts davon bemerken. Ist ihr ja auch gelungen.«

»Aber wo hatte sie die echte Urkunde verborgen?«

»In ihrem Kleiderbündel«, erklärte Zarin. »Darin muss sie vorher auch das leere Pergament versteckt haben.« Er schlug sich mit der Hand gegen die Stirn. »Jetzt kapiere ich auch, warum ich ihre Klamotten nicht tragen durfte. Wie konnten wir nur so dumm sein und Duretta vertrauen?«, ärgerte er sich.

»Wer ist Duretta?«, rief Connor dazwischen. »Ich mache sie zur Schnecke!«

Ohne auf Connors Bemerkung einzugehen, stimmte Zoe Zarin zu. »So muss es gewesen sein. Eugenia will als Burgherrin herrschen, und dafür braucht sie die Urkunde. Zarin, wir holen sie uns zurück«, sagte sie entschlossen.

»Du meinst, wir sollen noch einmal ins Mittelalter …«, flüsterte Zarin und starrte Zoe voller Unbehagen an.

»Du kannst auch hierbleiben. Wenn du dich fürchtest, gehe ich allein.« Zoe bemühte sich, ihre Stimme mutig klingen zu lassen, obwohl es ihr nicht geheuer war, wenn sie sich vorstellte, ganz allein ins Jahr zwölfhundertdreiundsiebzig zurückgehen zu müssen. Aber ihr blieb keine Wahl. Sie musste die Urkunde holen, sonst war all ihre Mühe umsonst gewesen.

»Klar komme ich mit«, versicherte ihr Zarin, genauso wie sie es gehofft hatte. Sie wusste, dass er es nicht übers Herz bringen würde, sie allein ins Mittelalter zu schicken. »Doch zuerst habe ich einen Bärenhunger und muss was essen«, fügte er hinzu.

Zoe sah ihm an, dass er froh war, einen Vorwand gefunden zu haben, um die Zeitreise noch etwas hinauszuzögern, aber sie verspürte ebenfalls ein Hungergefühl.

Da es nichts mehr zu sehen gab, zerstreuten sich die Besucher. Einige bewunderten den Kräutergarten, andere schlenderten in Richtung Innenhof, aber die meisten gingen zum Ochsengrill, wo Zarins Vater seine Tätigkeit wieder aufnahm und ihnen Fleischscheiben auf die bereitgehaltenen Teller legte.

Einige Musiker, die sich als Spielleute verkleidet hatten, sorgten mit Musik und Gesang bei den Besuchern für gute Laune. Bei Zoe, Zarin, Spock, Luc und Connor verfehlten sie jedoch ihre Wirkung. Ausgehungert saßen die fünf an einem der Biergartentische und schlugen sich die Bäuche mit Kartoffelsalat und saftigem Ochsenbraten voll und tranken Apfelschorle dazu.

Finja hielt sich beständig in Zoes Nähe auf, um nichts zu verpassen. Sie saß mit dem Rücken zu Zoe und Zarin auf der Bank am Nebentisch. Als Zarin aufstand, um sich wie Connor, Luc und Spock noch eine Portion vom saftigen Ochsenbraten zu holen, hielt Zoe ihn am Arm zurück.

»Wir dürfen keine Zeit mehr verlieren und müssen jetzt die echte Urkunde besorgen«, drängte sie, ohne zu bemerken, dass Finja alles mit anhörte.

»Vorher muss ich Carlo finden. So langsam mache ich mir Sorgen um ihn«, antwortete Zarin ausweichend.

»Du suchst doch nur nach einem weiteren Grund, um unsere Zeitreise zu verzögern. Deinem Kater passiert schon nichts«, meinte Zoe leicht verärgert.

»Zarin, ich habe deinen Kater gesehen!«, mischte sich Finja mit scheinheiligem Gesicht ein und drehte sich zu Zarin um.

»Echt? Wo denn?« Zarin blickte sie fragend an.

»Wenn du willst, dann zeige ich dir, wo er ist.« Finja drängte sich durch die Besucher, die am Ochsengrill Schlange standen. Zwischendurch sah sie sich immer wieder prüfend um, ob Zarin und Zoe ihr auch folgten. An der Tür zum Weinkeller, die weit offen stand, blieb sie stehen. Als Zarin und Zoe sie erreicht hatten, zeigte sie auf die Steinstufen, die nach unten ins Gewölbe führten. »Hier ist dein fetter Kater runtergelaufen«, erklärte sie.

Zarin strahlte über das ganze Gesicht und rannte so schnell die ausgetretenen Stufen hinab, dass er beinahe ausgerutscht wäre. Zoe folgte ihm zögernd. Sie hatte ein ungutes Gefühl, irgendetwas kam ihr merkwürdig vor.

»Carlo ist überhaupt nicht hier unten.« Enttäuscht kam Zarin die Treppe wieder herauf.

Zoe hörte Finja spöttisch lachen. Blitzschnell wandte sie sich um und lief die Stufen hinauf, aber

Finja, die an der Tür stehen geblieben war, schlug ihr diese vor der Nase zu. Zoe hörte, wie der Schlüssel im Schloss herumgedreht wurde. Finja hatte sie reingelegt, sie hatte den Kater gar nicht gesehen, sondern ihn nur als Vorwand genommen, um Zarin und sie hier unten einzusperren, damit sie die Urkunde nicht holen konnten.

Wütend hämmerte Zarin mit den Fäusten gegen die Tür. »He, Finja, was soll das? Spinnst du? Lass uns hier raus!«

Er schrie laut um Hilfe.

»Ich glaube nicht, dass uns jemand hört, die Musik der Spielleute ist zu laut«, sagte Zoe betrübt. »Bis Montagmittag muss mein Vater die Urkunde im Rathaus vorlegen. Vorher wird Finja uns bestimmt nicht hier herauslassen.« Niedergeschlagen hockte sie sich auf die oberste Treppenstufe.

»Gibt es noch einen anderen Ausgang aus dem Weinkeller?«, fragte Zarin hoffnungsvoll.

Zoe schüttelte den Kopf, zumindest war ihr keiner bekannt. »Wir können vorsichtshalber nachschauen«, schlug sie vor.

Erneut stiegen sie die Stufen hinab und blickten sich in dem dämmerigen Gewölbe um, denn durch die wenigen Luftschlitze fiel nur etwas Tageslicht.

»Hier lagerten früher die Weinfässer«, erklärte Zoe.

»Pst!«, flüsterte Zarin. »Da war ein Geräusch.«

Zoe lauschte. Es klang, als ob jemand mit einem spitzen Gegenstand über den Steinboden kratzte.

»Hoffentlich sind das keine Ratten.« Zarin schüttelte sich vor Ekel, während Zoe mutig in die Richtung ging, aus der das Geräusch kam.

»Hier in der Nische sitzt eine fette schwarze Ratte«, rief sie Zarin zu, der sofort kehrtmachte und die Stufen wieder hinaufflüchtete. »Ha, ha«, Zoe lachte, »die Ratte ist dein Carlo, er ist tatsächlich hier unten.«

Zarin würdigte Zoe keines Blickes, als er zurückkam und seinen Kater hochhob. Anscheinend nahm er es ihr übel, dass sie ihn angeschmiert hatte. Liebevoll drückte er Carlo an sich und ließ es sogar geschehen, dass er ihm mit seiner rauen Zunge über das Gesicht leckte.

Schließlich fing Carlo in Zarins Armen an zu zappeln, und als er ihn auf den Boden setzte, sprang er mit einem Satz wieder in die Nische.

»Komm da raus, Carlo!«, befahl Zarin. Aber der Kater kümmerte sich nicht um ihn, sondern kratzte eifrig im Staub, der sich in den vielen Hundert Jahren in der Nische angesammelt hatte.

»Carlo, lass das! Du findest sowieso keine Maus.« Zarin zog sein Smartphone aus der Hosentasche und leuchtete damit in die Nische. Carlos Augen blitzten im Schein des Lichtstrahls hell auf. Und noch etwas anderes glitzerte zwischen seinen Pfoten.

»Nanu, was hast du denn da?« Zoe langte mit ihrem Arm in die Nische und nahm dem Kater den blinkenden Gegenstand weg.

Staunend betrachteten sie den Ring, mit dem Carlo gespielt hatte. Es war der gleiche Wappenring, wie Zoe ihn an ihrem Finger trug. Ungläubig starrten beide eine Weile darauf. Zarin streifte ihn sich über den Daumen, aber selbst da war er ihm zu groß.

Zoe wunderte sich. »Wo kommt der Ring her?«

»Er muss deinem Vater gehören. Vielleicht hat er ihn hier verloren.«

Zoe schüttelte den Kopf. »Nein, ich habe den Wappenring an seinem Finger gesehen, als er das Pergament auseinandergerollt hat. Außerdem, warum sollte mein Vater seinen Ring hier in die Nische legen?«

»Wenn das so ist, gibt es einen dritten Wappenring«, bemerkte Zarin überrascht. »Ich dachte, außer deinem und dem deines Vaters gibt es keinen mehr.«

»Ich verstehe auch nicht, wie der Ring hierhergekommen ist.« Zoe wischte den Staub, der an ihm haftete, an ihrem Kleid ab, öffnete ihre Gürteltasche und ließ ihn hineingleiten. »Ich werde sofort meinen Vater fragen.«

Sie hielt inne, denn sie erinnerte sich daran, dass sie und Zarin eingesperrt waren. »Wenn mein Vater bis Montag die Urkunde nicht hat, können wir nicht beweisen, dass die Burg uns gehört. Wir müssen sofort hier raus und zurück ins Jahr zwölfhundertdreiundsiebzig.«

»Wenn wir Eugenia die Urkunde abnehmen wollen, dann bleibt uns leider nichts anderes übrig, als wieder diese Zeitreise anzutreten.« Seufzend streichelte Zarin seinen Kater, der sich auf den Rücken legte und wohlig schnurrte.

»Dein Kater kann uns helfen«, meinte Zoe plötzlich. Sie erinnerte sich daran, dass sich zwischen der dicken Eichentür und dem Steinfußboden ein breiter Hohlraum befand.

»Und wie soll Carlo das machen?«

»Vielleicht passt er unter der Eichentür durch.«

Zarin schnappte sich Carlo und trug ihn die Steinstufen hinauf. Zwischen Fußboden und Tür befand sich tatsächlich eine tiefe Delle, die im Laufe der Jahrhunderte von den Menschen ausgetreten worden war. »Vergiss es«, sagte er. »Carlo ist viel zu fett, um da durchzuschlüpfen. Und falls er es doch schaffen sollte, wie soll er dann Hilfe holen?«

Zoe öffnete ihre Gürteltasche und zog die unbeschriebene Pergamentrolle und den Filzstift heraus. »Wir schreiben eine Nachricht, die kann Carlo dann überbringen.«

Zweifelnd blickte Zarin seinen Kater an. So viel Intelligenz traute er ihm nicht zu.

Aber Zoe schrieb bereits mit ihrem schwarzen Filzstift in Druckbuchstaben auf das Pergament: »Hilfe! Wir – Zoe und Zarin – sind im Weinkeller eingesperrt.« Mit einiger Mühe und liebevollem Zureden gelang es ihr, dem Kater das Pergament mithilfe des grünen Bandes um den Rücken zu binden.

»Carlo!«, befahl Zarin. »Du kriechst jetzt unter der Tür durch und läufst zu meinem Vater!«

Carlo blickte ihn erwartungsvoll an, machte aber keinerlei Anstalten, das Gesagte zu befolgen.

»Du kriegst auch deine Lieblingskekse«, versprach Zarin, schob den Kater zur Tür und versuchte dessen Kopf hindurchzuschieben. Aber Carlo wehrte sich hartnäckig.

»Ich geb's auf. Er kapiert's nicht!« Zarin seufzte und setzte sich auf die oberste Treppenstufe, dabei fiel eine Murmel aus seiner Hosentasche und kullerte die Treppe hinunter. Mit einem Satz sprang Carlo hinterher.

»Ich hab's! Hast du noch eine Murmel?«, fragte Zoe, die dem Kater zugesehen hatte, mit aufgeregter Stimme.

»Ja. Warum?«

»Gib her!«

Zarin kramte in seiner Hosentasche und reichte ihr die Murmel.

»Und jetzt hol deinen Kater!«, befahl sie.

Sobald Zarin mit Carlo zurückgekommen war, zeigte Zoe dem Kater die Murmel, die sie zwischen Daumen und Zeigefinger hin und her rollte. Sofort langte Carlo mit der Pfote danach.

Zoe schnipste die Murmel durch die Öffnung zwischen Tür und Fußboden. Carlo, der jede ihrer Bewegungen verfolgt hatte, steckte im Jagdeifer seinen Kopf durch den Spalt. Zu Zarins Erstaunen konnte sein Kater sich so flach wie ein Brett machen.

»Das hast du wohl nicht geglaubt, dass Carlo da durchpasst«, triumphierte Zoe.

Zarin dämpfte ihre Begeisterung. »Warte ab, ob überhaupt irgendjemand unsere Nachricht auf Carlos Rücken bemerkt.«

Connor, Luc und Spock, die mittlerweile mit Essen fertig waren, blickten sich suchend nach Zoe und Zarin um.

»Die haben sich bestimmt wieder weggebeamt«, überlegte Spock und suchte den Himmel nach der Enterprise ab.

»So ein Mist«, fluchte Connor, »diesmal wollten wir doch mit!«

»Du wolltest mit ins Mittelalter, ich nicht«, stellte Luc Connors Behauptung richtig. »Nimm doch Spock mit!«

»Ich fahre lieber mit der Enterprise«, wehrte Spock ab. Er unterbrach sich und deutete zur Wehrmauer. »Hey, das ist doch Zarins Kater? Was hat der denn da auf dem Rücken kleben?«

»Ich schaue mal nach!«, beschloss Luc und schlich auf Carlo zu, der vergeblich versuchte, mit den Zähnen das Pergament von seinem Rücken zu zerren. Schon streckte Luc die Hand nach dem Kater aus, um ihn zu packen, als Carlo dessen Absicht erriet und davonlief.

Connor, der noch seinen Teller mit dem Bratenrest in der Hand hielt, nahm rasch das Stück Fleisch und rief lockend: »Carlo, Leckerchen!«

Der Kater hielt inne, kehrte um und kam langsam näher, als Connor ihm das Stück Fleisch entgegenhielt. Carlo konnte nicht widerstehen und schnappte nach dem Leckerbissen. Gleichzeitig stürzte sich Luc auf ihn und hielt ihn fest, während Spock dem Kater rasch das Pergament vom Rücken entfernte.

»Das ist doch das leere Blatt, das ich aus dem Brunnen geangelt habe.« Spock machte ein verdutztes Gesicht.

»Aber jetzt steht was drauf«, erkannte Connor.

»Hilfe. Wir – Zoe und Zarin – sind im Weinkeller eingesperrt«, las Spock laut vor. »He, die sind ja noch gar nicht im Mittelalter«, stellte er überrascht fest.

»Folgt mir!«, befahl Connor und rannte los.

Mit einem kräftigen Ruck drehte er den Schlüssel im Schloss der Tür zum Weinkeller herum und riss sie auf.

Zoe und Zarin, die auf der obersten Stufe saßen, blinzelten in die überraschten Gesichter von Connor, Luc und Spock.

Erleichtert sprang Zoe auf. »Zarin«, sagte sie, »dein Kater ist doch nicht so dumm, wie du gedacht hast.«

»Wer hat euch denn hier eingesperrt?«, wollte Luc wissen. »Etwa das Burggespenst?«

»Ja, und es heißt Finja«, schimpfte Zarin.

Connor runzelte die Stirn. »Finja? Ist die übergeschnappt, oder was?«

»Warum hat sie das gemacht?« Spock suchte nach einer logischen Erklärung, ihm fiel aber keine ein.

»Weil sie verhindern will, dass wir die Urkunde holen«, erklärte Zoe.

»Wir kommen mit euch«, sagte Connor bestimmt.

Zoe schüttelte den Kopf. »Das geht nicht. Ihr müsst hierbleiben und aufpassen, ob Finja wieder auftaucht. Von jetzt an dürft ihr sie nicht mehr aus den Augen lassen.«

Zarin bemerkte Connors Enttäuschung. Gleichzeitig sah er, dass Luc und Spock erleichtert aufatmeten. Am liebsten wäre er bei ihnen geblieben, aber er konnte Zoe nicht allein zu den beiden Hexen gehen lassen.

Connor, Luc und Spock begleiteten Zoe und Zarin zum Palas. Als sie die Treppenstufen zur Ahnengalerie hinaufsteigen wollten, hörten sie aus dem Rittersaal Finjas wütende Stimme. »Diese blöde Kuh hat mein Bild zerstört!«

»Du weißt doch gar nicht, wer es weggenommen hat«, antwortete ihre Mutter.

»Das war natürlich Zoe, wer denn sonst?«, brüllte Finja.

»Schrei hier nicht so herum, Finja, ich habe immer noch fürchterliche Kopfschmerzen.«

»Luc, Spock, wir bleiben hier!«, befahl Connor und setzte sich auf die unterste Treppenstufe. »Sobald Finja den Rittersaal verlässt, beschatten wir sie.«

Zoe und Zarin stiegen über das Absperrband zur Ahnengalerie hinauf. Oben angekommen, blieb Zoe vor dem Gemälde von Heinrich von Falkenauge stehen, fasste Zarin fest an der Hand und drückte mit ihrer linken Hand ihren Wappenring an den Ring ihres Großvaters. Auf beiden Ringen glühten die Augen des Wanderfalken auf. Jetzt gab es kein Zurück mehr. Zarin schloss die Augen, als er den Sog spürte, der sie beide in das Bild zog.

Die vertauschten Gemälde

Anno 1273

Unsanft wurden Zoe und Zarin auf einen unebenen Holzfußboden geschleudert. Erst als sich ihre Augen langsam an das Dämmerlicht gewöhnt hatten, sahen sie zu ihrer Überraschung, dass sie diesmal nicht in der Ahnengalerie gelandet waren.

»Wo sind wir?« Zarin blickte sich ängstlich um. Hoffentlich befanden sie sich nicht in einem völlig falschen Jahr. Allein bei dieser Vorstellung bekam er am ganzen Körper eine Gänsehaut.

Zoe deutete auf das Gemälde, aus dem sie gepurzelt waren, das zu Zarins Erleichterung ihren Großvater Heinrich von Falkenauge als Kind zeigte. Aber wo war die Ahnengalerie geblieben? Verwirrt umherblinzelnd bemerkte er, dass sie sich anscheinend auf einem Dachboden befanden, denn über ihren Köpfen erhob sich eine Konstruktion aus dicken Holzbalken, die das Dach trugen. Durch einige Ritzen zwischen den roten Ziegeln fiel spärlich das Tageslicht.

»Wieso liegen die Bilder hier so rum?«, fragte er erstaunt.

Zoe zuckte mit den Schultern, stand auf und betrachtete nachdenklich die Gemälde, die kreuz und quer auf den staubigen Brettern lagen, als hätte sie jemand achtlos beiseite geworfen.

Als sie sich bückte, um eines der Gemälde umzudrehen, ließ ein Schrei sie herumfahren. Zarin war mit dem Gesicht in eines der Spinnennetze geraten, die an mehreren Stellen von den Balken herabhingen.

»Igitt!«, schrie er panisch. »Hab ich eine Spinne im Haar? Zoe, schau schnell nach!« Wie ein Irrer fuchtelte er mit den Armen in der Luft herum.

»Das sind nur Spinnweben«, beruhigte ihn Zoe, die auf seinem Kopf keine Spinne entdecken konnte.

Voller Ekel wischte sich Zarin mit dem Hemdsärmel die Spinnweben aus dem Gesicht.

»Hier ist das Gemälde von meinem Urgroßvater Laurencz«, stellte Zoe fest. »Auch sonst sind alle Bilder da, nur das von Erzbischof Conrad fehlt.«

»Aber warum hängen die Bilder nicht in der Ahnengalerie?«, wunderte sich Zarin.

Zoe sah ihn besorgt an. »Das kann ich mir auch nicht erklären.«

»Vielleicht sind das hier Kopien«, meinte Zarin.

»Ihr denkt, die Bilder sind zweimal gemalt worden?«, fragte Zoe.

»Könnte doch sein.«

»Dann würden die Originale noch in der Ahnengalerie hängen und wir wären dort gelandet.«

Und genau das machte Zarin Angst. Was mochte inzwischen geschehen sein, während sie sich in seiner Zeit aufgehalten hatten? Auf welchem Dachboden befanden sie sich überhaupt?

Die Frage wurde ihm augenblicklich beantwortet, denn unter ihren Füßen hörten sie ein Pferd wiehern. Zoe kniete nieder, legte sich flach auf den Boden und spähte durch die Ritzen zwischen den Brettern. »Wir befinden uns über dem Stall«, flüsterte sie Zarin zu, der neben sie kroch und ebenfalls nach unten schaute.

Zoe legte ihren Zeigefinger auf den Mund, um Zarin anzudeuten, dass er leise sein sollte, denn sie hörte Stimmen und sah, dass direkt unter ihr zwei Stallknechte vorbeigingen. Kurze Zeit später ertönte das Geklapper von Pferdehufen auf dem Steinboden und die Männer führten zwei Pferde aus dem Stall.

»Sie sind weg.« Zoe erhob sich. »Wir müssen zu Eugenias Hütte gehen. Bestimmt hat sie die Urkunde da irgendwo versteckt.«

»Wenn wir sie gefunden haben, hauen wir sofort wieder ab, und dann schnell zurück durch das Bild in unsere Zeit.« Zarin unterbrach sich. Ein erneuter kalter Schauer lief ihm über den Rücken, als er an Eugenias Amulett dachte – den roten Rubin, auf dem Satan abgebildet war. Er seufzte. »Hoffentlich verzaubert sie uns nicht!«

»Wir passen auf, dass sie uns nicht sieht.« Zoe deutete auf eine Stelle im Fußboden, durch die ein breiter Lichtstrahl fiel. »Schaut, da vorne ist eine Öffnung.«

Leider lehnte keine Leiter daran.

»Mist, wie sollen wir hier herunterkommen?«, fragte Zarin und ertappte sich bei dem Gedanken, dass er am liebsten sofort wieder in seine Zeit entschwunden wäre.

»Wir springen«, erklärte Zoe.

»Auf keinen Fall!«, entgegnete Zarin entsetzt. Nie im Leben würde er da hinunterspringen. Er schätzte die Höhe auf mindestens drei Meter. »Ich bin keine Katze, die immer auf ihren vier Pfoten landet«, jammerte er.

»Von oben sieht es höher aus, als es wirklich ist«, erklärte Zoe. Sie setzte sich auf den Holzbalken, ließ die Beine baumeln und schätzte die Höhe ab.

Vorsichtshalber hielt sich Zarin die Augen zu, denn er wollte nicht dabei zusehen, wie Zoe in die Tiefe sprang und sich womöglich die Beine brach.

Zoe rutschte dicht an den Rand des Balkens. Sie dachte daran, was Zarin von den Katzen gesagt hatte, streckte ihre Arme nach unten, sprang und landete gleichzeitig auf Händen und Füßen. »Ihr könnt die Augen wieder aufmachen!«, rief sie.

Zarins Gesicht erschien über der Öffnung. »Hast du dich verletzt?«

»Nein.« Zoe hüpfte ein paar Mal auf und ab, um ihm zu zeigen, dass sie sich nichts gebrochen hatte. »Los, jetzt seid Ihr dran. Springt!« Zoe sah die Angst in seinem Gesicht. Unschlüssig blickte sie sich nach einer Leiter um, konnte aber keine entdecken. Die fünf im Stall verbliebenen Pferde, die gerade dabei gewesen waren, Heu zu fressen, hielten inne und beobachteten sie. Das brachte Zoe auf eine Idee. Mit beiden Armen nahm sie den Pferden das Heu weg und schichtete es unter der Öffnung zum Dachboden auf.

»Nun könnt Ihr springen!«, forderte sie Zarin auf und streckte den Daumen in die Höhe. »Ihr werdet weich landen.«

Die Pferde, die sich ihrer Mahlzeit beraubt sahen, wieherten empört.

»Jetzt springt endlich!«, rief Zoe ungeduldig. »Jeden Moment kann ein Stallbursche hereinkommen.«

Zarin nahm seinen ganzen Mut zusammen. Im Schwimmbad war er schon vom Dreimeterbrett gesprungen, aber das war etwas anderes gewesen, da war er im Wasser gelandet. Er holte tief Luft, schob die Beine durch die Öffnung, hielt sich noch zwei Sekunden am Balken fest und ließ schließlich los. Wie Zoe gesagt hatte, landete er weich im Heu. Erleichtert stand er auf und klopfte sich die Halme von der Kleidung.

Verlegen blickte er Zoe an, denn es ärgerte ihn, dass er sich so ängstlich angestellt hatte. Ihm fiel auf, dass er jedes Mal, wenn er sich im Mittelalter befand, in seine Angst zurückfiel.

Vorsichtig öffnete Zoe die Stalltür einen Spaltbreit, schaute hinaus und stellte erleichtert fest, dass sie sich im Vorhof der Burg Falkenauge befanden. Die Stallknechte sattelten die Pferde und hielten sie am Halfter fest, während zwei Knappen aufsaßen und zum Tor hinausritten.

Zu Zoes Schrecken stieß einer der Stallknechte den anderen an und sagte: »Lasst uns nachsehen, warum die Pferde wiehern.« Schon überlegte sie, was sie als Ausrede gebrauchen konnte, wenn er sie im Stall erwischte, als der andere Knecht erwiderte: »Sie sind durstig. Holt Wasser aus dem Brunnen, während ich die Katzen füttere.«

Zoe horchte verwundert auf. Seit wann fütterten die Burgbewohner Katzen, die doch nur als Mäusefänger geduldet wurden? Schwarze Katzen wurden sogar verfolgt, weil die Leute glaubten, dass sie vom Teufel besessen seien.

Einer der Stallknechte schlenderte zum Weinkeller hinüber, während der andere einen Ledereimer ergriff und zum Brunnen ging.

»Wie kommen wir jetzt aus der Burg?«, wisperte Zarin, denn der Wächter lehnte mit seiner Lanze in der Hand am Torhaus und schaute den Knappen nach, die über die Zugbrücke ritten.

»Wir verschwinden durch den Geheimgang«, schlug Zoe vor.

Unbehelligt erreichten sie den Innenhof, wo der Stallknecht am Brunnen stand und ihnen zum Glück den Rücken zuwandte. Er hatte den Eimer in den Schacht hinuntergelassen und drehte an der Winde, um ihn wieder hochzuziehen. Leider hatte er freie Sicht auf die Leiter, die am Eingang zum Bergfried lehnte.

»Wir verstecken uns im Palas, bis der Stallknecht verschwunden ist«, flüsterte Zoe.

Die schwere Eichentür zum Palas stand offen, sodass sie schnell ins Treppenhaus huschen konnten. Rechts befand sich der Rittersaal und links die Küche. Zu ihrem Schrecken hörten sie eine Magd sagen: »Ich gehe in den Kräutergarten und pflücke Basilikum.«

»Kommt!«, flüsterte Zoe Zarin hastig zu und rannte die Treppe zur Ahnengalerie hinauf. Zarin folgte ihr, immer zwei Stufen auf einmal nehmend, und starrte genauso verblüfft wie Zoe auf die Wand, an der sich normalerweise die Ahnenbilder befanden.

Zoe glaubte ihren Augen nicht zu trauen. Anstatt der Bilder ihrer Ahnen hingen vollkommen andere Gemälde an der Wand. Verstört blickte sie Zarin an. »Was ist denn hier geschehen?«

»Keine Ahnung«, stammelte Zarin verwundert.

Zoe betrachtete die beiden letzten Bilder in der Reihe. »Das sind Porträts von Eugenia und Duretta«, stellte sie überrascht fest.

»Das kann doch nicht sein!« Zarin trat zu ihr und starrte auf die Gemälde. Auf dem einen erkannte er Eugenia, die ihr Amulett mit dem roten Edelstein trug, von dem anderen lächelte Duretta kalt auf ihn herab, sodass er unwillkürlich erschauderte.

Irritiert schritt er neben Zoe die Ahnengalerie entlang. Auf allen Gemälden waren Frauen zu sehen. Nur das erste Bild war nicht abgenommen worden. Es zeigte Erzbischof Conrad mit der hohen Bischofsmütze und dem Bischofsstab in der Hand.

»Das verstehe ich nicht«, sagte Zoe ratlos. »Warum hat Heinrichs Vater die Bilder der Urahnen gegen die Frauenbilder austauschen lassen?«

»Ich will das lieber gar nicht kapieren«, antwortete Zarin unbehaglich. »Komm, lass uns verschwinden!«

In der Falle

Anno 1273

Zoe beschloss der Sache auf den Grund zu gehen. »Zarin, etwas stimmt hier nicht. Lasst uns Heinrich fragen, was passiert ist.« Zielstrebig schritt sie zu dessen Gemach und öffnete die Tür.

Zarin blieb nichts anderes übrig, als ihr zu folgen. Mit einem schnellen Blick sah er, dass sich niemand im Raum aufhielt. Irgendetwas kam ihm verändert vor. Und dann erkannte er, was ihn irritiert hatte. Über der Truhe lagen Mädchenkleider. »Ob Heinrich sein Zimmer mit seinen Schwestern getauscht hat?«, überlegte er laut, und als Zoe ihn verständnislos ansah, deutete er auf die Frauengewänder.

Verwundert ging Zoe zur Truhe und hielt eines der Kleider in die Höhe. Für sie war es viel zu klein und für Heinrichs älteste Schwester noch zu groß. »Mir schwant Böses«, sagte Zoe entsetzt. »Los, schnell. Wir müssen hier raus!«

Doch dafür war es bereits zu spät, denn in dem Moment wurde die Tür aufgestoßen und Duretta spazierte herein. Das Mädchen war kaum wiederzuerkennen. Ihre schwarzen Haare hingen sorgfältig gekämmt über den Rücken. Sie trug ein knöchellanges blaues Kleid aus Samt mit feinsten Stickereien am Halsausschnitt, und an den Füßen hatte sie Schuhe aus sorgfältig zusammengenähten Lederstücken.

Wortlos starrten alle drei einander eine Weile an.

»Wie kommt Ihr in mein Gemach?« Duretta fand als Erste die Sprache wieder.

»Euer Gemach? Das ist Heinrichs Gemach«, berichtigte Zoe sie.

»Das war Heinrichs Gemach.« Duretta lachte hämisch. »Jetzt gehört es mir. Endlich haben meine Mutter und ich unser Ziel erreicht.«

»Ihr redet irre. Gebt mir sofort die Urkunde zurück, die Ihr mir gestohlen habt«, forderte Zoe sie auf.

»Ja«, fiel Zarin ein. »Als Zoe und ich im Fluss schwammen, hast du die Urkunde gegen ein wertloses Stück Pergament ausgetauscht.«

Stolz hob Duretta ihren Kopf und nickte mit gnädiger Miene. »Das ist mir gut gelungen.« Sie stemmte ihre Hände in die Hüften und rollte wild mit den Augen. »Nicht ich, sondern Ihr habt die Urkunde gestohlen. Die Burg Falkenauge befindet sich jetzt in unserem Besitz und meine Mutter ist die Burgherrin. Einst werde ich Burgherrin sein. Nun brauche ich Heinrich nicht mehr zu heiraten.«

»Burgherr ist nur, wer auch den Wappenring besitzt«, erklärte Zoe. »Wo sind Heinrich und seine Eltern und Geschwister?«, wollte sie wissen.

»Was habt ihr mit ihnen gemacht? Etwa in den Kerker gesperrt?«, fragte Zarin wütend.

»In den Kerker?« Duretta lachte gehässig. »Nein, meine Mutter hat eine viel bessere Lösung gefunden, um sie loszuwerden.« Sie machte einen Schritt auf Zoe zu, streckte ihre Hand aus und befahl: »Gebt mir sofort Euren Wappenring! Er gehört jetzt mir.«

»Meinen Ring werdet Ihr nicht bekommen.«, antwortete Zoe mit fester Stimme. »Aber Ihr rückt jetzt die Urkunde heraus. Eure Mutter hat nicht das Recht, auf der Burg zu herrschen. Sie hat sich die Urkunde zu Unrecht angeeignet.«

Durettas Gesichtszüge verzerrten sich vor Wut und Hass. Sie stürmte aus dem Gemach und schrie laut nach der Wache.

Zwei Wächter, die Zoe und Zarin schon einmal festgenommen hatten, rannten herbei und hielten ihnen ihre Lanzen vor die Brust.

»Dient Ihr nicht mehr Burgherrn Laurencz von Falkenauge?«, fragte Zoe verwundert.

»Nein«, antwortete einer der Wächter. »Eugenia ist die wahre Burgherrin. Sie hat uns die Urkunde mit dem Siegel gezeigt.«

»Das kann nicht sein. Eugenia hat Euch alle getäuscht«, erklärte Zoe.

Ohne auf ihre Worte zu achten, packte der eine Wächter sie grob am Arm und zerrte sie aus dem Gemach, während der andere mit ausgestreckter Lanze Zarin vor sich hertrieb.

Eine Magd, die ihnen entgegenkam, senkte demütig den Kopf, als sie Duretta erblickte, und ging unwillkürlich schneller. Zoe fiel auf, dass die Magd offenbar große Angst hatte. Duretta lachte schallend. Sie schien es zu genießen, dass sich die Burgbewohner vor ihr fürchteten. Ohne anzuklopfen, riss sie eine Tür auf und schrie: »Mutter, seht her, wen die Wächter gefangen genommen haben!«

In der Mitte des Gemachs stand auf einem Holzpodest ein riesiges Himmelbett mit Vorhängen aus rotem Samt, zu dem drei Holzstufen hinaufführten. An der Rückwand befanden sich zwei Truhen mit gewölbten Deckeln. In ein wertvolles Gewand aus dunkelblauer Seide gekleidet saß Eugenia an einem Tisch, auf dem verschiedene Kräuter ausgebreitet waren, von denen sie einige in einem dickwandigen Mörser mit einem Stößel zerrieb. Sie blickte auf, als die Wächter Zoe und Zarin in ihr Gemach stießen, und zog verwundert die Augenbrauen nach oben. »Wo habt Ihr Euch versteckt? Wir haben überall nach Euch suchen lassen.«

»Sie befanden sich im Gemach Eurer Tochter, Herrin«, antwortete einer der Wächter.

»Was hattet Ihr da zu suchen?«, schnauzte Eugenia und erhob sich.

»Wir fordern die Urkunde zurück, die Eure Tochter Duretta aus meiner Gürteltasche gestohlen hat.« Mutig trat Zoe einen Schritt vor.

Eugenia lachte höhnisch. »Jetzt gehört sie uns!«

Zoe protestierte: »Die Urkunde gehört meinem Urgroßvater Laurencz von Falkenauge und wird später an mich weitervererbt, denn ich bin Zoe von Falkenauge, die rechtmäßige Burgherrin.«

Als hätte Zoe einen guten Witz gemacht, lachte Duretta laut auf.

»Ihr seid nicht bei Verstand«, keifte Eugenia. Sie tastete nach der Goldkette, die um ihren Hals hing, und zog den roten Anhänger aus dem Ausschnitt ihres Kleides hervor.

Gebannt starrte Zarin auf den Rubin, auf dem der Teufel abgebildet war, und fing unwillkürlich an zu zittern.

Duretta blickte böse zu Zoe hinüber und beschwerte sich bei ihrer Mutter: »Sie weigert sich, mir ihren Wappenring zu geben.«

Zarin sah sich nach einem Fluchtweg um. Aber vor der Tür standen die Wachen und versperrten den Weg mit ihren Lanzen.

Gierig starrte Eugenia auf Zoes Wappenring. »Für meinen Finger ist Euer Ring zu klein.« Sich an die Wächter wendend, fuhr sie fort: »Habt Ihr Dummköpfe den Wappenring endlich gefunden?«

Als die Wächter stumm die Köpfe schüttelten, drohte sie: »Wehe, wenn jemand den Ring heimlich an sich genommen hat.«

Verwirrt hörte Zoe zu. Was faselte Eugenia da? Hatte Laurencz seinen Wappenring verloren? »Wo befindet sich Burgherr Laurencz mit seiner Familie?«, erkundigte sie sich.

Eugenia lächelte boshaft. »Dort, wohin Ihr ihm bald folgen werdet, nachdem Ihr meiner Tochter den Ring gegeben habt.«

»Niemals!« Zoe blickte sie empört an.

»Nehmt dem Mädchen den Ring ab!«, befahl Eugenia den Wächtern.

»Ihr seid uns zu Dank verpflichtet. Wir haben Euch und Eure Tochter aus dem Kerker befreit, habt Ihr das schon vergessen?«, entgegnete Zoe wütend. Sie konnte nicht verhindern, dass ihre Stimme zitterte.

»Mutter, verwandle sie in Mäuse!«, bat Duretta. Ihr kalter Blick ließ Zoe und Zarin frösteln.

Zarin fragte sich, wie ein siebenjähriges Mädchen so grausam sein konnte, und bemerkte, dass Eugenia mit der rechten Hand nach ihrem Amulett griff. Er brauchte schnellstens einen Einfall, wie er Zoe und sich selbst retten konnte, denn auf keinen Fall wollte er verflucht werden. Und schon gar nicht wollte er als Maus enden, die womöglich an Katzen verfüttert wurde.

»Ein guter Vorschlag, Duretta. Wenn ich die beiden verflucht habe, wird der Ring Zoe nicht mehr passen und Ihr könnt ihn tragen!« Eugenia lachte hämisch, richtete das Amulett auf Zoe und Zarin und begann unverständliche Worte zu murmeln. Schon quoll roter Nebel aus dem Amulett.

Wie gebannt starrte Zarin auf die rote Wolke, die auf sie zukroch. Gleich würde es zu spät sein. Fliehen konnten sie nicht, weil die Wachen den Ausgang versperrten. Ihm fiel der gelbe Luftballon ein, den Connor auf die Zugbrücke geworfen und den er aufgehoben und in seine Hosentasche gesteckt hatte. Schnell tastete er danach. Tatsächlich, er befand sich noch darin.

Der rote Nebel hatte Zoe und ihn fast erreicht. Hastig blies er den Luftballon auf und ließ die Luft langsam aus der Öffnung entweichen, wobei ein kreischendes Geräusch ertönte.

Irritiert unterbrach Eugenia ihren Zauberspruch.

Zarin ließ den Luftballon los, sodass er laut zischend auf Duretta zuflog, die erschrocken zur Seite sprang und dabei ihre Mutter umstieß. Die Wächter verließen ihren Posten an der Tür, um Eugenia aufzuhelfen. Sofort erkannte Zoe ihre Chance zu entkommen. Sie packte Zarin am Arm und zog ihn zur Tür. Als sie beide durch die Ahnengalerie liefen, hörten sie Eugenia kreischen: »Ihr Dummköpfe! Hinterher! Ergreift sie und wagt es ja nicht, ohne das Mädchen und den Jungen zurückzukommen!«

So schnell waren Zoe und Zarin noch nie die Treppe hinuntergesprungen. Sie jagten über den Innenhof zum Bergfried, die Verfolger dicht hinter sich.

Zoe erreichte die Leiter, die zum Eingang des Bergfrieds führte, als Erste, griff nach den Holzsprossen und kletterte flink wie eine Katze hinauf. Oben angekommen, stieß sie die Tür auf, blickte sich nach Zarin um und sah, dass einer der Wächter gerade den Fuß auf die unterste Leitersprosse setzte und Zarin am Hosenbein packte. Hastig zog Zoe den Filzstift aus ihrer Gürteltasche und warf ihn dem Wächter auf den Kopf. Verwundert blickte er in die Höhe und war deshalb für einen Moment abgelenkt, weshalb es Zarin gelang, sein Bein mit einem Ruck loszureißen und die Leiter hinaufzuklettern. Der Wächter fasste sich jedoch schnell und folgte ihm dicht auf den Fersen.

»Helft mir!«, forderte Zoe Zarin auf, als er auf dem Bergfried angekommen war. Gemeinsam ergriffen sie das Ende der Leiter und mit vereinten Kräften gelang es ihnen, diese umzustoßen. Der Wächter stieß einen Schrei aus, stürzte hinab, landete auf seinem Gefährten und beide wurden unter der Leiter begraben.

Hektisch zogen Zoe und Zarin die Falltür auf und verloren keine Zeit damit, sie wieder hinter sich zu schließen, sondern stiegen rasch die Steinstufen in die Finsternis hinab.

Nachdem Zarin auf seinem Smartphone auf das Zeichen der Taschenlampen-App getippt hatte, sahen sie im Lichtschein den Tisch, der auch noch zu Zoes Zeit hier gestanden hatte und auf dem Schlageisen, Feuersteine, Zunder und Birkenrinde zum Anzünden der Fackeln lagen, die in den Wandhalterungen steckten.

»Bis unsere Verfolger Feuer gemacht haben, sind wir weg«, freute sich Zoe und folgte Zarin in den engen, aus dem Felsen gehauenen Gang.

»Am Ausgang des Fluchtwegs sitzt bestimmt ein Wächter. An dem kommen wir nicht vorbei«, sagte Zarin besorgt.

»Wir lenken ihn irgendwie ab«, meinte Zoe leichthin. »Uns wird schon was einfallen, wenn wir am Ausgang sind.«

Gebückt hastete Zarin vor Zoe her durch den engen Stollen, der stetig bergab führte. »Gleich müssen wir an der Abzweigung sein!«, rief er ihr über die Schulter hinweg zu.

Der Gang machte einen jähen Knick nach links, aber die Abbiegung nach rechts, die oberhalb des Flusses ins Freie mündete, war verschwunden. Beinahe wäre Zarin mit dem Kopf gegen den Felsen gestoßen. Irritiert blieb er stehen und blickte Zoe verdutzt an. »War hier nicht die Abzweigung?«

»Die kommt noch, hier ist ja nur der nackte Fels«, sagte Zoe betont munter, obwohl sie stark verunsichert war. Normalerweise müsste an dieser Stelle der Gang tatsächlich nach rechts abzweigen.

Zarin eilte weiter. Plötzlich blieb er stehen, denn der Stollen mündete in eine große Höhle. Überrascht wandte er sich zu Zoe um. »Das gibt's doch nicht. Wir sind bereits in der Höhle. Wo ist der andere Gang geblieben?«

»Das kapiere ich auch nicht«, wunderte sich Zoe.

Zarin schlug sich mit der flachen Hand gegen die Stirn. »Zoe, wir befinden uns jetzt im Jahre zwölfhundertdreiundsiebzig. Ich fürchte, der Geheimgang, der als Fluchtweg in den Fels gehauen wurde, ist zu dieser Zeit noch gar nicht fertig. Die Arbeiter sind auf die Höhle gestoßen und haben mit dem anderen Gang noch nicht angefangen.«

»Jetzt kann ich mir auch erklären, warum wir den Ausgang zwischen den Brombeersträuchern nicht gefunden haben.« Zoe hielt kurz inne, bevor sie weitersprach: »Er ist noch gar nicht da!«

Zarin, der in diesem Augenblick erkannte, was das für sie bedeutete, starrte Zoe entsetzt an. Aus der

Höhle gab es kein Entkommen. Sie saßen in der Falle.

Unter der Erde

Anno 1273

»Was sollen wir machen, Zoe?«, fragte Zarin kläglich. Sein ganzer Mut hatte ihn verlassen. Vor ihnen breitete sich die Höhle aus, und im Lichtstrahl seines Smartphones glitzerten die Tropfsteingebilde wie Edelsteine.

»Sie sind wunderschön«, sagte Zoe ehrfurchtsvoll.

Zarin hatte für die Schönheit der Höhle keinen Blick übrig. Flink kletterte er über die Felsstücke bis zu dem kristallklaren unterirdischen See, der glatt wie ein Spiegel dalag und ihm den Weg versperrte.

Die Stille wurde plötzlich durch entfernte Rufe unterbrochen. Das mussten die Wächter sein, die ihnen bereits dicht auf den Fersen waren.

Verzweifelt hielt Zarin sein Smartphone in die Höhe und leuchtete die Felsen an. Der Lichtstrahl erfasste Hunderte von schlafenden Fledermäusen, die kopfüber von der Höhlendecke herabhingen. In ihre Flughaut eingehüllt wie in einen Mantel, krallten sie sich mit ihren kleinen Füßchen an den Felsvorsprüngen fest und verschliefen den Winter. Jeden Tag konnte es so weit sein, dass sie die Höhle verließen und in ihre Sommerquartiere wie Dachböden, Baumhöhlen oder Mauernischen flogen, wo sie in der Nacht Insekten jagten. Anders als in seiner Zeit waren die Fledermäuse hier noch nicht aus ihrem Winterschlaf erwacht.

Der Lichtstrahl weckte die Tiere, die aufflatterten und wie eine riesige schwarze Wolke über den See flogen.

Zu Zarins Verwunderung kehrten sie nicht wieder zurück, sondern verschwanden hinter dem in den See vorspringenden Felsen. »Wo sind die alle hin?«, fragte er.

»Es muss irgendwo einen Ausgang aus der Höhle geben«, überlegte Zoe aufgeregt. »Die Fledermäuse sind ja auch hier hereingekommen. Wie machen sie das nur? Sie können doch im Finstern gar nichts sehen.«

»Sie stoßen Töne aus, die wir Menschen nicht hören können«, erklärte Zarin. »Die Schallwellen treffen auf die Felsen und kommen wieder zurück. Anhand der Echos kann die Fledermaus erkennen, wo sich ein Hindernis befindet.«

Zoe staunte. »Dann sehen sie mit den Ohren.«

»Ja, so könnte man das sagen.« Zarin hielt inne, denn die Stimmen der Wächter klangen auf einmal lauter. »Sie werden gleich hier sein, Zoe.« Gehetzt sah er sich nach einem Ausweg um.

»Wir folgen den Fledermäusen und verstecken uns hinter dem Felsen«, schlug Zoe vor.

Unentschlossen starrte Zarin auf den spiegelglatten See. »Brr, das Wasser ist bestimmt eiskalt. Mein Smartphone darf nicht nass werden, dann ist es hinüber«, jammerte er.

Zoe löste ihren Gürtel mitsamt der Ledertasche, die daran hing, zog sich blitzschnell ihr Kleid über den Kopf, wickelte die Tasche, ihre Sneaker und das Smartphone hinein und band es sich wie einen Turban mit dem Gürtel auf dem Kopf fest. Vorsichtig mit den Füßen tastend, stieg sie in den See, denn sie konnte kaum etwas sehen, weil der Lichtstrahl des Smartphones nur schwach durch das Kleid auf ihrem Kopf schien. Als ihr das Wasser bis zur Hüfte reichte, breitete sie die Arme aus und schwamm auf den Felsvorsprung zu.

Zarin blieb nur die Wahl, entweder ins eiskalte Wasser zu steigen oder sich von den Wachen ergreifen zu lassen, die in diesem Moment in der Höhle erschienen. Im Schein ihrer Fackeln sah er, dass Zoe die Felsnase fast erreicht hatte. Eine Lanze, die einer der Wächter auf ihn schleuderte, verfehlte ihn nur knapp und prallte neben ihm auf dem Fels auf. Entsetzt flüchtete Zarin in den See und tauchte unter. Der zweite Wächter schien ebenfalls seine Lanze geschleudert zu haben, denn als Zarin kurz auftauchte, um Luft zu holen, hörte er ihn erfreut rufen: »Ich habe das Mädchen getroffen!«

Zarin erschrak zu Tode. Verzweifelt tauchte er in die Tiefe, um im Dämmerlicht nach Zoe zu suchen, sah sie aber nicht, sodass er auftauchen musste, um erneut Luft zu holen.

»Pst, kommt hier herüber«, hörte er zu seiner unsäglichen Erleichterung Zoes Stimme flüstern.

Unter Wasser schwamm er um den Felsvorsprung herum und kletterte vorsichtig zu Zoe auf die schmale, von der Natur geschaffene Plattform. Von hier aus konnte er die Wächter nicht sehen, aber der Schein ihrer Fackeln tauchte den See und die Tropfsteingebilde an der Höhlendecke in ein gespenstisches weißes Licht.

Erst jetzt bemerkte er die Lanze, die in Zoes Kleiderbündel steckte, das sie immer noch auf dem Kopf trug.

»Die Lanze steckt nur in meinem Kleid«, beruhigte sie ihn mit leiser Stimme, als sie die Panik in seinen Augen sah. Sie löste den Gürtel, nahm den Turban mitsamt der Lanze ab und legte ihn neben sich. »Schaut. Ich bin unversehrt. Euer Smartphone ist auch nicht nass geworden«, wisperte sie ihm ins Ohr.

»Der Junge taucht nicht mehr auf«, hörten sie die Stimme von einem der Wächter.

»Er ist ertrunken, genau wie das Mädchen. Kommt, unsere Aufgabe ist erledigt! Wir müssen der Burgherrin Meldung machen.«

Der Lichtschein der Fackeln wurde schwächer und verschwand endgültig.

»Sie sind weg«, sagte Zoe erleichtert.

»Zum Glück glauben die Wächter, dass wir ertrunken sind.« Zarin begann vor Kälte zu zittern.

Zoe zog sich das Kleid über ihre nasse Unterwäsche, während Zarin vorsichtig mit dem Finger die Eisenspitze der Lanze berührte. Erst jetzt wurde ihm bewusst, in welcher Gefahr sie geschwebt hatten.

Zoe schob das Ledertäschchen durch den Gürtel, schnallte ihn um ihre Taille und schlüpfte in ihre Sneaker. Vor Kälte zitterten sie beide wie Espenlaub. Zarin klapperte sogar mit den Zähnen, so sehr fror er. Mit klammen Fingern leuchtete er mit seinem Smartphone die Felswände ab. Die Höhle verengte sich zu einer breiten Felsspalte, die schräg nach oben führte und durch die die letzten aufgescheuchten Fledermäuse flatterten.

»Zoe, da oben ist der Ausgang!« Zarin schöpfte neue Hoffnung, aber er hatte sich zu früh gefreut. Die Spalte, durch die sie zuerst bequem klettern konnten, verengte sich zusehends, bis sie sich schließlich nur noch hintereinander kriechend fortbewegen konnten. Das war gar nicht so einfach, weil Zoe unbedingt die Lanze mitnehmen wollte. Plötzlich weitete sich die Spalte wieder, sodass sie sich aufrichten konnten. Schon wollten sie aufatmen, als sie erschrocken feststellten, dass sie in einer Art Kamin standen, der senkrecht nach oben führte. In dem Moment, als Zarin sein Smartphone in die Höhe halten wollte, um zu leuchten, ob er den Ausgang sehen konnte, bemerkte er, dass der Akku nur noch vierundzwanzig Prozent anzeigte. Erschrocken schaltete er die Lampe an seinem Smartphone aus. Undurchdringliche Finsternis umhüllte sie.

»Mist, wir müssen Akku sparen, vielleicht brauchen wir ihn noch, um nach Hause zu kommen.«

»Wenn wir hier im Finstern sitzen, kommen wir auch nicht in Eure Zeit«, meinte Zoe. »Schade, dass ich nicht mit den Ohren sehen kann wie die Fledermäuse.«

»Ich brauche unbedingt eine Powerbank.« Zarin seufzte.

»Was wollt Ihr?«, fragte Zoe verwundert. »Euch auf einer Bank ausruhen? Dafür haben wir keine Zeit.«

»Eine Powerbank ist ein Akku«, erklärte Zarin, »und keine Holzbank. Mit einer Powerbank kann ich das Smartphone aufladen, wenn es leer ist.«

»Im Mittelalter nützt Euch das auch nichts«, meinte Zoe.

»Doch. Dazu brauche ich kein Netz.«

»Dann wünscht sie Euch zum Geburtstag.«

»Gute Idee, falls wir jemals wieder in meine Zeit zurückkommen.« Zarin machte ein finsteres Gesicht. »Und jetzt? Wo kriegen wir Licht her?«

Zoe überlegte eine Weile, dann lächelte sie zufrieden und schaltete die Lämpchen an der Sohle ihrer Sneaker ein, die in allen Farben blinkten.

»Genial, Zoe!« Zarin konnte nicht anders, er umarmte sie voller Erleichterung. Das musste er Zoe lassen, sie hatte immer Superideen. An die Leuchtschuhe hatte er gar nicht gedacht.

Im Schein ihrer blinkenden Schuhe sah Zoe, dass sich der Kamin in etwa drei Meter Höhe über ihren Köpfen verengte.

»Macht die Räuberleiter, Zarin«, forderte sie ihn auf. Zarin faltete seine Hände. Zoe ergriff die Lanze, stieg auf seine Hände und von da auf seine Schultern. Sie klemmte die Lanze zwischen die Felsen, kletterte hinauf und hielt sich dabei mit einer Hand an der Felswand fest.

Zarin blickte bewundernd zu ihr empor. Zoe konnte klettern wie eine Katze.

»Kommt!«, rief sie ihm zu.

»Wie denn? Das schaffe ich nicht«, sagte er kläglich. Wie sollte er bloß jemals aus dieser Höhle herauskommen? Vielleicht würde er nie wieder das Tageslicht sehen, und irgendwann würde man sein Skelett hier unten finden.

Zoe riss ihn aus seinen düsteren Gedanken. »Nehmt Euren Ledergürtel ab und werft ihn zu mir herauf.«

Nach fünf vergeblichen Versuchen gelang es Zoe, den Gürtel zu fangen. Zarin fasste das untere Gürtelende, das Zoe herabbaumeln ließ. Während sie kräftig zog, suchte er mit seinen Füßen an den Felsvorsprüngen Halt und schaffte es so, zu Zoe auf die Lanze zu klettern. Die Angst hatte ihm dabei geholfen, denn er wollte nicht für den Rest seines Lebens in der Höhle bleiben. Unter dem Gewicht von Zoe und Zarin bog sich die Lanze beträchtlich.

»Sie bricht durch«, stöhnte Zarin ängstlich.

Rasch stemmte Zoe ihren Rücken gegen den Felsen und ihre Füße an die gegenüberliegende Wand, so wie sie es im Brunnen gemacht hatte, als sie die Urkunde an der Angelschnur befestigt hatte. Jetzt ruhte nur noch Zarins Gewicht auf der Lanze.

Indem Zoe einen Fuß etwas höher setzte, dann den anderen nachzog und den Rücken höherschob, arbeitete sie sich langsam aufwärts. Wie eine Riesenspinne hing sie mit gespreizten Beinen im Kamin.

»Kommt!«, rief sie Zarin aufmunternd zu. »Die Felsspalte verläuft ab hier wieder schräg nach oben. Da können wir weiterkriechen.«

Wie er es bei Zoe gesehen hatte, drückte Zarin seinen Rücken gegen die Felswand und stemmte seine Füße an die gegenüberliegende Wand. Zoes blinkende Sneaker leuchteten den Kamin gespenstisch aus. Keuchend schob sich Zarin höher. Der Spalt wurde zusehends enger. Was, wenn er so eng wurde, dass Zoe und er nicht mehr hindurchpassten? Die Fledermäuse waren so klein, für die reichte eine Öffnung nicht größer als ein Briefkastenschlitz. Der Mut wollte ihn verlassen, als Zoe laut jubelte: »Ich sehe das Tageslicht!«

Das gab ihm neue Kraft. Er erreichte die Stelle, an der die Felsspalte schräg nach oben führte, kroch hinein und folgte Zoe auf allen vieren.

Die Spalte wurde so eng, dass Zoe sich auf den Bauch legen musste, um hindurchkriechen zu können. »Ich bin draußen!«, verkündete sie triumphierend. »Vielen Dank, Ihr lieben Fledermäuse, Ihr habt uns gerettet!«

In seiner Hast hinauszukommen, stieß sich Zarin mehrmals an spitzen Felskanten, bevor er den Kopf ins Freie stecken konnte. »Ich passe nicht hindurch!« Voller Panik blickte er Zoe an.

»Ihr seid doch genauso schlank wie ich und sogar noch kleiner.« Zoe zerrte an seinen Schultern, bis er sich mit ihrer Hilfe aus der engen Spalte befreien konnte.

Erleichtert richtete Zarin sich auf, atmete tief ein und wieder aus und sah sich um. Zu seiner Überraschung befanden sie sich oberhalb der Stelle, an der er von der Schlange gebissen worden war. Sich an Felsbrocken und Wurzeln der Ginstersträucher festhaltend, kletterten sie den steilen Abhang hinunter. Als sie das Brombeergestrüpp erreichten, raschelte es darin. Zarin zuckte erschrocken zusammen. Ruckartig drehte er sich in die Richtung, aus der das Geräusch gekommen war. Aber anstatt der Schlange, wie er befürchtet hatte, erschien der schwarze Kater, der sich freute, ihn und Zoe wiederzusehen. Schnurrend ließ er sich von ihnen streicheln. In diesem Moment verschwand die Sonne hinter dunklen Wolken. Augenblicklich wurde es kalt.

»Ich friere«, jammerte Zarin, der wieder zu zittern begann.

»Wir brauchen ein Dach über dem Kopf, wo wir ein Feuer machen können, um uns aufzuwärmen und unsere nassen Kleider zu trocknen.« Zoe blickte sich unschlüssig um.

Immer schneller schoben sich dicke Wolken über den Himmel. So, wie es aussah, würde es bestimmt bald regnen.

»Ich hab's! Wir suchen Zuflucht in der Kräuterhütte«, verkündete Zoe. Als sie Zarins ängstliches

Gesicht bemerkte, fügte sie hinzu: »Eugenia und Duretta wohnen doch jetzt auf der Burg. Also steht die Hütte leer.« An den schwarzen Kater gewandt rief sie: »Carl, kommt mit uns!«

Getreulich folgte ihnen der Kater den steilen Hang hinunter. Als die ersten feinen Tropfen fielen, erreichten sie den Waldrand und fanden unter dem dichten Laub der Bäume Schutz vor dem Nieselregen. Zu ihrer Verwunderung sahen sie Heinrich, der anscheinend die gleiche Idee gehabt hatte wie sie, unter dem Stamm einer Buche sitzen. Bei ihrem Anblick sprang er auf. »Was macht Ihr denn hier?« Wütend blickte er sie beide an.

»Seid Ihr gar nicht zur Burg zurückgegangen, nachdem Zarin und ich fortgeritten sind?«, fragte Zoe erstaunt.

»Doch. Aber ich bin nur bis zur Zugbrücke gekommen. Der Wächter hat mich vor Eugenia gewarnt«, berichtete Heinrich. »Die Hexe ist jetzt die Burgherrin. Wusstet Ihr das nicht?« Fragend blickte er Zoe an.

»Das haben wir auch erfahren. Aber was ist mit Euren Eltern und Geschwistern geschehen?«, erkundigte sich Zoe.

»Die Wachen haben mir erzählt, dass die Hexe meine Familie verflucht hat. Eugenia hat sie in schwarze Katzen verwandelt.« Sein Blick fiel auf Carl, der neben Zoe hockte und sich das Fell leckte. Er schluchzte auf, als er daran dachte, dass seine

Eltern und Geschwister jetzt auch in der Gestalt des Teufels herumlaufen mussten.

»Na super, und uns wollte sie in Mäuse verzaubern!«, rief Zarin empört.

»Jetzt weiß ich auch, warum sie auf der Burg plötzlich Katzen füttern. Das sind Eure Eltern und Geschwister, Heinrich!« Zoe blickte Heinrich entsetzt an.

Heinrich schluchzte erneut auf. Mit dem Hemdsärmel wischte er sich die Tränen aus den Augen, hatte sich aber schnell wieder unter Kontrolle. Weinen war nichts für Männer, schließlich zählte er bereits dreizehn Lenze und war bald erwachsen. In seinem Kopf hatte nur noch ein Gedanke Platz: Er musste seine Eltern und Geschwister erlösen. Aber wie er das bewerkstelligen wollte, davon hatte er keine Ahnung.

»Wenn Ihr mein Pferd nicht gestohlen hättet, könnte ich jetzt zur Nachbarburg reiten und Hilfe holen. Zu Fuß brauche ich mindestens vier Tage.« Heinrich blickte suchend umher. »Wo habt Ihr es gelassen? Befindet es sich in der Nähe?«

»Nein. Euer Pferd ist auf der Burg«, antwortete Zoe. »Wie wollt Ihr denn Eure Familie von dem Fluch erlösen? Die Bewohner der Nachbarburg werden Euch nicht helfen können. Wie sollen sie das machen?«

Erschrocken starrte Heinrich Zoe an. Daran hatte er gar nicht gedacht.

Plötzlich leuchteten seine Augen auf. »Die Schatulle!«, rief er aufgeregt. »Mein Vater hat mir erzählt, dass die Schatulle, die sich im Schlafgemach meiner Eltern befindet, im Notfall geöffnet werden darf. Und dies ist ein Notfall!« Er bemerkte, dass Zoe heftig erschrak, als er die Schatulle erwähnte.

»Die Schatulle dürft Ihr auf keinen Fall benutzen.«

»Warum nicht?«

»Weil sie in der Zukunft noch gebraucht wird. Wir werden Euch helfen, Eure Eltern zu erlösen.«

Heinrich blickte Zoe zweifelnd an. »Das wollt Ihr wirklich tun?«

»Wenn ich nicht gleich ins Warme komme, erfriere ich«, unterbrach Zarin die Unterhaltung.

»Kommt mit uns, Heinrich!«, bot Zoe ihm an. »Wir suchen Unterschlupf in der Kräuterhütte. Da können wir in Ruhe überlegen, wie wir Eure Familie von dem Fluch befreien.«

»Pst!« Heinrich legte den Zeigefinger auf seinen Mund und lauschte. »Habt Ihr das Geräusch auch gehört?«

Die Spielleute

Anno 1273

Zarin lauschte angestrengt. Jetzt hörte er auch ein leises Knacken, als ob jemand auf Äste trat. Ob das ein Tier war? Hoffentlich kein Bär. Er blickte zum untersten Ast der Buche hinauf und schätzte die Höhe ab. Würde er ihn im Notfall erreichen und schnell auf den Baum klettern können? Da fiel ihm ein, dass Bären ja gute Kletterer waren, und er verwarf den Gedanken wieder. Das Geräusch kam immer näher und zu seinem Schrecken vernahm er menschliche Stimmen. »Die Hexe lässt bestimmt nach dir suchen, Heinrich. Wir müssen uns verstecken.«

Auf allen vieren kroch Zarin eilig hinter einen umgestürzten Baum. Heinrich und Zoe, die rasch den Kater auf den Arm nahm, flüchteten gerade noch rechtzeitig hinter den Baumstamm, bevor eine Gruppe Menschen zwischen den Bäumen auftauchte.

Voran schritt ein alter Mann, auf dessen Kopf ein grüner Filzhut mit einer roten Krempe thronte. Sein Gesicht war fast gänzlich unter einem dunklen Vollbart verborgen, nur ein kleiner Teil der Wangen, die krumme Nase und Augen unter buschigen Brauen sahen daraus hervor. Sein weiter, rot-grüner Umhang war in der Mitte farblich geteilt. Das rechte Beinkleid war rot gefärbt und das linke grün. An den Füßen trug der Mann gelbe Schnabelschuhe. Er zog einen Handwagen, in dem ein etwa neunjähriger Junge hockte. Neben dem Karren schritt eine ältere Frau einher, die ihre Haare mit einer Haube bedeckt hatte und ein einfaches knöchellanges beiges Leinenkleid trug. Der Frau folgten zwei Jungen in Heinrichs Alter, von denen der Größere einen hohen Weidenkorb auf dem Rücken trug, während der Kleinere den Karren von hinten schob. Alle waren barfüßig. Ein zotteliger großer Hund trottete voraus, blieb plötzlich stehen und blickte zu dem umgestürzten Baumstamm hinüber, hinter dem sich Zoe, Zarin und Heinrich versteckt hielten. Als er kurz aufbellte, sprang der schwarze Kater von Zoes Arm und hetzte wie der Blitz in Richtung der Kräuterhütte davon. Bellend jagte der Hund ihm nach, ohne auf die Rufe des bärtigen Mannes zu hören.

Zoe stieß Zarin an. »Das sind Spielleute. Von denen geht keine Gefahr aus. Los, kommt! Wir müssen Carl retten, bevor der Hund ihn erwischt.«

Sie sprang auf und rannte dem Hund hinterher. Zarin und Heinrich folgten ihr. Als sie keuchend die Hütte erreichten, sahen sie, dass der Kater sich auf das Dach gerettet hatte und den Hund von oben herab anfauchte. Dieser sah zu ihm hinauf und hörte nicht auf zu bellen.

Der ältere Mann hatte die Deichsel des Handwagens losgelassen und rannte laut fluchend herbei. Er gab dem Hund einen Fußtritt, woraufhin der jaulend und mit eingezogenem Schwanz beiseite schlich. »Dummes Vieh!«, schimpfte der Mann. »Statt einer mageren Katze solltet Ihr lieber einen Hasen jagen, dann hätten wir einen saftigen Braten.«

Mittlerweile kamen die anderen Spielleute mit dem Karren herbei und suchten unter dem Dachüberstand Schutz vor dem stärker werdenden Regen. Zarin bemerkte, dass sich außer dem Jungen noch ein Weidenkorb mit Deckel, ein zusammengerolltes dickes Seil, ein Kochtopf, eine Axt, eine Harfe, eine Laute, ein Dudelsack und ein Instrument, das wie ein Geigenkasten aussah und an dem eine Kurbel angebracht war, in dem Wagen befanden.

»Wer seid Ihr?«, erkundigte sich Zoe.

»Wir sind Spielleute und auf dem Weg zur Burg Falkenauge«, antwortete der alte Mann, der der Anführer zu sein schien.

»Ja«, die Frau nickte, »wir hoffen, dort etwas zu essen zu bekommen und ein paar Taler zu verdienen. Wer seid Ihr?«

»Ich bin Zoe von Falkenauge«, erklärte Zoe, »das ist mein Gefährte Zarin und das ist Heinrich von Falkenauge.«

»Ihr kommt mir bekannt vor«, sagte Heinrich zu den Spielleuten. »Wart ihr schon einmal auf unserer Burg?«

»Ja, im letzten Sommer«, antwortete der Mann. »Ich heiße Eginhard, das ist Melisande, mein Weib, und das«, er zeigte auf den größeren der beiden

Burschen, »ist Dietrich. Der Kleinere heißt Ludwig und der Junge im Karren hört auf den Namen Nickel. Seid Ihr der junge Herr von Falkenauge?«, fügte er fragend hinzu.

Stolz hob Heinrich den Kopf. »Ja, der bin ich.«

»Vielleicht könnt Ihr für uns ein gutes Wort bei Eurem Vater, dem Burgherrn, einlegen«, bat Eginhard. »Es wäre schön, wenn er uns erlaubt, ein paar Tage zu bleiben.«

»Das würde ich gerne tun.« Verzweifelt deutete Heinrich zur Burg, deren Gemäuer unter dem mittlerweile herunterrauschenden Regen dunkel und bedrohlich wirkte. »Leider herrscht jetzt Eugenia, die Kräuterhexe, auf der Burg. Sie hat meine Familie verflucht und eingesperrt. Ich konnte fliehen.«

Die Spielleute erschraken und bekreuzigten sich hastig.

Zögerlich sagte der Anführer: »Dann ist es besser, wenn wir die Burg meiden und schnell weiterziehen.«

»Bleibt hier!«, bat Zoe ihn. »Wir nächtigen alle in der Hütte und ziehen morgen mit Euch zur Burg, um den Burgherrn zu befreien.«

Angesichts Zoes Vorschlag leuchtete Heinrichs Gesicht auf, und er sprach: »Es wird Euer Schade nicht sein. Mein Vater, der Burgherr Laurencz von Falkenauge, wird Euch gut entlohnen.«

»Mir ist mein Leben lieber«, brummte Eginhard und griff nach der Deichsel.

»Lasst uns hier nächtigen«, entschied Melisande, da es plötzlich wie aus Eimern goss.

Zarin wollte so schnell wie möglich ins Trockene. Er öffnete die Hüttentür, die zum Glück nicht verschlossen war. Während er die Tür aufhielt, huschte der Kater, der vom Dach gesprungen war, als Erster in die Hütte. Der Hund wollte ihm folgen, aber Eginhard rief ihn zurück.

Mit eingezogenem Schwanz ließ sich der Hund unter dem Dachüberstand nieder.

Eginhard wich plötzlich erschrocken zurück und deutete auf das schwarze Kreuz an der Tür. »Hier wohnt der … der Schwarze Tod«, stammelte er entsetzt.

»Habt keine Furcht«, beeilte Zoe sich zu sagen. »Niemand hat die Pest. Das Kreuz schützt uns nur vor ungebetenen Gästen.«

»Nun kommt schon!«, rief Zarin ungeduldig. »Sonst holt ihr euch nämlich bei dem Wetter draußen den Tod.«

Zoe, Heinrich und die Spielleute beeilten sich, mit dem Handwagen in die Hütte zu gelangen, und Zarin drückte rasch die Tür hinter ihnen zu.

Eginhard hob Nickel aus dem Wagen und legte ihn auf das Schaffell auf dem Strohlager.

»Hat sich Euer Sohn verletzt?«, erkundigte sich Zoe mitleidig.

»Er ist nicht unser Sohn«, antwortete die Frau, »sondern ein Findelkind, das niemand haben wollte. Wir haben den Jungen mitgenommen und ihn das Seiltanzen gelehrt. Leider ist er bei der letzten Vorführung so unglücklich gefallen, dass er sich den Fuß verletzt hat.«

»Dann sind diese hier Eure Söhne?« Zoe deutete auf die beiden älteren Burschen.

»Nein. Dietrich ist ein entlaufener Klosterschüler, der die Laute zupfen kann, und Ludwig haben wir verletzt am Wegrand gefunden. Wir haben ihn gesund gepflegt und ihm beigebracht, die Drehleier zu spielen.«

Melisande berührte vorsichtig Nickels Fuß, der um den Knöchel herum stark angeschwollen war, wobei der Junge laut aufstöhnte. »Dietrich, holt Wasser aus dem Fluss!«, bat sie. »Wir müssen Nickels Fuß kühlen.«

Dietrich nahm den Ledereimer und stellte ihn vor die Hüttentür. Es regnete so heftig, dass der Eimer bereits nach kurzer Zeit mit Wasser gefüllt war. Als Dietrich ihn wieder hereinholte, musste er den Hund mit dem Fuß zurückdrängen. »Ihr bleibt draußen und haltet Wache!«, befahl er und schloss die Tür.

»Wer kann Feuer machen?«, fragte Zarin, der seine nasse Kleidung auszog und sich in eins der Schaffelle hüllte.

Ludwig nahm Zweige, die er in einer Ecke der Hütte fand, zerbrach sie über dem Knie und legte sie auf die Feuerstelle. Eginhard holte aus dem Karren ein Tongefäß, in dem sich ein glimmender Pilz befand. Er hielt einige Strohhalme daran, die sich augenblicklich entzündeten, und warf diese auf die Feuerstelle.

Interessiert hatte Zarin zugeschaut. »Cool, was ist das denn?«

»Das ist ein Zunderschwamm, ein Pilz. Man findet ihn an verrotteten Buchen. Es ist der einzige Zunder, mit dem wir die Glut aufbewahren und zu jeder Zeit Feuer machen können. Für uns ist das überlebenswichtig«, erklärte Eginhard.

Mit einem Krug schöpfte Melisande Wasser aus dem Eimer. Sie verrührte es im Topf mit dem restlichen Mehl, das sie noch besaß, um einen Brei zu kochen. Zoe tauchte einen Stofflappen in das verbliebene kalte Wasser und wickelte den Lappen um Nickels geschwollenen Knöchel.

Missmutig beobachtete Eginhard sie dabei. »So ein Missgeschick!«, schimpfte er. »Nickel wird einige Tage nicht auf dem Seil tanzen können. Von uns beherrscht leider niemand dieses Kunststück.«

Zoes Augen blitzten auf. »Ich kann das Seiltanzen probieren«, schlug sie vor. »So schwer kann das nicht sein.« Angesichts dieser Idee redete sie sich in Eifer. »Morgen ziehen wir mit Euch in die Burg. Ich verkleide mich als Junge und Zarin kann die Drehleier spielen, während Heinrich bei Nickel in der Hütte bleibt.«

»Nein!«, protestierte Heinrich und schüttelte energisch den Kopf. »Ich komme mit zur Burg. Ich muss meine Familie erlösen.«

»Der Haferbrei ist fertig«, warf Melisande ein. Sie hob den Topf von der Feuerstelle und stellte ihn auf den Tisch.

Alle nahmen Platz und tauchten ihre Holzlöffel in den Topf. Nur Nickel erhielt eine Holzschale, in die Melisande etwas von dem Brei gefüllt hatte.

Zarin verzog angewidert das Gesicht. Er mochte gar nicht an den saftigen Ochsenbraten denken, den er vor einigen Stunden verspeist hatte. Aber da er wieder Hunger verspürte, würgte er zwei Löffel von dem Brei hinunter. »Wohnt ihr hier in der Nähe?«, fragte er die Spielleute neugierig.

Eginhard sah ihn verwundert an. »Wir sind nicht sesshaft, sondern ziehen im Land umher. Wir sind Spielleute und als solche sind wir vogelfrei.«

»Vogelfrei?«, wiederholte Zarin erstaunt.

»Ja. Wir sind aus der Gemeinschaft ausgestoßen und somit schutzlos.«

»Wenn Ihr sesshaft werden und nicht mehr herumziehen wollt, kann Heinrichs Vater Euch vielleicht helfen«, sagte Zoe eifrig.

»Ja«, stimmte Heinrich zu. »Aber zuvor müsst Ihr morgen mit uns zur Burg gehen.«

»Wenn es Euch nicht gelingt, Euren Vater zu erlösen, sind auch wir verloren«, wandte Eginhard ein. »Was meint Ihr dazu?« Fragend blickte er seine Frau an.

Während die beiden hin und her berieten, schob Zoe einen Schemel unter die zum Trocknen aufgehängten Kräuter und kletterte hinauf. Sie löste Arnikazweige von der Leine, pflückte die getrockneten Blüten ab, zerstieß diese mit dem Stößel in einem Mörser, füllte das restliche Wasser aus dem Eimer in einen Topf und stellte ihn auf die Feuerstelle. Als das Wasser kochte, goss sie es über die zerstoßenen Blüten und wartete eine Weile, bis es abgekühlt war, bevor sie Nickel den inzwischen warm gewordenen Lappen vom Knöchel nahm, ihn mit dem Teewasser durchtränkte, auswrang und um seinen Fuß legte.

»Morgen geht es Euch bestimmt wieder besser«, versicherte sie dem Jungen. »Ich bin auch einmal mit dem Fuß umgeknickt. Da hat mir die Magd so einen Wickel gemacht und am nächsten Tag konnte ich wieder gehen.«

Dankbar sah Nickel Zoe an. »Breitet das Seil hier auf dem Boden aus. Dann zeige ich Euch, wie Ihr darauf laufen könnt.«

Zoe holte das Seil aus dem Karren und drückte es Dietrich in die Hand. »Könnt Ihr es etwas höher an den Hüttenwänden anbinden? Wenn es auf dem Boden liegt, ist es keine Kunst, darüber zu laufen.«

Dietrich befestigte das eine Ende des Seils in Kniehöhe an einem Balken der Hütte, zog es stramm und band das andere Ende am gegenüberliegenden Balken an.

»Jetzt bin ich aber gespannt auf die Vorführung.« Zarin, dem es unter dem Schaffell wieder warm geworden war, grinste.

»Ihr müsst Eure Schuhe ausziehen«, wies Nickel Zoe an.

Zoe schlüpfte aus ihren Sneakern und stieg barfüßig auf das Seil, fiel aber auf der anderen Seite gleich wieder herunter.

»Heinrich und Zarin, Ihr müsst Zoe festhalten, damit sie ein Gefühl für das Seil bekommt«, forderte Nickel die beiden auf.

Zarin zog sich seine inzwischen getrockneten Kleidungsstücke an, und während Heinrich Zoe an der rechten Hand festhielt, nahm er ihre linke. Mit ihrer Hilfe gelang es Zoe, auf dem Seil stehen zu bleiben und das Gleichgewicht auszubalancieren.

»Eure Fußspitzen müssen nach vorn zeigen, wenn Ihr Schritte macht«, fuhr Nickel fort. »Und blickt nicht nach unten, sondern geradeaus.«

Nach kurzer Zeit benötigte Zoe keine Hilfe mehr beim Seillaufen. Und als Eginhard und Melisande endlich zu dem Entschluss gekommen waren, morgen zur Burg Falkenauge zu ziehen und die Kinder mitzunehmen, konnte Zoe mit ausgebreiteten Armen bereits sicher auf dem Seil balancieren, rückwärts laufen, sich drehen, in die Hocke gehen und sogar einige leichte Sprünge machen.

»Perfekt!«, lobte Zarin. »Du hast echt Talent.«

Als er und Heinrich das Seillaufen auch probieren wollten, weil es bei Zoe so leicht aussah, fielen sie andauernd wieder herunter. Es gelang ihnen nicht, die Balance länger als drei Schritte zu halten.

»Man muss viel üben«, tröstete Nickel die beiden. »Nicht jeder kann seinen Körper so gut im Gleichgewicht halten wie Zoe.«

Tanz auf dem Seil

Anno 1273

Als Zoe erwachte, hatte es aufgehört zu regnen. In der Hütte roch es nach Feuchtigkeit und den Ausdünstungen der vielen Menschen, die nebeneinander auf am Boden ausgebreiteten Schaffellen geschlafen hatten. Durch die geöffnete Hüttentür sah sie, dass Dietrich und Ludwig neben einem Eimer standen und sich Gesicht und Oberkörper wuschen. Der Hund sprang übermütig um sie herum, wagte sich aber nicht in die Hütte. Melisande hatte bereits einen Topf mit Wasser auf das Feuer gestellt und zerrieb mit dem Stößel im Mörser frisch gepflückte Löwenzahnblüten für einen Tee.

Eginhard saß auf einem Schemel, hatte die Drehleier auf den Knien liegen und schien irgendetwas daran zu reparieren. Heinrich hockte neben ihm auf dem Boden und streichelte zu Zoes Verwunderung den schwarzen Kater, der neben ihm saß und laut schnurrte.

Eginhard drehte an der Kurbel der Drehleier und sogleich erklang laute Musik. »Sie funktioniert wieder. Ihr könnt die Drehleier spielen«, sagte Eginhard zu Heinrich. »Es ist ganz einfach. Ihr braucht nur die Kurbel zu drehen, und je nachdem, wie schnell oder langsam ihr dreht, streicht das Rad über die Saiten und erzeugt so Töne.«

»Ich bin kein Musikant«, lehnte Heinrich ab. »Zarin kann das machen.«

Zoe sprang auf und strich sich das Kleid glatt. Nachdem sie sich ausgiebig gereckt und gestreckt hatte, weckte sie Zarin, indem sie ihm das Schaffell wegzog. »Aufstehen! Murmeltier!«, rief sie grinsend, während er die Augen aufschlug. »Ihr müsst die Drehleier spielen. Am besten, Ihr fangt schon mal an zu üben.«

Zarin setzte sich auf und gähnte laut, während Zoe zu Nickel hinüberging, der auf der Lagerstatt hockte und betrübt auf seinen verletzten Fuß starrte. Zoe nahm ihm den Wickel ab und betrachtete seinen Knöchel. Die Schwellung war zwar zurückgegangen, aber als Nickel versuchte, vorsichtig aufzutreten, verzog er schmerzhaft das Gesicht.

»Ihr müsst den Fuß noch schonen«, sagte Zoe. »Ich mache Euch einen neuen Umschlag.«

Sie kletterte auf den Schemel, um einige Arnikazweige von der Schnur zu ziehen, als sie die Wurzeln der Pestwurz bemerkte, aus denen sie für Eugenia einen Tee gegen Kopfschmerzen gekocht hatte, der eine erstaunlich schnelle Wirkung erzielt hatte. Sie musste plötzlich an Finjas Mutter denken, die stark unter Migräne litt. Vielleicht konnte ihr ein solcher Tee ebenfalls helfen. Rasch löste sie einige der getrockneten Wurzeln von der Schnur, an der sie aufgehängt waren, und stopfte sie in ihre Gürteltasche.

Außer dem Löwenzahntee gab es leider nichts zum Frühstück. Die Vorräte der Spielleute waren aufgebraucht und der Anführer hoffte, dass sie mit ihrem Spiel auf der Burg einige Taler verdienen konnten. Heinrich drängte zum Aufbruch. Er wollte endlich seine Eltern und Geschwister befreien.

Dietrich und Ludwig konnten sich nicht einigen, wer von ihnen bei Nickel bleiben sollte, deshalb beschlossen sie ihn mitzunehmen, denn allein wollten sie ihn nicht in der Hütte zurücklassen.

Melisande öffnete den Deckel des Weidenkorbs und breitete die darin aufbewahrten bunten Gewänder auf der Bank aus. Sie streifte sich ein rotblaues, in der Mitte farblich geteiltes Kleid über ihr Unterkleid und setzte ihre Haube auf, während sich Eginhard, Dietrich und Ludwig kurze Kapuzenmäntel in kräftigen Farben umhängten. Melisande reichte Heinrich ein rot-grünes Gewand, und für Zarin fand sie einen grün-gelben Umhang. Ihre Gesichter konnten sie unter tief in die Stirn gezogenen Filzhüten verbergen.

Zoe zog sich das Kleid aus und bekam von Melisande eine grüne Leinenhose, die ihr gerade bis über die Knie reichte. Darüber trug sie ein weitärmeliges Hemd, das in der Mitte farblich geteilt war, die rechte Seite leuchtete gelb wie die Löwenzahnblüten und die linke rot wie der Mohn auf der Feldwiese. Zoe wusste, dass es an der Zeit war, ihren Wappenring abzunehmen, denn sonst würden Eugenia und Duretta sie erkennen. Sie legte ihn zu dem anderen Wappenring, den Zarins Kater in der Nische des Weinkellers gefunden hatte, in ihre Gürteltasche und schnallte sich den Gürtel um. Zoe nahm ihr Stirnband ab und Melisande half ihr beim Hochstecken ihrer schulterlangen blonden Haare, die sie unter einem Filzhut mit breiter Krempe verbarg, an dem eine Habichtfeder steckte. So verkleidet, würden Eugenia und Duretta sie hoffentlich nicht erkennen, zumal die beiden glaubten, dass sie und Zarin im unterirdischen See ertrunken waren.

Eginhard legte ein Schaffell auf die noch feuchten Bretter des Karrens und setzte Nickel zu den Musikinstrumenten und dem Seil in den Handwagen. Zoe packte ihr Kleid, das Stirnband und ihre Sneaker in den Weidenkorb. Dabei entdeckte sie eine lange, aus Holz geschnitzte Flöte. Bei deren Anblick erinnerte sie sich an die Geschichte, die Zarin ihr erzählt hatte. »Ihr seid doch nicht etwa der Rattenfänger?«, fragte sie Eginhard misstrauisch und hielt die Flöte hoch.

»Ich weiß zwar nicht, was Ihr damit meint«, antwortete Eginhard, »aber die Flöte gehört Nickel, ich spiele den Dudelsack.«

Zoe sah, dass Zarin verstohlen grinste. Er machte sich anscheinend über sie lustig.

»Gebt Eure Schuhe her!«, befahl sie verärgert und legte die Flöte zurück in den Weidenkorb.

Zarin griff nach seinen Sportschuhen, die noch zum Trocknen vor der Feuerstelle standen. »Die ziehe ich an. Ich will nicht barfuß laufen«, protestierte er.

»Die könnt Ihr unmöglich tragen, damit fallen wir nur auf.« Zoe nahm ihm die Schuhe aus den Händen, warf sie in den Weidenkorb und verschloss ihn mit dem Deckel.

Dietrich schwang sich den Korb auf den Rücken.

Heinrich, der die Hütte bereits verlassen hatte, rief ungeduldig: »Nun kommt endlich!«

Eginhard ergriff die Deichsel und forderte Ludwig auf, ihm beim Ziehen zu helfen. Heinrich schritt voraus in Richtung Dorf, ihm folgten der Hund sowie Eginhard und Ludwig mit dem Karren, während Melisande, Dietrich, Zoe und Zarin nebenherliefen. Mit einem großen Abstand schlich ihnen der schwarze Kater nach. Als sie an der Wiese vorübergingen, auf der die Dorfkinder Schafe und Ziegen hüteten, klatschten diese in die Hände und jauchzten erfreut: »Die Spielleute kommen!«

Die Kinder folgten ihnen, bis ihnen einfiel, dass sie auf die Tiere aufpassen sollten, und stehen blieben.

Als der Weg zur Burg steil anstieg und Eginhard und Ludwig den Karren kaum noch von der Stelle bekamen, schoben Zoe, Zarin und Melisande von hinten. Heinrich, der vorausgelaufen war, wartete ungeduldig auf sie.

Die Leibeigenen, die im Weinberg schufteten, hielten inne und winkten ihnen freudig zu. Wahrscheinlich hofften sie, dass die Spielleute abends nach getaner Arbeit auf dem Marktplatz des Dorfes aufspielen würden und sie sich beim Tanz ein wenig vergnügen konnten.

Zoe, Zarin und die Spielleute waren in Schweiß gebadet, als sie endlich die Burg erreichten. Nur Heinrich schien frisch und munter zu sein. Der Wächter am Tor nickte ihnen erfreut zu, als sie über die Zugbrücke kamen, und ließ sie unbehelligt in den Vorhof.

Duretta, die gerade auf Burghards Pony die Burg verlassen wollte, hielt inne, als sie die Spielleute sah. Neugierig sprang sie vom Pony und machte ein paar Schritte auf sie zu.

Hastig senkten Heinrich, Zarin und Zoe die Köpfe und blickten zu Boden, was nicht weiter auffiel, weil Duretta darin eine Ehrerbietung erkannte und nichts anderes erwartet hatte.

»Ihr Spielleute kommt gerade richtig«, wandte sie sich an den Anführer. »Meine Mutter Eugenia ist jetzt Burgherrin und wird erfreut sein, wenn Ihr zum Tanz aufspielt.« Neugierig blickte sie in den Karren. »Ich sehe, dass Ihr außer Euren Musikinstrumenten auch ein Seil dabeihabt.« Begeistert klatschte sie in die Hände. »Dann führt Ihr auch Kunststücke vor?«

Ohne eine Antwort abzuwarten, eilte Duretta zum Palas, um ihrer Mutter die Neuigkeit zu verkünden, während der Stallknecht das Pony absattelte und es zurück in den Stall brachte.

»Meldet Euch beim Burgvogt!«, rief der Wächter den Spielleuten gut gelaunt zu.

Heinrich, der sich den Hut tief ins Gesicht gezogen hatte und immer noch den Kopf gesenkt hielt, wurde zu Zoes und Zarins Erleichterung vom

Burgvogt nicht erkannt, der mit Eginhard um den Lohn für ihre Darbietung verhandelte. Zusätzlich sagte er ihnen freie Kost zu und wies ihnen einen Platz im Pferdestall an, wo sie ihren Karren unterstellen und auf dem Stroh übernachten konnten.

Zoe, die Zarin und den Spielleuten in den Stall gefolgt war, fiel plötzlich auf, dass Heinrich fehlte. Sie stieß Zarin an, der sich auf einem Strohballen niedergelassen hatte. »Wisst Ihr, wo Heinrich ist?«

Zarin schüttelte den Kopf.

»Ich habe gesehen, wie er durch den Torbogen zum Innenhof gelaufen ist«, sagte Nickel. »Er will irgendeine Schatulle holen.«

Zoe blickte Zarin erschrocken an. »Wir müssen verhindern, dass Heinrich von Eugenia oder Duretta erwischt wird, ansonsten sind wir alle in großer Gefahr. Kommt mit, Zarin, wir müssen ihn finden!«

Seufzend erhob sich Zarin vom Strohballen und verließ mit Zoe den Stall. Keiner von den Knechten und Mägden, die im Vorhof und im Innenhof ihrer Arbeit nachgingen, kümmerte sich um sie.

»Glaubst du, dass Heinrich im Palas ist?«, fragte Zarin, als sie ihn nirgends entdecken konnten.

»Bestimmt ist er da und will die Schatulle aus dem Schlafgemach seiner Eltern holen«, antwortete Zoe.

»In den Palas gehe ich nicht«, weigerte sich Zarin, »und schon gar nicht in das Gemach, in dem jetzt garantiert Eugenia wohnt. Ich will nicht als Maus enden, um dann womöglich Heinrichs Familie zum Fraß vorgeworfen zu werden.«

Das wollte Zoe auch nicht. Unschlüssig beobachtete sie den Eingang zum Palas, als plötzlich die Tür geöffnet wurde und Heinrich heraustrat. Unter seinem weiten Umhang hielt er irgendetwas verborgen. Zielstrebig kam er auf Zoe und Zarin zu, die ihn hastig durch den Torbogen in den Vorhof zogen.

»Hast du etwa die Schatulle geholt?« Zarin blickte ihn ungläubig an.

Heinrich schlug den Umhang zurück und Zoe und Zarin erkannten die Holzschatulle mit dem gewölbten Deckel, in den auf kunstvolle Weise das Wappen der von Falkenauge geschnitzt war, der Wanderfalke mit ausgebreiteten Flügeln, aus dessen Augen Blitze zischten.

Zarin blickte sich ängstlich um. »Wir sollten hier nicht so rumstehen. Jeden Moment könnten Eugenia und Duretta hier auftauchen.«

Zoe stimmte ihm zu. »Wir verstecken uns hinter dem Regenfass neben dem Pferdestall. Folgt mir!«, forderte sie Zarin und Heinrich auf.

»Wie seid Ihr an das Kästchen gelangt?«, erkundigte sich Zoe neugierig, als sie zu dritt hinter dem dicken Fass auf dem Boden hockten.

»Es war ganz einfach«, antwortete Heinrich. »Ich habe eine Magd gefragt, wo sich Eugenia und Duretta aufhalten, und als sie mir erzählte, dass die beiden gerade ihr Mahl im Rittersaal einnehmen, bin ich in das Schlafgemach meiner Eltern gerannt und habe die Schatulle vom Beistelltischchen genommen. Jetzt werde ich sie öffnen und meine

Familie befreien«, fügte er mit entschlossener Miene hinzu.

Heinrich zog an dem Deckel, aber so sehr er sich auch abmühte, er konnte ihn nicht öffnen. So schnell gab Heinrich jedoch nicht auf. Er erhob sich und lief mit der Schatulle unter dem Umhang zur Schmiede hinüber, wo der Schmied gerade eine glühende Eisenstange aus dem Feuer zog, sie auf den Amboss legte und das Ende der Stange mit einem schweren Hammer platt schlug.

»Könnt Ihr mir Euren Hammer leihen?«, brüllte Heinrich, um den Lärm des Hämmerns zu übertönen.

Der Schmied blickte auf, ohne in seiner Arbeit innezuhalten. »Wollt Ihr mir etwa helfen, das Schwert zu schmieden?« Er lachte dröhnend. »Dazu fehlt Euch sicherlich die Kraft.«

Zoe, die Heinrich gefolgt war, konnte gerade noch verhindern, dass er sich dem Schmied zu erkennen gab. »Der Hammer nützt Euch auch nichts«, raunte sie ihm zu, während sie ihn aus der Schmiede zog.

»Vorsicht, Eugenia kommt!«, rief Zarin, der sich nicht hinter dem Fass hervorgetraut hatte, ihnen warnend zu.

Zoe drehte sich um und sah gerade noch, wie Eugenia schnellen Schrittes und mit wehendem Gewand durch das Tor zum Innenhof gefegt kam, während Duretta ausgelassen neben ihr her hüpfte.

»Schnell, versteckt die Schatulle im Stall!« Zu Zoes Erleichterung befolgte Heinrich ihre Aufforderung augenblicklich und verschwand im Pferdestall. Für sie selbst war es zu spät, um zu fliehen, denn Eugenia blieb vor ihr stehen und herrschte sie an: »Ich bin die Burgherrin, wo ist Euer Anführer?«

Zoe, die die Krempe ihres Hutes weit in die Stirn gezogen hatte, verbeugte sich, blieb aber stumm, weil sie Angst hatte, dass Eugenia oder Duretta ihre Stimme erkannten.

Zarin, dem bewusst war, in welcher Gefahr sich Zoe befand, lief zum Pferdestall und holte Eginhard. Melisande, Ludwig, der einen Strohballen schleppte, und Dietrich, der Nickel huckepack trug, kamen neugierig hinter ihm her. Eginhard nahm den Hut ab und verneigte sich tief vor Eugenia.

»Seid Ihr der Anführer der Spielleute?«, schnauzte Eugenia ihn an.

»Das bin ich, werte Dame«, antwortete er bescheiden.

»Welche Instrumente könnt Ihr spielen?«

»Mein Weib zupft die Harfe, ich spiele den Dudelsack, der Lange hier die Laute, der Kleinere singt und der Junge auf dem Strohballen wird Euch mit seinem Flötenspiel entzücken. Za…« Er verbesserte sich rasch. »Dieser da«, er deutete auf Zarin, der sich ängstlich im Hintergrund hielt, »bedient die Drehleier.«

»Und was macht der?« Eugenia zeigte mit dem Finger auf Heinrich, der gerade aus dem Pferdestall kam.

»Der … äh … der, der übt sich in der Kunst des Feuerschluckens.« Als er Heinrichs erschrockenen

Blick sah, fügte Eginhard rasch hinzu: »Er beherrscht sie aber noch nicht.«

»Schade. Das hätte ich gerne gesehen. Und Ihr? Was macht Ihr?«, fragte sie Zoe.

Zoe schwieg und zog ihren Filzhut tiefer ins Gesicht.

»Könnt Ihr nicht reden?«, herrschte Eugenia Zoe an.

»So ist es, Herrin«, warf Eginhard rasch ein. »Der Junge ist stumm, aber er beherrscht die Kunst, über das Seil zu laufen.«

Eugenias Gesicht verfinsterte sich, als sie den schwarzen Kater entdeckte, der Zoe und Zarin gefolgt war und im Vorhof herumspazierte: »Wieso läuft die Katze hier frei herum? Fangt sie wieder ein!«, befahl sie dem Wächter, der am Torhaus stand und zu ihnen hinübersah.

Langsam, um ihn nicht zu verscheuchen, ging der Wächter auf den Kater zu, ergriff ihn blitzschnell am Nackenfell und trug ihn zum Weinkeller. »Schließt den Keller auf«, rief er dem Burgvogt zu, der mit einem großen Schlüsselbund aus dem Verwaltungsgebäude herbeieilte.

Zoe gelangte zu der Erkenntnis, dass Heinrichs Eltern und Geschwister im Weinkeller eingesperrt waren. Ihr musste etwas einfallen, wie sie an den Schlüssel gelangen konnte. Heinrich wollte dem Wächter folgen, anscheinend war er zu dem gleichen Entschluss gekommen wie sie.

»Ihr da! Bleibt hier!«, keifte Eugenia laut. »Übt Euch lieber in der Kunst des Feuerschluckens.

Geht zum Schmied und lasst Euch von ihm Feuer geben!«

»Das könnt Ihr mir nicht befehlen!«, weigerte sich Heinrich.

»Ihr seid vorlaut, das geziemt sich nicht für einen Vogelfreien, wie Ihr es seid.« Sie beobachtete Ludwig und Dietrich, die das Seil aus dem Pferdestall geholt hatten und es in Kniehöhe zwischen zwei Pflöcken befestigten. Ein böser Ausdruck erschien in ihren Augen.

»Hängt das Seil höher«, befahl sie den beiden Knechten, die dem Schmied bei der Herstellung von Werkzeugen zur Hand gingen und neugierig herbeigeschlendert waren. »In dieser Höhe zu laufen, ist keine Kunst. Befestigt das Seil am Dach des Pferdestalls und an der Wehrmauer.«

»Werte Burgherrin, das ist zu hoch«, wandte Eginhard erschrocken ein.

Eugenia bedachte ihn mit einem verächtlichen Blick. »Es geschieht, wie ich es befehle. Der Seiltänzer wird über das Seil schreiten, und der hier wird Feuer schlucken.« Energisch zeigte sie auf Heinrich, der erschrocken zusammenzuckte.

»Gnade, werte Herrin, dieser Junge wird sich entsetzlich verbrennen!«, flehte Eginhard mit demütig gesenktem Kopf. »Und diese Höhe ist für unseren Seiltänzer zu gefährlich. Er wird abstürzen.«

»Wenn der Seiltänzer unversehrt hinüberkommt, braucht der hier«, Eugenia zeigte mit gnädiger Miene auf Heinrich, »nicht mehr Feuer zu schlucken.«

Zoe sah ihr an, dass sie ihr nicht zutraute, über das Seil zu laufen, ohne herunterzufallen.

Eugenia wandte sich an den Burgvogt. »Lasst alle Bediensteten zusammenrufen, damit sie das Schauspiel genießen können.«

Während die Knechte eine lange Leiter herbeischleppten, um das Seil in der gewünschten Höhe zu befestigen, sahen sich Zoe und Zarin betroffen an.

»Du darfst nicht über das Seil laufen, Zoe. Das ist zu gefährlich. Du hast es erst einmal geübt und wirst abstürzen«, flüsterte Zarin ihr erschrocken zu.

»Ob das Seil nun niedrig oder hoch hängt, ist doch dasselbe«, meinte Zoe. Sie sprach leise, damit Eugenia ihr Gespräch nicht mitbekam. Die hatte mittlerweile mit Duretta auf einer von den Knechten herbeigetragenen Holzbank Platz genommen. So unbekümmert, wie Zoe tat, war sie gar nicht, denn ihr war doch etwas mulmig zumute, als sie zur Mauer hinaufblickte.

»Das ist nicht dasselbe«, wisperte Zarin in einem jämmerlichen Ton. »Mir wird schon schlecht, wenn ich in die Höhe schaue.«

»Ihr seid nicht schwindelfrei, Zarin, ich hingegen schon«, erinnerte Zoe ihn.

Eginhard, der eine Möglichkeit witterte, aus dem Seiltanz einen Vorteil herauszuschlagen, ging zu Eugenia hinüber, verbeugte sich und fragte unterwürfig: »Welchen Lohn bekommen wir, wenn der Junge unversehrt das Seil überquert?«

»Einen Beutel Taler will ich für das Schauspiel springen lassen«, antwortete Eugenia mit gönnerhafter Miene.

Erfreut eilte Eginhard zu Zoe. »Ihr müsst es schaffen, wir bekommen dafür einen Beutel Taler.«

Zoe hielt kurz inne, denn ihr war eine Idee gekommen, wie sie Zutritt zum Weinkeller erlangen konnte. »Fragt Eugenia, ob wir statt der Taler ein Weinfass aus dem Keller bekommen können, das wir uns selber aussuchen dürfen!«, flüsterte sie eindringlich.

»Habt Ihr den Verstand verloren?«, ereiferte sich Eginhard. »Ein Beutel Taler ist viel mehr wert als ein Fass Wein.«

»Wir müssen Heinrichs Eltern erlösen, und die sind wahrscheinlich im Weinkeller eingesperrt. Laurencz von Falkenauge wird Euch mit Sicherheit besser belohnen«, redete Zoe ihm eindringlich zu.

Eginhard überlegte eine Weile, nickte dann, ging zu Eugenia zurück und fragte: »Kann ich anstatt der Taler ein Fass Wein bekommen?«

»Wenn dies Euer Wunsch ist.« Zoe sah an Eugenias Miene, dass sie Eginhard für einfältig hielt.

»Aber der Seiltänzer möchte das Fass im Weinkeller selbst aussuchen.«

Eugenia lachte hämisch. »So soll es sein, falls er noch zum Trinken kommt. Und jetzt lasst das Spektakel beginnen!«

Der Vorhof füllte sich mit Bediensteten, die ehrfurchtsvoll zum gespannten Seil hinaufsahen und leise miteinander tuschelten.

Eginhard griff nach seinem Dudelsack, blies hinein und eröffnete damit das Spektakel. Als er geendet hatte, kletterte Zoe leichtfüßig wie eine Katze die Leiter zum Seil hinauf.

»Was starrt Ihr stumm in die Höhe?«, herrschte Eugenia die Spielleute an. »Lasst Eure Musik ertönen!«

Eginhard griff erneut nach seinem Dudelsack. Melisande stellte die Harfe zwischen ihre Knie, konnte aber nicht verhindern, dass ihre Finger zitterten. Dietrich hängte sich die Laute um und erinnerte Zarin, der ängstlich nach oben starrte, daran, dass er die Drehleier spielen sollte.

Doch Zarin war, aus Angst, dass Zoe vom Seil stürzen könnte, nicht dazu in der Lage, die Kurbel zu drehen. Er hatte beide Hände auf die Augen gelegt, blinzelte zwischen den Fingern hindurch und vergaß vor Anspannung das Atmen, als Zoe den linken Fuß auf das Seil setzte. Noch hielt sie sich mit einer Hand an der Leiter fest. Als sie den zweiten Fuß vor den ersten setzte und mit ausgebreiteten Armen das Gleichgewicht ausbalancierte, brach Eginhard sein lautes Dudelsackspiel ab. Die zarten Töne von Harfe und Laute erklangen, als Zoe den ersten Schritt wagte. Sie schwankte etwas und Zarin fühlte, dass sein Herz einen heftigen Satz machte, aber dann fing Zoe sich, setzte einen Fuß vor den anderen und schaute dabei starr auf die gegenüberliegende Mauer.

Zu Eugenias Ärger sah es so aus, als ob dieser Junge es tatsächlich schaffen würde, heil auf die andere Seite zu gelangen. »Das wirkliche Spektakel scheint auszubleiben«, sagte sie bedauernd zu Duretta.

»Das werde ich ändern.« Duretta blickte sich um. Niemand achtete auf sie, denn alle starrten gebannt in die Höhe. Sie bückte sich, hob einen Stein auf und warf ihn, unbemerkt von den Zuschauern, auf Zoe, die drei Viertel der Strecke bereits zurückgelegt hatte.

Der Stein traf Zoe an der rechten Schulter. Auf den unerwarteten, wie aus heiterem Himmel kommenden Stoß war sie nicht vorbereitet. Sie zuckte zusammen und verlor das Gleichgewicht. Ihr Fuß rutschte vom Seil ab, sie stürzte unter dem Aufschrei der Zuschauer, konnte aber in der letzten Sekunde mit den Händen das Seil ergreifen und schaukelte wie ein Wäschestück an der Leine hin und her. Lange würde sie sich nicht halten können.

»Zieh dich am Seil entlang!«, rief Zarin ihr panisch zu, während er zur Treppe in der Wehrmauer rannte.

Zoe hangelte sich langsam am Seil entlang in Richtung Mauer. Dort wartete Zarin auf sie und bemerkte voller Angst, dass Zoes Kräfte sie verließen und ihre Hände abzurutschen drohten. »Nur noch ein kleines Stück, du schaffst das!«, feuerte er sie an.

Endlich konnte er Zoes Arm packen und sie zu sich auf die Treppenstufe ziehen. Völlig außer Atem stieg Zoe hinter Zarin die Stufen in der Wehrmauer hinab. Erst als sie den sicheren Boden erreichte, nahm sie wahr, dass Eginhard aus vollen Kräften den Dudelsack spielte und Heinrich wie wild die Kurbel der Drehleier betätigte. Die zarten Klänge von Laute, Harfe und Flöte kamen nicht dagegen an. Die Bediensteten, die das Schauspiel atemlos verfolgt hatten, klatschten begeistert Beifall.

Obwohl ihre Beine zitterten, verbeugte sich Zoe mehrmals vor dem Publikum und hielt mit einer Hand den Filzhut fest, damit er ihr nicht vom Kopf rutschte.

Ungestüm sprang Eugenia von der Holzbank auf. Zoe schien es, als wäre sie enttäuscht, weil alles gut geendet hatte.

»Kommt! Das Spektakel ist leider ausgeblieben«, rief Eugenia Duretta zu. »Wir machen jetzt unseren täglichen Ausritt, um zu kontrollieren, ob die Leibeigenen im Weinberg auch tüchtig arbeiten und nicht etwa faulenzen. Stallmeister! Bringt die Pferde herbei!«, befahl sie energisch.

Hastig begab sich Eginhard zu ihr. »Herrin, wir bekommen noch unseren Lohn!«

»Der Seiltänzer ist aber nicht die gesamte Strecke über das Seil gelaufen.«

»Jedoch ist die Bedingung erfüllt«, getraute sich Eginhard zu erwidern. »Er ist sicher auf der anderen Seite angekommen.«

Mit einer herrischen Handbewegung rief Eugenia dem Burgvogt zu: »Schließt den Spielleuten den Weinkeller auf!«

Der Fluch

Anno 1273

»Kommt mit!«, raunte Zoe Heinrich und Zarin zu, während der Burgvogt mit dem großen Schlüssel den Weinkeller aufschloss.

Erst jetzt begriff Zarin, warum Eginhard unbedingt ein Weinfass als Lohn haben wollte. Das musste Zoe ihm zugeflüstert haben. Es ging ihr darum, in den Weinkeller zu gelangen, weil sie vermutete, dass die Katzen dort gefangen gehalten wurden. Der Burgvogt wollte sich ihnen anschließen, aber Zoe überzeugte ihn davon, dass sie sich mit ihren Gefährten in Ruhe ein Fass aussuchen wollte und sie ihn rufen würde, sobald sie sich entschieden hätten. Dem Burgvogt schien das recht zu sein, anscheinend hatte er keine große Lust, in das Kellergewölbe hinabzusteigen.

»Gebt mir Bescheid, wenn Ihr ein Fass ausgewählt habt, dann können die Knechte es heraufziehen. Ihr findet mich im Verwaltungsgebäude«, sagte er und verschwand.

Im Kellergewölbe war es kalt und dämmerig. Nur durch die Lüftungsschlitze fiel etwas Tageslicht. Zoe, Zarin und Heinrich liefen an den Weinfässern vorbei, die zu beiden Seiten an den Wänden aufgestapelt waren.

»Zoe, seid Ihr Euch sicher, dass sich meine Eltern und Geschwister hier unten befinden?«, fragte Heinrich zweifelnd.

»Sie müssen hier irgendwo sein«, antwortete Zoe. »Der Wächter hat den schwarzen Kater in den Weinkeller gebracht. Warum sollte er das sonst tun?« Sie rannten weiter, bis ihnen ein großer Käfig aus Eisenstangen den Weg versperrte. Zarin starrte sprachlos auf die Katzen im Käfig. Beim besten Willen konnte er sich nicht vorstellen, dass das verzauberte Menschen sein sollten.

Heinrich kniete nieder, presste das Gesicht gegen die Gitterstäbe und rief zaghaft: »Vater, Mutter, seid ihr da drin?«

Ein lautes Miauen antwortete ihm. Sechs schwarze Katzen sprangen am Gitter hoch und blickten Heinrich erwartungsvoll an. Die kleinste Katze versuchte sich durch die Gitterstäbe zu zwängen, aber die Abstände waren zu schmal, sie passte nicht hindurch.

Fassungslos wandte sich Heinrich zu Zoe um. »Die Hexe hat meine Familie tatsächlich in Katzen verflucht.«

Zoe zog den Riegel an der Tür des Käfigs auf. Sofort stürmten die Katzen hinaus und drängten sich um Heinrich.

Ein schwarzer Kater blieb im Käfig sitzen. »Ist das Carl?«, fragte Zarin erstaunt. Er rief ihn beim Namen und der Kater spazierte gemächlich durch die offen stehende Gittertür, hockte sich neben Zarin auf den Boden und leckte sich das Fell.

Verstört blickte Heinrich auf die Katzen und wandte sich an Zoe: »Wie erlösen wir sie jetzt?«

»Wir versuchen es mit meinem Wappenring«, schlug Zoe vor. Sie holte den Ring aus ihrer Gürteltasche und steckte ihn wieder an ihren linken Ringfinger. »Er wird den Bann brechen.« Wenigstens hoffte Zoe, dass der Wappenring mächtig genug war, ansonsten wusste sie auch keinen Rat.

Sie hielt den Katzen den Wappenring entgegen. Aber nichts geschah, die Augen des Falken auf dem Ring begannen nicht zu leuchten.

»Es funktioniert nicht.« Zarin stöhnte. »Vielleicht sind es doch echte Katzen.«

Zoe hörte nicht auf ihn. Einer Eingebung folgend, nahm sie den Wappenring, den sie in Zarins Zeit in der Nische im Weinkeller gefunden hatte, aus ihrer Gürteltasche. »Jetzt muss es funktionieren«, sagte sie überzeugt.

»Woher habt Ihr den Ring?« Heinrich wunderte sich. »Der gehört doch meinem Vater.«

»Wir haben ihn gefunden«, antwortete Zoe, ohne auf Einzelheiten einzugehen. Sie legte ihn vor die größte Katze auf den Boden und hielt ihren Ring daran. Wieder geschah nichts.

»Der Zauber wirkt nicht«, jammerte Heinrich.

Sie zuckten zusammen, als sie die Stimme des Burgvogts hörten. »Was treibt Ihr so lange da unten? Braucht Ihr Hilfe?« Zu ihrem Schrecken vernahmen sie Schritte auf den Steinstufen. Er schien zu ihnen herunterzukommen.

»Was machen wir jetzt?«, flüsterte Zarin angstvoll. »Jeden Moment wird der Burgvogt hier sein.«

Rasch hob Zoe den Wappenring vom Boden auf und streifte ihn der größten Katze über die Pfote. Als sie ihren Ring jetzt dagegenpresste, begannen die Augen beider Falken zu glühen. Lichtblitze zischten aus ihren Augen, so hell, dass alle geblendet ihre Augen schlossen. Als sie sie wieder öffneten, stand Laurencz von Falkenauge in seiner echten Gestalt vor ihnen. Auch seine Gemahlin und die Kinder waren wieder zu Menschen geworden.

Verwundert betrachtete Laurencz den Wappenring an seinem Ringfinger. Das Glühen in den Augen des eingravierten Wanderfalken war erloschen.

»Cool, es hat geklappt!« Zarin klatschte begeistert in die Hände. Sein Blick fiel auf den Burgvogt, der inzwischen heruntergekommen war und dem vor Staunen der Mund offen stand.

Überglücklich umarmte Heinrich seine Eltern und die Geschwister. Burghard zeigte auf den schwarzen Kater, der neben Zarin saß. »Bei der da hat die Magie versagt.«

»Wer soll das sein?«, fragte Laurencz erstaunt.

»Wir haben alle unsere menschliche Gestalt wiedererhalten«, bemerkte Judith.

»Die Katze ist nicht verzaubert«, erklärte Zarin. »Das ist ein echter Kater und er heißt Carl.«

»Katzen haben keine Namen«, entgegnete Burghard mit düsterer Miene. »In ihnen steckt der Teufel.«

»Eben befandst du dich selbst noch in der Gestalt eines Teufels«, entgegnete Zarin empört. Ihn regte Burghards Feindseligkeit gegenüber Katzen auf.

Burghard warf ihm einen finsteren Blick zu. »Umso schlimmer!«, brüllte er.

»Herr, wie kommt Ihr hierher?«, stammelte der Burgvogt entgeistert.

»Der Fluch ist von uns genommen und ich bin wieder Burgherr auf Burg Falkenauge.«

»Worauf wartet Ihr dann noch, Herr? Ruft die Wachen und lasst Eugenia festnehmen!«, forderte der Burgvogt Laurencz auf.

»Wir sind noch nicht in Sicherheit«, warf Zoe ein. »Eugenia hat das Amulett, das Zauberkräfte besitzt.«

»Folgt mir!« Mit langen Schritten eilte Laurencz durch den Weinkeller. Auf dem Vorhof rief er mit lauter Stimme nach den Wachen, die mit ihren Lanzen herbeieilten und sich vor Freude kaum fassen konnten, als sie ihren Burgherrn sahen.

»Nehmt Eugenia das Amulett ab«, befahl er den Männern. »Ich bin erlöst. Die Hexe wollte meine Familie und mich vernichten, aber es ist ihr nicht gelungen.« Er unterbrach sich, denn Eugenia und Duretta kamen in diesem Augenblick von ihrem Ausritt zurück.

Eugenia wollte ihren Augen nicht trauen, als sie sah, dass der verhasste Laurencz seine menschliche Gestalt wiedererhalten hatte.

»Vorsicht, Burgherr!«, rief Zoe warnend.

Duretta, die auf Burghards Pony saß, erkannte Zoe an ihrer Stimme. »Mutter, der Seiltänzer ist überhaupt kein Seiltänzer. Das ist Zoe. Sie ist gar nicht ertrunken, wie die Wachen behauptet haben.«

Laurencz riss einem Wächter die Lanze aus der Hand und stürmte auf Eugenia zu, die immer noch wie versteinert im Sattel saß. »Gebt Euer Amulett heraus!«, forderte er und richtete die Lanze auf Eugenias Brust.

Bei seinen Worten erwachte Eugenia aus ihrer Starre. Sie lachte gehässig, griff hastig nach ihrem Amulett, das an der goldenen Kette um ihren Hals hing, und begann einen Zauberspruch zu murmeln.

Voller Entsetzen sah Zoe, dass roter Nebel aus dem Rubin strömte. Laurencz hielt Eugenia seine linke Hand mit dem Wappenring entgegen. Die Augen des Falken begannen zu glühen und er schleuderte einen Blitz auf die rote Nebelwolke. Sowohl die rote Nebelwolke als auch der Blitz aus den Augen des Falken verschwanden mit einem lauten Knall zischend im Boden.

Die Mägde und Bediensteten flüchteten schreiend in die Gesindehäuser, die entlang der Ringmauer errichtet waren.

Erleichtert bemerkte Zoe, dass offenbar die Magie des Wappenrings und die des Amuletts gleich stark waren.

Eugenia lachte laut auf und richtete ihr Amulett erneut auf Laurencz. Doch bevor sie mit ihrem Zauberspruch beginnen konnte, sprang Zoe auf

Laurencz zu und hielt ihre linke Hand mit dem Wappenring ebenfalls dem Amulett entgegen.

Als Eugenia sah, dass die Augen beider Falken zu glühen begannen, wusste sie, dass sie verloren hatte. Gegen einen magischen Ring konnte sie Widerstand leisten, aber gegen zwei kam ihr Amulett nicht an. Sie stieß dem Pferd ihre Stiefelabsätze in die Seiten und riss es heftig am Zügel herum. Gleichzeitig bedeutete sie Duretta, ihr zu folgen. Bevor der Wächter am Torhaus reagieren konnte, galoppierten Eugenia und Duretta bereits über die Zugbrücke und verschwanden.

»Verfolgt sie!«, befahl Laurencz seinen Wachen, worauf die Stallknechte eilig die Pferde herbeibrachten.

Das Versteck

Anno 1273

Laurencz konnte es immer noch nicht glauben, dass Eugenia ihn und seine Familie in Katzen verwandelt hatte. »Wenn Ihr uns nicht erlöst hättet, wären wir für den Rest unseres Lebens als Katzen in diesem Käfig gefangen gewesen.« Er schauderte unwillkürlich zusammen.

Zoe deutete auf die Spielleute, die sich bescheiden im Hintergrund hielten. »Ohne die Spielleute hätten wir Euch nicht befreien können«, erklärte sie. »Sie haben uns geholfen, unerkannt in die Burg zu gelangen.«

Laurencz umarmte Zoe herzlich, dabei rutschte ihr der Filzhut vom Kopf. Sie löste die Spange, sodass ihr die Haare wieder offen auf ihre Schultern fielen. »Jetzt erkenne ich Euch!«, rief Laurencz überrascht. »Ihr seid mit Eurem Gefährten und den beiden Hexen aus dem Verlies geflohen. Wo habt Ihr meinen Ring gefunden? Und wo habt Ihr Euren Wappenring her?«, wollte er wissen.

»Das ist eine längere Geschichte«, antwortete Zarin anstelle von Zoe.

»Erzählt sie mir beim Festmahl!« Laurencz nickte Zarin zu und rief lautstark: »Lasst uns ein großes Freudenfest feiern!« Er befahl seinem Koch, ein üppiges Mahl zu bereiten, an dem alle teilhaben durften, auch die Leute aus dem Dorf und die Leibeigenen. Nach dem Mahl sollten die Spielleute zum Tanz aufspielen.

Zarin leckte sich voller Vorfreude über die Lippen. Endlich würde er im Mittelalter auch mal etwas anderes zu essen bekommen als immer nur Haferbrei.

»Die Spielleute haben sogar auf einen Beutel Taler verzichtet, um uns zu helfen, Euch zu befreien«, erzählte Heinrich seinem Vater.

»Von mir bekommt Ihr zwei Beutel Silberlinge, und wenn Ihr nicht mehr umherziehen wollt, könnt Ihr auf meinem Land sesshaft werden«, verkündete Laurencz großzügig.

Melisande sah Eginhard erfreut an und klatschte begeistert in die Hände.

»Aber wo sollen wir wohnen und wovon sollen wir leben?«, fragte Eginhard zweifelnd.

Zoe blickte Heinrichs Vater bittend an. »Die Spielleute können doch in der Kräuterhütte wohnen«, schlug sie vor. »Die Hütte steht jetzt leer.«

»Abgemacht«, stimmte Laurencz zu. »Ich schenke Euch ein Stück Land, das Ihr bewirtschaften könnt, und einige Schafe, Ziegen und Hühner. Während der langen dunklen Wintertage könnt Ihr uns die Zeit mit Eurem Spiel verkürzen«, fügte er nicht ohne Eigennutz hinzu.

Eginhard ergriff die Hände des Burgherrn und bedankte sich überschwänglich, während Melisande Freudentränen über die Wangen liefen. Dietrich und Ludwig tanzten im Kreis um Nickel herum, der noch immer auf dem Strohballen saß und vergnügt in die Hände klatschte.

Laurencz wandte sich an Zoe. »Und was begehrt Euer Herz? Wenn ich kann, erfülle ich Euch einen Wunsch, denn ohne Euch hätten wir den Rest unseres Lebens als Katzen in dem Käfig verbringen müssen.«

Zoe brauchte nicht zu überlegen. »Gebt mir die Urkunde, in der geschrieben steht, dass Ihr der rechtmäßige Besitzer der Burg Falkenauge seid.«

Irritiert starrte Laurencz Zoe an. Damit hatte er nicht gerechnet. Was wollte das Mädchen mit der Urkunde? Er verspürte Unbehagen, als ihm einfiel, dass auch Eugenia diesen Wunsch geäußert hatte. Vor wenigen Tagen hatte er sie mit ihrer Tochter Duretta in seinem Schreibgemach erwischt, wo sie vergeblich versucht hatte, mit ihrem Amulett das Steinornament aus der Wand zu lösen. Da Eugenia seinen Befehl missachtet hatte und erneut auf seine Burg gekommen war, hatte er sie und ihre Tochter von seinen Wachen ins Verlies sperren lassen.

»Wollt Ihr jetzt Burgherrin sein?«, fragte er Zoe misstrauisch.

Bevor Zoe antworten konnte, mischte sich Heinrich ein: »Zoe ist bereits Burgherrin, Vater. Aber in einer anderen Zeit.«

»Ja«, stimmte Zoe zu, »mein Gefährte Zarin und ich kommen aus der Zukunft.«

Laurencz verzog skeptisch das Gesicht.

»Ich bin zwar bereits dreizehnhundertsieben geboren, aber jetzt leben wir im einundzwanzigsten Jahrhundert«, fügte Zoe erklärend hinzu.

»Ihr seid eine gute Geschichtenerzählerin.« Laurencz erinnerte sich, dass er selbst in eine Katze verwandelt worden war. Es konnte also tatsächlich möglich sein, dass das Mädchen die Wahrheit sprach.

»Nur die Urkunde kann die Burg Falkenauge jetzt noch retten, sonst ist sie in der Zukunft für immer für unsere Familie verloren«, sagte Zoe mit ernster Miene.

Laurencz dachte einen Moment lang nach. »Einverstanden! Ihr sollt die Urkunde bekommen, aber ich werde vorher eine Abschrift davon anfertigen und mit unserem Siegel beglaubigen lassen.«

»Könnt Ihr sie bitte sofort holen?«, bat Zoe. »Die Zeit drängt. Zarin und ich müssen zurück.«

»Dann begleitet mich!« Laurencz ging voraus zum Palas. Gefolgt von Zoe und Zarin stieg er die breite Treppe zur Ahnengalerie hinauf. Als er an den Bildern der Ahnen vorüberschreiten wollte, blieb er unvermittelt stehen und starrte entgeistert auf die Frauenporträts. »Was ist denn hier geschehen? Wo sind unsere Gemälde?«

»Eugenia hat die Gemälde Eurer Ahnen abnehmen und auf den Dachboden über dem Pferdestall bringen lassen«, erklärte Zoe ihm. »Und dann hat sie die Bilder ihrer Ahnen aufhängen lassen. Nur Erzbischof Conrad durfte merkwürdigerweise an seinem Platz bleiben.«

»Dann werde ich veranlassen, dass unsere Ahnenbilder wieder aufgehängt werden.« Laurencz betrat sein Schreibgemach, ging um den Tisch herum zur Wand und drückte seinen Wappenring an das Steinornament. Die Augen beider Falken begannen zu glühen und Laurencz konnte den Stein aus der Wand nehmen. Er langte mit der Hand in das Geheimfach und wollte die Urkunde herausziehen. Aber das Versteck war leer, wovon Zoe sich selber überzeugen konnte.

»Oh nein, Eugenia hat die Urkunde mitgenommen!«, rief Zarin erschrocken.

»Das kann nicht sein«, versuchte Zoe ihn zu beruhigen. »Sie hatte die Urkunde nicht in der Hand, als sie fortgeritten ist, und warum sollte sie diese auch mit sich herumtragen? Sie wird sie irgendwo hier auf der Burg versteckt haben, weil sie die Urkunde gar nicht in das Geheimfach legen konnte. Es lässt sich ja nur mit dem Wappenring öffnen.«

Zarin stöhnte. »Dann müssen wir schon wieder jeden Raum in der Burg absuchen. Und wenn wir die Urkunde nicht finden, war alles umsonst.«

»Meine Bediensteten und meine Familie werden Euch dabei helfen«, versprach Laurencz.

Aber auch mithilfe aller Mägde und Knechte wurden sie nicht fündig.

»Es tut mir leid. Ich hätte Euch die Urkunde gegeben, aber ich weiß auch nicht, wo Eugenia das Dokument versteckt haben könnte.« Laurencz hob bedauernd die Schultern. »Lasst uns jetzt essen und trinken!«

Betrübt folgten Zoe und Zarin ihm zum Vorhof, wo reges Treiben herrschte. Die Spielleute unterhielten die Bediensteten mit ihrer Musik, während zwei Knechte Weinfässer aus dem Weinkeller rollten und vier weitere einen Holztisch und Bänke herbeitrugen und aufstellten. Die Mägde schleppten Platten mit Wildschwein- und Hasenbraten herbei. Laurencz lud Zoe und Zarin ein, neben ihm und seiner Familie Platz zu nehmen. Die Spielleute unterbrachen ihre Musik und setzten sich zu den Mägden und Knechten auf Strohballen. Zarin biss gerade genussvoll in ein Stück Fleisch, als die Wachen, die Eugenia und Duretta gefangen nehmen sollten, auf ihren Pferden in den Vorhof ritten und aus den Sätteln sprangen.

»Herr! Wir haben die Hexen bis an die Grenzen Eures Landes verfolgt. Sie sind wie vom Erdboden verschwunden«, berichtete einer der Männer.

»Setzt Euch und feiert mit uns! Sie werden es nicht wagen, hierher zurückzukommen.«

Mit einem Satz sprang der schwarze Kater auf den Tisch und langte mit der Pfote nach einem Stück Hasenbraten.

Burghard stieß ihn mit dem Arm hinunter. Der Kater flüchtete mit dem erbeuteten Stück Fleisch hinter einen Strohballen. »Lasst Euch hier nicht mehr blicken!« Burghard drohte dem Kater mit der Faust.

»Das Tier hat Euch doch gar nichts getan!«, tadelte Heinrich seinen Bruder.

»Ich will nicht mit dem Teufel zusammen an einem Tisch sitzen«, wütete Burghard. »Wenn er wiederkommt, werde ich ihn töten!«

Zoe und Zarin tauschten erschrockene Blicke. Beide machten sich Sorgen um den schwarzen Kater.

Als sämtlicher Braten verspeist war und aus den beiden Weinfässern nicht ein Tropfen mehr herauszubekommen war, erhob sich Laurencz und klatschte in die Hände, um sich Gehör zu verschaffen. »Bevor wir jetzt mit Tanz und Musik beginnen, werden wir unsere Ahnenbilder wieder aufhängen, Eugenias Bilder verbrennen und uns an dem Feuer wärmen.« Er forderte die Knechte auf, die Gemälde der von Falkenauge zu holen.

»Sie liegen auf dem Dachboden über dem Pferdestall«, erklärte Zoe den Knechten.

»Im Stall liegt ja auch noch die Schatulle«, erinnerte sich Heinrich und folgte den Knechten, um sie zu holen.

»Ich nehme jetzt selbst Eugenias Bilder ab. Die will ich nicht länger in unserer Ahnengalerie hängen haben«, verkündete Laurencz und erhob sich.

Zoe sprang ebenfalls von der Bank auf. »Wir kommen mit!«

Rasch leckte sich Zarin nach dem köstlichen Mahl jeden Finger einzeln ab, worauf Zoe ihn grinsend anstieß. »Ihr scheint Euch eingelebt zu haben.«

»Servietten gibt es ja nicht«, verteidigte sich Zarin, der sich ertappt fühlte.

Nachdem die Knechte die Gemälde aus dem Pferdestall geholt und an die Wand der Ahnengalerie gelehnt hatten, begann Laurencz die Bilder auszutauschen. Er nahm das erste Frauengemälde, das neben dem Bild von Erzbischof Conrad hing, ab und reichte es Zoe und Zarin, die es auf den Fußboden legten, während Burghard seinem Vater das Gemälde von Leonhard von Falkenauge reichte, das dieser an seinen ursprünglichen Platz hängte. Laurencz trat einen Schritt zurück und betrachtete das Ergebnis zufrieden.

Als nur noch Eugenias und Durettas Bilder übrig waren, riss er Eugenias Porträt mit einem Ruck wütend von der Wand und reichte es an Zoe und Zarin weiter, bevor er sein eigenes Porträt aufhängte.

Erstaunt bemerkte Zoe, dass an der Rückseite der Leinwand ein Pergament befestigt war. Hektisch löste sie dieses vom Rahmen und erkannte darauf das Wort »Urkunde«, bevor sich das Schriftstück von allein zusammenrollte.

»Juchhu, ich habe die Urkunde gefunden!«, jubelte Zoe und steckte die Pergamentrolle in ihre Gürteltasche. »Die Burg ist gerettet!«, rief sie ausgelassen und umarmte Zarin stürmisch.

»Eugenia hat den gleichen Trick angewandt wie Finja«, staunte Zarin. »Da hätten wir auch von alleine draufkommen können.«

Heinrich kam mit der Schatulle im Arm in die Galerie und reichte sie seinem Vater. »Ich wollte sie öffnen, um Euch zu befreien, aber Zoe hatte eine bessere Idee. Sollte noch einmal ein Notfall eintreten, so haben wir jetzt immer noch die Schatulle.«

Ungeduldig wartete Zoe, bis Laurencz Durettas Gemälde abgenommen und das von Heinrich wieder aufgehängt hatte.

»Jetzt müssen wir Euch verlassen und in unsere Zeit zurückkehren«, erklärte Zoe dem Burgherrn und hielt ihren Wappenring an den gemalten Ring auf Heinrichs Gemälde. Aber die Augen des Wanderfalken blieben dunkel. Zu Zarins Entsetzen schien der Wappenring seine Energie verbraucht zu haben, während sie Heinrichs Familie erlöst hatten. Zarin konnte nur hoffen, dass der Akku von seinem Smartphone inzwischen nicht leer war. Hastig griff er in seine Hosentasche, zog es heraus und schielte auf die Anzeige. Erleichtert stellte er fest, dass noch vierzehn Prozent vorhanden waren. Er hoffte, dass das ausreichte, um den Wappenring wieder zu aktivieren.

Ohne lange zu überlegen, hielt er das Smartphone an Zoes Ring. Gebannt schauten beide darauf. Nach wenigen Sekunden begannen die Augen des Falken zu glühen.

»Wie gut, dass ich in der Höhle das Licht ausgeschaltet habe.« Aufatmend stopfte Zarin sein Smartphone zurück in die Hosentasche.

Zoe hielt ihren Wappenring erneut an den gemalten Ring auf Heinrichs Gemälde, der jetzt ebenfalls zu leuchten begann.

»Gebt mir die Urkunde«, bat Laurencz, »ich will noch die Abschrift anfertigen.«

Daran hatte Zoe in der Eile nicht mehr gedacht. Sie wollte ihre Hand zurückziehen, aber es gelang ihr nicht mehr, denn sie spürte, dass sie bereits vom Sog in das Gemälde gezogen wurde. In dem Moment hörte sie Burghard schreien: »Da ist das Teufelsvieh wieder. Jetzt werde ich es töten!« Sie würde dem Kater nicht mehr helfen können. Rasch packte sie Zarin am Hosenbein. Heinrich stieß seinen Bruder beiseite, griff hastig nach dem Kater und schaffte es gerade noch, ihn Zarin in den Arm zu drücken. »Nehmt ihn mit in Eure Zeit«, bat er. »Ich will nicht, dass mein Bruder Carl tötet.«

Gerade noch rechtzeitig ließ Heinrich den Kater los, sonst wäre er mit in das Bild gezogen worden.

Der wahre Burgherr

Gegenwart

Zoe und Zarin fielen aus dem Gemälde auf den Boden der Ahnengalerie. Der schwarze Kater zappelte so wild in seinen Armen, dass Zarin ihn losließ, weil er fürchtete, dass das Tier sonst seine Krallen ausfahren und ihn kratzen könnte. Carl sauste in langen Sätzen die Ahnengalerie entlang zur Treppe und verschwand.

Zarin erhob sich und bemerkte, dass er barfüßig war. »So ein Mist!«, fluchte er. »Ich habe meine Sportschuhe vergessen!« Er starrte Zoe an. »Und du dein Kleid.«

Zoe blickte an sich hinab und sah, dass sie immer noch die Kleidung der Spielleute trug, die grüne Leinenhose und das weitärmelige gelb-rote Hemd. Im nächsten Moment realisierte sie, dass sie ebenfalls barfüßig war.

Ärgerlich erwiderte sie: »Meine Sneaker liegen auch noch in Melisandes Weidenkorb.«

»Für deine Sneaker gehen wir aber nicht wieder zurück ins Mittelalter.« Zarin verzog das Gesicht zu einer komischen Grimasse, sodass Zoe lachen musste.

Die beiden sprangen die Treppe hinunter. Am Rittersaal, dessen Tür weit offen stand, hielten sie inne, weil sie Hajos Stimme hörten. »He, ihr zwei!

Ihr kommt wie gerufen. Wir werten gerade die Punkte aus.«

»Ist das Fest schon vorbei?«, wunderte sich Zoe und betrat mit Zarin den Rittersaal.

»Seit fünfzehn Minuten«, verkündete Luc.

»Wenn ihr noch was vom Ochsen haben wollt, kommt ihr zu spät.« Spock rieb sich den Bauch. »Alles ratzekahl aufgefuttert.«

»He, Mittelalterbraut, wie siehst du denn aus?« Connor grinste. »Ich hätte dich fast nicht erkannt.«

»Ich finde, diese alberne Kleidung passt viel besser zu Zoe«, bemerkte Finja gehässig, die neben ihrer Mutter an einem Tisch saß.

Zoe streckte erst Connor und dann Finja die Zunge heraus, während Zarin seinen grün-gelben Umhang abnahm und ihn auf einen Tisch warf.

Die Mädchen und Jungen der Klasse 6A hatten sich um ihren Lehrer gruppiert, der den Deckel des Pappkartons abnahm und die Zettel, auf denen die Besucher ihre Punkte für die schönsten Bilder vergeben hatten, auf einen Tisch schüttete. Er zog einen Stuhl heran, setzte sich darauf und begann die Punkte für die einzelnen Bilder zusammenzuzählen.

Die Kinder schauten gespannt zu. Lucs Schwester Lotte, die auf dem Fußboden saß, drückte ihrem Bruder ganz fest beide Daumen. Gerade noch rechtzeitig, bevor das Ergebnis verkündet wurde, betrat Lucs Mutter mit den Zwillingen den Rittersaal. Die beiden Vierjährigen rannten zu Lotte und setzten sich zu ihr auf den Boden, während Lucs Mutter auf einem Stuhl Platz nahm.

Endlich erhob sich Hajo und blickte in die Runde. Alle schauten ihn erwartungsvoll an. »Die meisten Punkte hat …« Er machte eine Pause, um die Spannung zu erhöhen. »Die meisten Punkte hat die Zeichnung mit der Nummer eins bekommen.« Er blickte zur Wand hinüber. »Und das ist Zoes Zeichnung«, verkündete er.

Außer Finja, die finster dreinblickte, klatschten alle Beifall.

Zoe konnte gar nicht glauben, dass sie gewonnen hatte, weil ihr Bild ja nur kurze Zeit in der Bilderausstellung gehangen hatte.

»Das sind alles meine Punkte!«, ereiferte sich Finja. »Mein Bild hing zuerst über der Nummer eins und ich habe die ganzen Punkte bekommen. Mein Bild ist das schönste.«

»Dein Bild?« Hajo betrachtete stirnrunzelnd die Zeichnungen an der Wand. »Das fällt mir zwar jetzt erst auf, aber dein Bild ist nirgends zu sehen. Warum hast du es denn abgenommen?«

»Das habe ich doch gar nicht!« Ungestüm sprang Finja auf. »Zoe hat es weggenommen, weil sie unbedingt gewinnen wollte.«

»Das stimmt nicht!«, verteidigte sich Zoe.

»Ich kann nur das bewerten, was mir vorliegt«, erklärte Hajo, »und danach hat Zoe gewonnen.«

Zarins Bild landete immerhin auf Platz fünf und Lucs einen Platz dahinter, worauf seine Schwester ihn stürmisch umarmte und seine Zwillingsbrüder begeistert in die Hände klatschten. Spocks Zeichnung erreichte mit drei Punkten den vorletzten Platz.

Luc kicherte. »Die Punkte hat dir bestimmt deine Mutter gegeben.«

»Ja, faszinierend, dabei mag sie die Enterprise doch gar nicht«, wunderte sich Spock.

»Connor, trotz deiner kreativen Idee hast du leider keinen einzigen Punkt von den Besuchern erhalten.« Es schien, als bedauerte ihr Lehrer dies tatsächlich.

Ohne einen Kommentar ging Connor zu seinem Bild und zog es mit einem Ruck von der Wand. Darunter kam zum Erstaunen aller Finjas Zeichnung zum Vorschein.

»Somit hat Finja auch keine Punkte erhalten.« Connor blickte Finja schadenfroh an.

»Das gilt nicht!«, empörte sich Finja. »Dein Bild hing über meinem und hat es verdeckt.«

Connor grinste. »Dieser Trick sollte dir doch bekannt vorkommen.«

Daraufhin schwieg Finja und biss sich verärgert auf die Lippen.

»Du hättest bestimmt gewonnen. Deine Zeichnung gefällt mir von allen am besten«, sagte Finjas Mutter tröstend.

Zoes Mutter betrat den Rittersaal. In ihren Händen hielt sie das blaue Kleid, das Finja sich hatte zurücklegen lassen. »Habt Ihr den Wettbewerb gewonnen?«, fragte sie und blickte Finja an.

»Mutter, meine Zeichnung hat die meisten Punkte bekommen!«, verkündete Zoe stolz und deutete auf ihr Bild an der Wand.

Ihre Mutter betrachtete die Zeichnung eine Weile und sagte anerkennend: »Bernhard ist richtig gut zu erkennen, finde ich. Ihr seid eine wahre Künstlerin, Zoe.«

Zoe freute sich über das Lob ihrer Mutter, die sich zu ihr umwandte und erst jetzt zu bemerken schien, dass sie fremde Kleidung trug.

»Wie seht Ihr denn aus? Wo ist Euer Kleid geblieben? Wieso tragt Ihr das Gewand der Spielleute?« Sie überreichte Zoe das blaue Kleid. »Da Ihr gewonnen habt, gehört das Kleid Euch. Bitte zieht Euch sofort um! Ich muss jetzt Claudia beim Aufräumen helfen.« Zoes Mutter verließ den Rittersaal.

Zoe nahm ihren Ledergürtel, ab, legte ihn mit der daran hängenden Gürteltasche, aus der die Urkunde herausragte, auf einen der Tische und begann das gelb-rote Gewand auszuziehen, hielt aber inne, als sie die Blicke ihrer Klassenkameraden bemerkte. Hier vor aller Augen wollte sie sich nicht umziehen, deshalb rannte sie mit dem blauen Samtkleid im Arm aus dem Rittersaal zu ihrem Zimmer. Sie zog das Kleid über, schaute in den Spiegel und drehte sich einmal im Kreis. Dabei fiel ihr ein, dass sie den Ledergürtel im Rittersaal vergessen hatte. Erschrocken, weil sie Angst hatte, Finja würde die Urkunde in der Gürteltasche sehen und sie stehlen, rannte sie barfüßig durch die Ahnengalerie, die Treppe hinunter, sprang über das Absperrband und stieß mit Finja zusammen, die gerade aus dem Rittersaal kam.

»Pass doch auf!« Finja schubste Zoe beiseite. Mit einem Blick durch die offen stehende Tür erfasste Zoe, dass ihr Gürtel noch auf dem Tisch lag. Schon wollte sie erleichtert aufatmen, als ihr auffiel, dass die Urkunde nicht mehr aus der Gürteltasche ragte. Blitzartig drehte sie sich um, sah, dass Finja die Pergamentrolle in der Hand hielt, und griff nach ihrem Arm. Finja riss sich los und rannte, gefolgt von Zoe, aus dem Palas.

Im Rittersaal klatschte Hajo laut in die Hände, um sich Gehör zu verschaffen. »Das Mittelalterfest ist zu Ende. Der letzte Shuttlebus fährt in zehn Minuten vom Parkplatz ab. Wer nicht zu Fuß in die Stadt gehen will, sollte sich jetzt beeilen. Wir sehen uns dann am Montag pünktlich im Unterricht.«
Bis auf Zarin, Connor, Luc, Spock und Finjas Mutter verließen alle eilig den Rittersaal, um den Bus zu erwischen.

»Wie lange braucht die Mittelalterbraut bloß, um sich umzuziehen?«, stöhnte Connor laut.

»Ich schau mal nach.« Zarin lief zu Zoes Zimmer, riss die Tür auf und fragte: »Wo bleibst du denn?« Verblüfft stellte er fest, dass Zoe sich nicht im Zimmer befand. Auf dem Boden lag die Kleidung der Spielleute. Sie hatte sich also bereits umgezogen. Eilig lief er in den Rittersaal zurück. »Keine Ahnung, wo Zoe steckt«, meldete Zarin und zuckte mit den Schultern. Sein Blick fiel auf Zoes Ledergürtel, der auf dem Tisch lag. Dann wurde ihm bewusst, dass die Urkunde nicht mehr aus der Gürteltasche ragte. Panisch öffnete er die Tasche, darin befanden sich aber nur getrocknete Wurzeln.

»Die Urkunde ist weg!«, schrie er erschrocken und wandte sich an Finjas Mutter, die ihre Ellbogen auf den Tisch gestützt hatte und ihren Kopf mit den Händen hielt, als habe sie wieder starke Schmerzen. »Wo ist Finja?«, fragte er sie.

Mühsam hob Finjas Mutter den Kopf. »Ich weiß nicht, wo sie ist. Sie kommt bestimmt gleich wieder.«

Zarin, der nichts Gutes ahnte, rannte aus dem Rittersaal in den Innenhof. Er sah gerade noch, wie Finja rasch die Leiter zum Bergfried hinaufkletterte und Zoe ihr folgte. Beide verschwanden im Inneren des Gebäudes.

Ein Blick zum Geheimgang zeigte Zoe, dass die Falltür geschlossen war. Da Finja nirgends zu sehen war, konnte sie nur die schmalen Stufen zum Zwischenboden hinaufgestiegen sein. Das war nicht ungefährlich, weil es kein Geländer gab. Finja musste langsam gehen, um nicht abzustürzen, während Zoe in ihrer Zeit bereits so oft hier gewesen war, dass sie jede Stufe kannte. Zoe befand sich dicht hinter Finja, als diese die Aussichtsplattform erreichte, sich hektisch umsah und zur gemauerten Brüstung rannte. Die grüne Flagge mit dem Wappen der von Falkenauge knatterte laut im Wind. Im

Westen zogen dunkle Wolken auf und es sah aus, als würde es bald regnen.

»Gib mir sofort meine Urkunde zurück!«, forderte Zoe und ging langsam auf Finja zu.

Finja lachte gehässig und rollte das Pergament auseinander. Es hatte den Anschein, als wollte sie die Urkunde zerreißen. Erschrocken schrie Zoe auf, sprang mit einem Satz auf Finja zu und packte sie am linken Arm. Finja reagierte blitzschnell. Sie streckte ihre rechte Hand, in der sie die Urkunde hielt, über die Brustwehr und ließ sie los.

Fassungslos sah Zoe, wie die Urkunde von einer Windbö erfasst wurde, sich mehrfach um die eigene Achse drehte und durch die Luft davonschwebte. Sie war für immer verloren. Alle Mühe war umsonst gewesen.

Ein Schrei ließ Zoe in den Himmel blicken. Über ihr kreiste der Wanderfalke. »Falko!« Sie fuchtelte mit beiden Armen wild in der Luft herum. »Falko, rette die Urkunde!«

Unbeweglich hielt der Wanderfalke für einen Moment in der Luft inne, dann legte er die Flügel dicht an den Körper und stürzte sich wie ein Pfeil in die Tiefe. Als er die Flügel wieder ausbreitete und sich vom Aufwind nach oben tragen ließ, hielt er die Pergamentrolle zwischen seinen Fängen. Er landete neben Zoe auf der Brüstung und sie entfernte die Urkunde behutsam aus seinen spitzen, stark gekrümmten Klauen. Dankbar strich sie Falko zärtlich über das blau-schwarze Gefieder.

Mit ungläubigem Blick hatte Finja das Geschehen verfolgt. Zögernd näherte sie sich Zoe.

»Falko, halte sie auf!«, bat Zoe den Wanderfalken.

Falko breitete seine Schwingen aus und versperrte Finja, die sich schützend die Arme vor das Gesicht hielt, den Weg. »Zoe, ruf sofort den schrecklichen Vogel zurück!«, kreischte sie panisch.

»Falko bewacht dich so lange, bis ich meinem Vater die Urkunde gegeben habe.« Ohne sich weiter um Finjas Geschrei zu kümmern, kletterte Zoe flink die Stufen an der Wand wieder hinab.

Aus Angst vor dem Wanderfalken wagte Finja es nicht, Zoe zu folgen. Ohne den Greifvogel aus den Augen zu lassen, zog sie langsam ihr Smartphone aus der Hosentasche ihrer Jeans und tippte auf den Kontakt ihres Vaters. Als er sich meldete, stammelte sie: »Du musst mich retten, Papa. Zoes Falke lässt mich nicht vom Bergfried herunter. Hol mich sofort ab!«

Zoe wollte den Bergfried verlassen, als sie Zarin sah, der gerade die Leiter hinaufkletterte. »Du kannst gleich wieder umkehren. Ich habe die Urkunde. Falko hat sie gerettet!«, jubelte sie.

Gemeinsam rannten sie durch den Torbogen zum Vorhof, wo ihre Mütter die Biergartentische und die Sitzbänke zusammenklappten, die ihre Väter anschließend zum Pferdestall trugen. Spocks Mutter stellte die leeren Schüsseln zusammen, während Connors Vater den Grill säuberte. Sie beeilten sich mit dem Aufräumen, weil es jeden Moment anfangen konnte zu regnen.

»Mutter, Vater, jetzt habe ich die echte Urkunde!«, verkündete Zoe, so laut sie konnte. Im selben Moment landete der erste Regentropfen auf dem Dokument, das sie mit ihrer rechten Hand fest umklammert hielt. Schnell drückte sie die Pergamentrolle an ihre Brust und schützte sie mit den Armen vor dem stärker werdenden Regen. »Vater, kommt alle mit in den Rittersaal, die Urkunde darf nicht nass werden!« Zoe drehte sich um und rannte zurück in den Innenhof. Sie blickte zum Bergfried hinauf und sah, dass Falko immer noch auf der Brüstung saß und Finja bewachte. Der Wind hatte spürbar zugenommen und die Fahnenstange schwang im aufkommenden Sturm hin und her. Zoe wollte nicht, dass Finja bei diesem Unwetter ungeschützt oben auf dem Bergfried saß. »Falko!« Sie winkte dem Wanderfalken zu und bedeutete ihm damit, zu ihr herabzukommen. Falko breitete seine Schwingen aus, flog in den Vorhof und ließ sich auf seiner Sitzstange nieder. Zoe, Zarin und die Erwachsenen erreichten den Palas gerade noch rechtzeitig, bevor heftiger Regen einsetzte.

Finja atmete erleichtert auf, als sie sah, dass der Wanderfalke seine Schwingen ausbreitete und davonflog. Eilig rettete sie sich vor dem Starkregen in den Bergfried und tastete sich im Dämmerlicht die Stufen hinab, wobei sie sich an der Wand festhielt. Im untersten Stockwerk angekommen, setzte sie sich auf den Steinboden, um das Unwetter abzuwarten.

»Finja, wo bist du?«, hörte sie ihren Vater nach einiger Zeit laut rufen.

»Hier!«, antwortete sie, sprang auf und kletterte die Leiter zum Innenhof hinab. Dabei wurde sie bis auf die Haut durchnässt. Auch ihrem Vater, der sie unten an der Leiter in Empfang nahm, tropfte das Wasser aus den Haaren.

»Was ist das denn für eine Geschichte mit dem Greifvogel?«

Ohne darauf zu antworten, ergriff Finja seine Hand und lief mit ihm zum Palas.

Als sie die Tür öffnete, hörte sie Zoe verkünden: »Vater, hier ist die Urkunde!«

Blitzschnell zog Finja ihren Vater hinter sich her in den Rittersaal und sah, wie Zoe ihrem Vater mit feierlicher Miene die Pergamentrolle überreichte. Alle Anwesenden schauten gebannt zu, wie er das Pergament langsam auseinanderrollte.

Mit lauter Stimme begann Zoes Vater die Worte vorzulesen, die auf der Urkunde verzeichnet waren: »Hier steht: ›Ich, Erzbischof Conrad von Falkenauge, ernenne …‹« Verwirrt unterbrach er sich.

Zoe, der die Veränderung im Blick ihres Vaters auffiel, fragte ängstlich: »Stimmt was nicht?«

Zoes Vater las erneut laut vor: »›Ich, Erzbischof Conrad von Falkenauge, ernenne Eugenia zur Burgherrin. Sie darf walten über Burg und Land.‹ Das verstehe ich nicht. Diese Worte standen nie auf unserer Urkunde. Auch unser grünes Siegel fehlt. Stattdessen ist jetzt ein rotes Siegel darauf.«

Ungläubig blickte Zoe ihren Vater an. Sie konnte nicht glauben, was er gerade gesagt hatte. »Zeig her!« Ihr Vater überreichte ihr die Urkunde. Mit eigenen Augen konnte sie sich davon überzeugen, dass sich darauf tatsächlich ein rotes Siegel befand, auf dem Satan mit Hörnern, Flügeln und Pferdefuß abgebildet war.

Fassungslos starrte sie darauf, während Zarin ihr über die Schulter blickte. »Diese verdammte Hexe«, flüsterte er erschrocken, als er das rote Siegel erkannte, das dem Amulett zum Verwechseln ähnlich sah.

»Eugenia hat die Urkunde verzaubert«, sagte Zoe zu ihrem Vater.

»Mit dem falschen Siegel können wir keinen Besitzanspruch auf die Burg geltend machen.« Enttäuscht blickte er in die Runde.

Zoe fühlte eine tiefe Traurigkeit in sich aufsteigen. Alles war umsonst gewesen. Zarin schien genauso wie sie zu fühlen, denn er trat mit verzweifelter Miene gegen das Tischbein, als ob er seinem Frust Luft machen müsste.

»Das kann doch nicht sein, nach allem, was wir durchgemacht haben!«, stieß er verzweifelt hervor.

»Juhu!«, jubelte Finja, die sich schon damit abgefunden hatte, dass sie und ihre Eltern die Verlierer waren und sie nicht auf der Burg wohnen würden. »Jetzt können wir doch hier einziehen!« Ausgelassen umarmte sie ihren Vater, der sein Glück nicht fassen konnte.

»Da hast du wohl den Kürzeren gezogen, Martin. Aber wenn du willst, stelle ich dich wieder als Koch ein«, sagte Finjas Vater mit gnädiger Miene.

Zarins Vater schwieg und blickte ihn wütend an.

Verwundert bemerkte Zoe, dass Finjas Mutter sich gar nicht zu freuen schien. Es hatte eher den Anschein, als wäre sie enttäuscht.

Anscheinend fiel dies auch Finja auf, denn sie fragte ihre Mutter: »Mama, freust du dich gar nicht, dass wir jetzt das Burgrestaurant übernehmen können?«

»Doch, doch, aber ich habe wieder so starke Kopfschmerzen«, antwortete sie und griff sich mit beiden Händen an den Kopf.

Zoe fühlte Mitleid mit Finjas Mutter. Es musste schrecklich sein, ständig Kopfschmerzen zu haben. Sie erinnerte sich an die getrockneten Wurzeln der Pestwurz, die sie aus der Kräuterhütte mitgenommen hatte, ging zu dem Tisch, auf dem noch ihr Ledergürtel lag, öffnete die Gürteltasche und holte die Wurzeln heraus. Sie lief in die Restaurantküche, schnitt eine Wurzel in kleine Stücke, warf sie in eine Teekanne, hielt diese unter den Kaffeevollautomaten und drückte auf den Knopf für kochendes Wasser. Aus dem Schrank nahm sie eine Tasse, und nachdem die Kanne mit heißem Wasser gefüllt war, brachte sie beides in den Rittersaal und stellte es vor Finjas Mutter auf den Tisch. »Dieser Tee vertreibt die Kopfschmerzen!«

Finjas Mutter hob ihren Kopf und blickte Zoe zweifelnd an. »Meinst du wirklich? Ich nehme doch schon so viele Tabletten und sie wirken alle nicht.«

»Pestwurz ist ein Heilmittel und wurde bereits im Mittelalter bei Kopfschmerzen eingesetzt«, erklärte Zoe voller Überzeugung.

»Du wirst doch wohl jetzt hier nicht in aller Ruhe Tee trinken wollen, Tanja!«, rief Finjas Vater ungeduldig. »Finja und ich sind klitschnass und ich will mich nicht erkälten. Wir fahren jetzt sofort nach Hause.«

»Zoe, du kannst schon mal anfangen, deine Sachen zu packen!«, rief Finja gehässig. »Ich ziehe nämlich bald in dein Zimmer ein.«

Zoe konnte sich überhaupt nicht vorstellen, dass sie und ihre Eltern aus der Burg Falkenauge ausziehen mussten. Wo sollten sie denn dann wohnen? Sie wären vogelfrei, wie die Spielleute im Mittelalter. Traurig blickte sie auf die Urkunde, die ihr Vater auf den Tisch gelegt hatte. Einer plötzlichen Eingebung folgend, drückte sie ihren Wappenring, den grünen Jaspis mit dem eingravierten Wanderfalken, auf das rote Siegel und rief laut: »Ich wünsche mir die Urkunde in ihren ursprünglichen Zustand zurück!«

Kaum hatte sie den Wunsch ausgesprochen, schoss ein greller Blitz aus den Augen des Falken an ihrem Ring und drang in das rote Siegel ein, aus dem sogleich roter Nebel quoll. Erschrocken sprang Zoe einen Satz zurück.

Der rote Nebel hüllte die Urkunde komplett ein. Es hatte den Anschein, als ob Buchstaben kreuz und quer durch den Nebel schwebten und mehrere Sekunden in der Luft verweilten, bis sich die rote Wolke allmählich auflöste.

Als sich der Nebel gänzlich verzogen hatte, lag die Urkunde unversehrt auf dem Tisch.

Zu Zoes Verwunderung war das rote Siegel verschwunden. An dessen Stelle befand sich das grüne Siegel der von Falkenauge. Ihre Augen wurden immer größer, als sie sah, dass auch Eugenias Name verschwunden war.

Sie hob die Urkunde hoch und las mit vor Aufregung zitternder Stimme: »Ich, Erzbischof Conrad von Falkenauge, genannt Falkenau, schwöre bei Gott einen heiligen Eid, dass sich die Burg Falkenauge und die Ländereien, auf denen sie erbaut wurde, im Besitz meiner Familie befinden, und verfüge, dass sie es sein werden bis zum Letzten meiner Nachfahren.«

Zarins Vater blickte überrascht in die Runde. »Aber das heißt ja dann, dass die Stammlinie nicht unterbrochen wurde und wir die letzten Nachfahren sind.«

»Dann bist du, Zarin Falkenau, der letzte Nachkomme von Conrad von Falkenauge und somit der wahre Burgherr!«, verkündete Zoe enthusiastisch.

Luc sprang vor Überraschung in die Luft. »Mensch, Zarin, das ist ja verrückt!«

»Faszinierend!«, hauchte Spock fassungslos.

Auch Connor staunte. »Jetzt stimme ich Spock ausnahmsweise einmal zu. Das ist echt faszinierend!« Vor Begeisterung versetzte er Zarin einen Schlag auf die Schulter.

Zoe hielt die Urkunde so hoch, dass alle im Rittersaal sie sehen konnten, und reichte sie dann an Zarin weiter, damit er sich selbst davon überzeugen konnte.

»Das ist unglaublich!« Ehrfürchtig betrachtete er das Dokument. »Zoe, du müsstest doch eigentlich die Burgherrin sein.«

»Aber ich bin siebenhundert Jahre älter als du«, erklärte sie grinsend.

Finja starrte Zoe perplex an. »Das kapiere ich nicht. Wieso bist du siebenhundert Jahre älter als Zarin? Ihr seid doch beide elf Jahre alt.«

Zoe kicherte. »Das ist und bleibt ein Geheimnis.«

»Mensch, Zoe, dann sind wir tatsächlich verwandt!«, rief Zarin begeistert. »Ich hätte nicht im Traum gedacht, dass ich mal Burgherr der Burg Falkenauge sein würde. Krass!«

Doch dann schien er zu begreifen, was das bedeutete. Er fasste Zoe an den Händen, tanzte mit ihr im Kreis herum und rief ausgelassen: »Zoe, jetzt kannst du mit deinen Eltern für immer auf der Burg wohnen. Niemand wird euch vertreiben, solange ich der Burgherr bin.«

Das blaue Kleid

Gegenwart

Finja brach in Tränen aus und schluchzte laut auf. Schon wieder waren ihre Träume geplatzt. Nicht nur, dass sie wegen ihres entstellten Aussehens den Traum von einer Karriere als Tänzerin aufgeben musste, jetzt würde sie auch ganz allein dastehen, weil ihr Vater mit seinem Restaurant bestimmt pleitegehen und nicht mehr in der Lage sein würde, ihr genügend Geld zu geben, damit sie sich ihre Freunde kaufen konnte.

Obwohl Finja immer gemein und hinterhältig zu ihr gewesen war, tat sie Zoe leid, wie sie da so klitschnass neben ihrem Vater stand und weinte.

»Du kannst das blaue Kleid haben«, sagte sie zu Finja, um sie aufzumuntern. »Komm mit in mein Zimmer. Wir ziehen uns da um.«

»Von dir nehme ich nichts geschenkt.« Finja hob den Kopf und blickte Zoe böse an.

»Die Besucher der Bildergalerie haben deiner Zeichnung die meisten Punkte gegeben, denn mein Bild hing nur für kurze Zeit an der Wand«, erklärte Zoe. »Somit sind das eigentlich deine Punkte, und deshalb gehört dir auch das Kleid.«

Ihr Argument schien Finja zu überzeugen. Sie folgte Zoe, die das Absperrband abriss, die Treppe hinauf, durch die Ahnengalerie zu Zoes Zimmer. Während Finja sich von ihren nassen Kleidungsstücken befreite, holte Zoe ein Handtuch aus dem Bad und reichte es ihr, damit sie sich abtrocknen konnte.

Rasch zog sich Zoe das blaue Kleid über den Kopf, griff nach ihren hellblauen Jeans und dem T-Shirt mit dem Aufdruck des Wanderfalken und schlüpfte hinein. Inzwischen streifte sich Finja das blaue Samtkleid über und betrachtete sich selbstvergessen vor dem Spiegel, wobei sie mit ihrer linken Hand die wulstige Narbe auf ihrer linken Wange zuhielt.

»Dir steht das Kleid viel besser als mir«, bemerkte Zoe.

»Meinst du das ehrlich? So wie ich aussehe?« Finja nahm die Hand von ihrem Gesicht und drehte sich zu Zoe um.

»Die Narbe ist doch egal«, meinte Zoe.

»Für mich aber nicht! Du kannst dir nicht vorstellen, wie es ist, wenn die Leute dich immer erschrocken anglotzen und keiner was mit dir zu tun haben will.«

»Wieso? Du hast doch so viele Freunde in der Klasse.«

»Die sind nur mit mir zusammen, weil mein Vater immer alles bezahlt, Eisbecher und Kinokarten für alle. Mit einem Monster wie mir will niemand etwas zu tun haben.«

»Jetzt verstehe ich, warum du unbedingt die Urkunde verschwinden lassen wolltest: damit dein Vater weiterhin deine Freunde finanzieren kann, stimmt doch, oder?« Zoe erwartete keine Antwort, sondern sprach gleich weiter: »Wenn du möchtest, können wir Freunde sein.«

Finja starrte Zoe verblüfft an. »Obwohl ich so hässlich bin?«

»Innere Werte zählen, nicht das Äußerliche.«

Finja senkte den Kopf und dachte eine Weile über das nach, was Zoe gesagt hatte. »Schlägst du das nur vor, weil du Mitleid mit mir hast?«

»Ich glaube, du hast Mitleid mit dir selber«, stellte Zoe fest.

»Mein Wunsch, eine berühmte Tänzerin zu werden, bleibt nur ein Traum.«

»Warum? Das verstehe ich nicht. Du kannst doch weiter in die Tanzschule gehen.«

Finja runzelte die Stirn. »Mit dem Gesicht?«

»Tanzt du mit dem Gesicht oder mit den Füßen?«, fragte Zoe verwundert.

Für einen Moment starrte Finja sie perplex an, dann lachte sie befreit auf. »Du hast recht«, sagte sie und umarmte Zoe unvermittelt.

Verwundert bemerkte Zarin, dass Zoe und Finja Hand in Hand in den Rittersaal zurückkamen. Während er noch darüber nachdachte, was das zu bedeuten hatte, verkündete Zoe zur Verblüffung aller Anwesenden: »Hört mal her: Finja ist jetzt meine Freundin!«

»Mir bleibt die Spucke weg«, sagte Connor verdutzt. Auch Luc und Spock blickten Zoe irritiert an.

Nun bekommt Zoe doch noch eine Freundin, wie sie es sich so sehnlich gewünscht hat, dachte Zarin. Er freute sich für sie, obwohl er nicht verstand, wie das jetzt plötzlich passiert war. Der Tausch des Kleides hatte anscheinend ein Wunder bewirkt.

Finjas Vater machte ein missmutiges Gesicht. »Tanja, ich will jetzt nach Hause. Wir müssen uns damit abfinden, dass ich unser Restaurant auf Dauer wohl nicht mehr halten kann.« Er wandte sich Zarins Vater zu und giftete ihn an: »Und du bist schuld, Martin!«

»Jan, wieso bin ich schuld, wenn dir die Kundschaft wegläuft?«, empörte sich sein Vater.

»So einen guten Koch wie dich finde ich nicht noch einmal«, ereiferte sich Finjas Vater. Zarin sah, dass dieser sich auf die Lippe biss, wahrscheinlich ärgerte er sich jetzt noch obendrein, weil er seinen Vater gelobt hatte. Wohl um sich abzureagieren, fuhr er seine Tochter an: »Finja, musst du dich ausgerechnet mit der Konkurrenz anfreunden?«

»Du bist gemein, Papa!«, erwiderte Finja aufgebracht. »Ich kann doch nichts dafür, dass das mit der Urkunde schiefgegangen ist und du das Burgrestaurant nicht bekommst.« Trotzig fügte sie hinzu: »Außerdem bin ich jetzt wirklich froh, dass es nicht geklappt hat und Zoe und ihre Eltern auf der Burg wohnen bleiben können. So habe ich eine echte Freundin bekommen.«

Sprachlos starrte ihr Vater sie an.

»Wenn ihr Angst habt, dass die Touristen zur Burg kommen, um hier zu speisen, warum macht ihr dann keine Herberge aus eurem Restaurant?«, schlug Zoe vor.

»Eine Herberge?« Verständnislos blickte Finjas Vater sie an.

»Zoe meint, warum ihr keine Pension aufmacht«, fügte Zarin erklärend hinzu.

»Eine Pension?«

Zarins Mutter hatte als Erste kapiert, was Zoe mit ihrem Vorschlag gemeint hatte. »Jan, so schwer ist das doch nicht zu begreifen«, warf sie ein. »Ihr gebt das Restaurant auf und baut es zu Gästezimmern um.«

»Das ist eine Superidee!«, rief Finjas Mutter eifrig und sprang von ihrem Stuhl auf. »Wir vermieten Zimmer mit Frühstück und sind den ganzen Stress mit dem Restaurant los. Und die Abende haben wir endlich wieder für uns.« Strahlend blickte sie ihren Mann an. »Meine Kopfschmerzen sind plötzlich wie weggeblasen!« Ihr war die Freude anzusehen. »Zoe, dein Tee hat Wunder gewirkt.«

Zarin glaubte eher, dass Finjas Mutter der Restaurantbetrieb gestresst hatte und angesichts der rettenden Idee ihre Kopfschmerzen mit einem Schlag weg waren.

»Jan, was sagst du dazu?«, fragte Zarins Vater. »Ihr schickt mir eure Gäste zum Essen und ich schicke euch die Touristen zum Übernachten.«

»Das ist ein guter Vorschlag,« mischte sich Zoes Mutter ein. »Statt gegeneinander heißt es von nun an miteinander.«

Zarins Vater streckte Finjas Vater die Hand hin. »Jan, wollen wir das Kriegsbeil begraben?«

Finjas Vater zögerte kurz, dann gab er sich einen Ruck und schlug in die ihm dargebotene Hand ein.

»Zoe, hat dein Vater schon deine tolle Zeichnung gesehen?«, fragte Zarin und stupste Zoe in die Seite.

Zoe haute sich mit der flachen Hand gegen die Stirn. »Nein, aber das ändert sich gleich.« Sie zog ihren Vater am Hemdsärmel. »Ich muss dir was zeigen!« Sie zerrte ihn zur Wand, an der noch alle Zeichnungen hingen, und deutete auf ihr Bild. »Das habe ich gemalt.« Gespannt blickte sie ihren Vater an.

»Das bin ja ich!«, sagte ihr Vater erstaunt.

»Jetzt hängen wir dich neben Großvater in die Ahnengalerie.« Zoe hüpfte vor Freude in die Luft.

»Das Bild passt aber nicht zu den anderen«, bemerkte Luc.

Spock nickte. »Stimmt, die Gemälde in der Galerie sind auf Leinwand gemalt und viel größer.«

»Zoe, dann malst du das Bild eben noch einmal!«, schlug Connor vor.

»Dabei ist Zoe gerade dieses so gut gelungen«, fand Finja.

Zoes Blick war zweifelnd. »Hoffentlich bekomme ich es noch einmal so gut hin.«

»Wieso?«, fragte Zarin, »wo ist das Problem? Wir fotografieren dein Bild ab und lassen es auf Leinwand drucken, und zwar in der Größe, die wir wollen.«

»Das geht?«, fragte Zoe mit großen Augen.

»Klar geht das.« In dem Moment sah Zarin, wie sein Kater und der Kater, den sie aus dem Mittelalter mitgebracht hatten, friedlich nebeneinander in den Rittersaal stolzierten. Er glaubte seinen Augen nicht zu trauen.

»Komisch, Carlo hat sich doch noch nie mit einem anderen Kater angefreundet«, überlegte er laut.

»Dann ist Carl wohl gar kein Kater, sondern eine Katze«, antwortete Zoe lachend. »Und dein Kater hat sich verliebt.«

»Echt?«, meinte Zarin verdattert. »Wenn er eine Katze ist, passt der Name Carl aber nicht mehr.«

»Aus Carl wird dann halt …« Zoe schien so schnell kein neuer Name einzufallen.

»Carla«, führte Zarin den angefangenen Satz weiter und grinste.

Vorhang auf

Gegenwart

Connor, der sich Lucs Inlineskates ausgeliehen hatte, raste so schnell über den Marktplatz der kleinen Stadt, dass Zarin und Luc ihm auf ihren Fahrrädern kaum folgen konnten. Weit abgeschlagen rollte Spock auf seinem Skateboard über den Gehweg.

Vor dem Gebäude, in dem Finja mit ihren Eltern wohnte und wo über der Eingangstür noch immer das Schild mit der Aufschrift »Restaurant Am Weinberg« hing, bremste Connor abrupt. Luc und Zarin sprangen von ihren Rädern, und während Zarin sein Rad ordentlich an der niedrigen Mauer abstellte, warf Luc das seine achtlos gegen den Laternenmast auf dem Gehweg. Connor setzte sich auf die unterste der beiden Treppenstufen, die zum Restaurant hinaufführten, zog die Inlineskates aus und reichte sie Luc. »Hol mal meine Schuhe«, befahl er.

»Ich bin doch nicht dein Diener!«, empörte sich Luc, nahm dann aber doch die Sporttasche vom Gepäckträger seines Fahrrades, zog Connors Schuhe heraus, warf sie ihm zu und stopfte stattdessen die Inlineskates in die Tasche.

»Wartet auf mich!«, schrie Spock, der inzwischen herangekommen war und von seinem Skateboard hüpfte, das er hinter die niedrige Mauer warf.

Zarin öffnete die Eingangstür und trat zuerst ein. Von dem großen Restaurant war nur ein winziger Teil übrig geblieben, in dem die zukünftigen Pensionsgäste frühstücken konnten. Der größte Teil des Raumes sowie der große Saal, in dem früher Hochzeiten und Geburtstage gefeiert worden waren, waren zu Gästezimmern umgebaut worden und jedes Zimmer hatte ein eigenes Bad erhalten. Lucs Vater hatte sämtliche Maurer- und Fliesenarbeiten erledigt, wobei Zoes Vater ihm geholfen hatte, und Connors Vater hatte die Elektroarbeiten ausgeführt. Finjas und Zarins Vater hatten zusammen die Wände tapeziert und viele Wochenenden dafür geopfert. Jetzt war der Umbau fertig und die Feriengäste konnten kommen.

Zarin stieg die Treppe zur Wohnung hinauf und klingelte. Connor, Spock und Luc, der sich die Sporttasche umgehängt hatte, folgten ihm.

Finjas Mutter öffnete die Tür. »Hallo«, sagte sie und umarmte jeden der Jungen zur Begrüßung. »Die Mädchen sind in Finjas Zimmer.«

Zarin klopfte an die Tür und wartete. Connor, dem das zu lange dauerte, drängte ihn beiseite, drückte den Türgriff herunter und betrat unaufgefordert das Zimmer.

»Hey.« Connor nahm sein Basecap ab, warf es auf Finjas Bett und setzte sich daneben.

»Seid ihr immer noch nicht fertig?«, fragte Luc. Er stellte die Sporttasche auf dem Boden ab, schob sich die heruntergerutschte Brille auf die Nase zurück und sah von Zoe zu Finja.

Finja saß in ihrem weißen Ballettanzug auf einem Hocker vor dem Spiegel, während Zoe hinter ihr stand und ihr die Haare bürstete.

Zoe blickte auf ihre pinkfarbene Armbanduhr. »Ihr seid viel zu früh.«

»Besser zu früh als zu spät«, erwiderte Spock.

»Finja, deinen Auftritt wollen wir auf keinen Fall verpassen«, fügte Zarin hinzu.

Finja lächelte. »Ich wäre auch enttäuscht, wenn ihr nicht kommen würdet.«

Zarin hockte sich zu Connor, Luc und Spock auf das Bett und beobachtete, wie Zoe Finjas lange schwarze Haare zu einem Zopf flocht, den sie wie einen Kranz um deren Stirn legte und mit Haarklammern befestigte. Finja sah ihr im Spiegel dabei zu.

»Hey, Finja, du verdeckst ja deine Narbe gar nicht mehr mit der Hand«, wunderte sich Spock.

»Das sah auch immer dämlich aus«, brummte Connor.

Zarin bemerkte, dass sich Finja nicht über Connors Worte ärgerte, sondern darüber lachte. Sie wusste, dass er es nicht böse meinte.

Seit einigen Wochen besuchte Finja wieder die Tanz- und Ballettschule, und wie Zoe ihm erzählt hatte, machte sie große Fortschritte. In dem Musical »Die Eisprinzessin«, das die Mitglieder der Ballettschule in diesem Jahr aufführten, war Finja für die Hauptrolle ausgewählt worden, worüber sie sich sehr gefreut hatte.

Voller Stolz hatte Finjas Vater, nachdem er davon erfahren hatte, sofort die ganze erste Reihe im

Stadttheater reservieren lassen. Heute Abend sollte die Premiere stattfinden.

»Bist du aufgeregt, Finja?«, fragte Zoe.

Finja nickte. »Ein bisschen schon. Aber wenn ich erst mal angefangen habe zu tanzen, ist das Lampenfieber sofort weg.« Sie drehte sich auf dem Hocker herum, stand auf, nahm den Rock, den Zoes Mutter aus hellblauem, durchsichtigem, glitzerndem Tüll genäht hatte, und zog ihn über ihren weißen Ballettanzug.

Zarin, Luc, Connor und Spock verschlug es die Sprache, als sie Finja in ihrem Kostüm sahen.

Connor fasste sich als Erster wieder und pfiff anerkennend durch seine Zahnlücke.

Als Luc wieder sprechen konnte, sagte er: »Du siehst wie eine echte Prinzessin aus!«

»Der Rock steht dir super«, ergänzte Zarin. Er stellte sich vor, wie Zoe darin aussehen würde, fand aber insgeheim, dass ein Mittelalterkleid viel besser zu ihr passte.

»Bist du fertig, Finja?«, fragte ihre Mutter, die in diesem Moment ins Zimmer schaute. »Wir müssen losfahren. Dein Vater holt schon das Auto aus der Garage.«

»Sofort, Mama.« Finja steckte ihre Ballettschuhe in einen Stoffbeutel und zog ihre Sneaker an. »Fertig! Wir können los!«

Aufgeregt rannten sie die Treppe hinunter. Die Eingangstür stand zwar weit offen, aber der Weg nach draußen war durch eine Stehleiter versperrt, auf der Finjas Vater stand. Zarin quetschte sich an der Leiter vorbei und sah, dass Finjas Vater das

Restaurantschild über der Tür abmontiert hatte und gerade ein neues aufhängte, auf dem in großen Buchstaben »Pension Am Weinberg« stand.

»Jan, bist du von allen guten Geistern verlassen?«, rief Finjas Mutter empört. »Wir müssen los!«

»Steigt schon mal ins Auto«, antwortete Finjas Vater. Er drehte die letzte Schraube am Schild fest, kletterte von der Leiter, trat einen Schritt zurück und betrachtete zufrieden sein Werk. Dann klappte er die Leiter zusammen, stellte sie in den Eingangsbereich und verschloss die Haustür, bevor er zum Auto ging und sich neben seiner Frau, die schon zweimal auf die Hupe gedrückt hatte, auf dem Fahrersitz niederließ. Zoe, Zarin und Finja hatten auf dem Rücksitz Platz genommen.

Bevor Finjas Vater die Wagentür schloss, protestierte Connor: »Hey, und was ist mit uns?«

Finjas Vater steckte seinen Kopf aus der Autotür und zeigte auf die Fahrräder. »Damit seid ihr bestimmt genauso schnell da wie wir, schließlich könnt ihr die Abkürzungen nehmen.«

Zarin blickte aus dem Rückfenster und sah, wie sich Connor und Luc auf die Räder schwangen und Spock eilig sein Skateboard hinter der Mauer hervorholte.

Im Theater saß Zoe zwischen Zarin und Finjas Mutter in der Mitte der ersten Reihe. Voller Erwartung rutschte sie auf ihrem Sitzplatz hin und her.

»Ich glaube, du bist aufgeregter als Finja«, stellte Zarin fest.

Zoe nickte. Gebannt starrte sie auf den purpurroten Vorhang, der vor der Bühne hing und noch geschlossen war. Ungeduldig blickte sie sich um. Der Zuschauerraum war bis auf drei Plätze in der ersten Reihe gefüllt. In den hinteren Reihen erkannte sie ihren Klassenlehrer und einige ihrer Klassenkameraden. Gerade noch rechtzeitig, bevor die Tür zum Theatersaal geschlossen wurde, stürzten Connor, Luc und Spock zu ihren Plätzen in der ersten Reihe. Die Lichter gingen aus, es wurde dunkel im Saal und der Vorhang öffnete sich. Gleichzeitig setzte die Musik ein. Finja schwebte, leicht wie eine Feder, über die Bühne. Im Licht der Scheinwerfer strahlten die Glitzerfäden in ihrem Tüllrock wie tausend Edelsteine. Und auch ihr Gesicht strahlte. Sie schien die hässliche Narbe völlig vergessen zu haben.

»Mensch, cool«, raunte Luc und wollte seine Brille hochschieben, obwohl sie gar nicht heruntergerutscht war.

»Faszinierend«, flüsterte Spock mit weit aufgerissenen Augen.

»Megakrass«, sagte Connor anerkennend, worauf die Zuschauer, die hinter ihm saßen, ein leises »Pst« zischten.

»Finja hat echt Talent.« Zoe hörte kaum, was Zarin ihr begeistert ins Ohr flüsterte, so gebannt verfolgte sie das Geschehen auf der Bühne.

Als das Musical zu Ende war, setzte tosender Applaus ein. Zoe konnte später nicht mehr sagen, wie oft die Darsteller durch den nicht enden wollenden Beifall auf die Bühne gerufen worden waren. Jedes

Mal, wenn Finja erschien und sich graziös vor dem Publikum verbeugte, vollführten die Zuschauer einen Höllenlärm. Sie klatschten, pfiffen und trampelten mit den Füßen, um so ihre Begeisterung zu zeigen. Erschrocken bemerkte Zoe, dass Finja mit der Hand unwillkürlich ihre linke Gesichtshälfte bedeckte, als sie sich wieder aufrichtete und den Zuschauern in dem inzwischen hell erleuchteten Saal in die Gesichter blickte. Zoe, die direkt vor der Bühne stand, fuchtelte wild mit den Armen, um Finja auf sich aufmerksam zu machen. Als ihre Freundin zu ihr hinsah, deutete sie mit ihrer Hand auf ihre eigene linke Gesichtshälfte und schüttelte den Kopf. Erleichtert bemerkte sie, dass Finja verstanden hatte, was sie ihr sagen wollte, denn sie nahm ruckartig die Hand von der Wange, fasste sich mit beiden Händen an den Rocksaum, verbeugte sich anmutig vor Zoe und lächelte ihr zu.

Prinsengracht 263

Sharon Dogar, geboren 1962, lebt mit ihrer Familie in Oxford. Von Beruf Jugendtherapeutin, schreibt sie einfühlsame Romane, die sich speziell an junge Erwachsene richten. Prinsengracht 263 ist ihre erste fiktive Autobiografie und das erste ihrer Bücher, das sich mit dem Dritten Reich befasst. Um das Leben von Peter van Pels so authentisch wie möglich zu porträtieren, recherchierte sie mehrere Jahre lang.